La buena suerte

Rosa Montero

La buena suerte

ALFAGUARA

Papel certificado por el Forest Stewardship Council®

Primera edición: agosto de 2020
Sexta reimpresión: noviembre de 2020

© 2020, Rosa Montero
© 2020, Penguin Random House Grupo Editorial, S. A. U.
Travessera de Gràcia, 47-49. 08021 Barcelona

© Diseño: Penguin Random House Grupo Editorial, inspirado en un diseño original de Enric Satué

Printed in Spain – Impreso en España

ISBN: 978-84-204-3945-7
Depósito legal: B-8170-2020

Compuesto en MT Color & Diseño, S. L.
Impreso en Gómez Aparicio, S. L., Casarrubuelos (Madrid)

AL39457

Penguin
Random House
Grupo Editorial

*En memoria de mi madre, Amalia Gayo,
que me enseñó a narrar.*

*Para la pequeña e inolvidable Sara,
que se defendió. Defendamos nosotros
a las Saras del mundo.*

*Con mi gratitud y mi amor a las Salamandras,
que han iluminado los oscuros tiempos del
coronavirus.*

Me conmueven
las cosas más cercanas,
las sombras, los pliegues de la Tierra
desde donde comenzó la intimidad
del todo.

CARMEN YÁÑEZ

Quien quiera estar contento que lo esté,
del mañana no hay certeza.

LORENZO DE MÉDICI

Ese hombre lleva sin levantar la cabeza del portátil desde que hemos salido de Madrid. Y eso que es un AVE de exasperante lentitud con parada en todas las estaciones posibles en su camino a Málaga. Podría parecer que ese hombre está inmerso en su trabajo, casi abducido por él; pero cualquier observador meticuloso o al menos persistente advertirá que, de cuando en cuando, sus ojos dejan de vagar por la pantalla y adquieren una vidriosa opacidad; que su cuerpo se pone rígido, como suspendido a medio movimiento o medio latido; que sus manos se contraen y sus dedos se arquean, garras crispadas. En tales momentos es evidente que está muy lejos del vagón, del tren, de esta tarde tórrida que aplasta su polvorienta vulgaridad contra el cristal de la ventanilla. En la mano derecha de ese hombre hay dos uñas magulladas y negras, a punto de caerse. Debieron de doler. También luce una isla de pelos sin cortar en su mandíbula cuadrada y, por lo demás, perfectamente rasurada, lo que demuestra que no se mira al espejo cuando se afeita. O incluso que no se mira jamás al espejo. Y, sin embargo, no es feo. Quizá cincuenta años, pelo abundante y canoso, lacio y descuidado, demasiado largo en el cogote. Rostro de rasgos grandes, labios carnosos, nariz prominente pero armónica. Una nariz de general romano.

11

Si nos fijamos bien, ese hombre debería ser llamativo, atractivo, el típico varón poderoso y conocedor de su propio poder. Pero hay algo en él descolocado, algo fallido y erróneo. Una ausencia de esqueleto, por así decirlo. Esto es, una ausencia completa de destino, que es como andar sin huesos. Se diría que ese hombre no ha logrado un acuerdo con la vida, un acuerdo consigo mismo, lo cual, a estas alturas ya todos lo sabemos, es el único éxito al que podemos aspirar: a llegar, como un tren, como este mismo tren, a una estación aceptable.

Hace apenas quince minutos que nos detuvimos en Puertollano, pero la máquina ha reducido una vez más la marcha. Vamos a volver a parar, ahora en el apeadero de Pozonegro, un pequeño pueblo de pasado minero y presente calamitoso, a juzgar por la fealdad suprema del lugar. Casas míseras con techos de uralita, poco más que chabolas verticales, alternándose con calles del desarrollismo franquista más paupérrimo, con los típicos bloques de apartamentos de cuatro o cinco pisos de revoque ulcerado o ladrillo manchado de salitre. El AVE tiembla un poco, se sacude hacia delante y hacia atrás, como si estornudara, y al fin se detiene. Sorpresa: ese hombre ha levantado la cabeza por primera vez desde el comienzo del viaje y ahora mira a través de la ventana. Miramos con él: un áspero racimo de vías vacías y paralelas a la nuestra se extiende hasta un edificio que queda pegado al tendido férreo. Nosotros nos encontramos a cierta altura, en una especie de paso elevado que debe de quedar a ras del segundo o tercer piso del inmueble. Casi al borde de las vías asoma un balconcito ruinoso: la carpintería es metálica, la puerta no encaja, una vieja bombona de butano se pudre olvidada junto a la pared de ladrillo barato. Atado a los barrotes oxidados, un cartel de cartón, quizá la tapa de una caja de zapatos, escrito a mano: «Se vende», y un teléfono. La representación perfecta del fracaso.

Ese hombre se ha quedado mirando el lastimoso paisaje durante largo rato. Quieto, impasible, se diría que sin parpadear. Al cabo, el tren reanuda su marcha y él hunde de nuevo la cabeza en el ordenador. Exactamente veintiocho minutos más tarde entramos en Córdoba Central. Ese hombre se pone en pie, revelando que es mucho más alto de lo que parecía; su chaqueta, cara y de buen corte, quizá de lino, está hecha un acordeón y cuelga desarbolada de sus huesudos hombros; sin embargo, ese hombre no se recoloca la ropa, como tanta gente hace automáticamente al levantarse. Baja su maletín del portaequipaje, lo pone sobre el asiento y guarda en él su portátil. Se yergue, aparta de un manotazo el pelo de la frente y desciende del vagón.

Una vez abajo, parece haber perdido de pronto el impulso que lo movía. Se queda paralizado al pie de la escalerilla, mirando con desconcierto alrededor mientras los demás pasajeros que salen detrás de él gruñen, protestan y terminan salvando el estorbo por un lado o por otro, como el río que se parte en torno a una roca. Pero los viajeros que aspiran a subir ya no son tan respetuosos.

—¡Hombre, por dios! ¿No puede hacer el favor de quitarse de en medio? ¡Vaya pasmarote!

Ese hombre se estremece como si saliera de un trance, aprieta el asa de su maletín hasta que los nudillos se le ponen blancos y echa a andar con decisión o al menos sin parar, una zancada detrás de otra, hasta alcanzar el vestíbulo de la estación y el mostrador de venta de billetes.

—Acabo de llegar en el AVE de Madrid. ¿Cuál ha sido la última parada?

—¿Cómo dice? —la empleada le mira con ojos muy redondos.

—Acabo de llegar en el AVE de Madrid. ¿Cuál ha sido la última parada? —repite él, imperturbable. Y luego amplía—: Quiero decir que cómo se llamaba la última parada. No me he fijado. Por favor.

—Puertollano, supongo o... No, que era el de las 16:26. El apeadero de Pozonegro.

Él cabecea una afirmación.

—Muy bien. Pues quiero un billete a Pozonegro. Por favor.

La empleada vuelve a escrutarle como un búho, sus ojos más grandes que sus gafas.

—Ehhh... Hoy ya no hay más trenes que paren ahí. Sólo hay cuatro al día. El primero sería mañana a las 8:45.

—No. Tiene que ser ahora —dice él con calma, como si todo dependiera de su voluntad.

—Vaya en autobús. Hay bastantes. Mire, la estación está ahí mismo, a doscientos metros. Salga por aquella puerta.

Sin dar las gracias ni despedirse, ese hombre camina hasta la central de autobuses, compra un billete, espera una hora y tres minutos sentado en un duro banco entre el bullicio, sube a su vehículo y contempla el paisaje a través de la ventanilla durante otros cincuenta y siete minutos. En todo ese tiempo no ha hecho nada, apenas parpadear con más lentitud que un humano normal, un parpadeo parsimonioso más propio de un lagarto, mientras el mundo pasa como un diorama al otro lado del cristal de la ventanilla, campos agostados por el calor aunque el verano aún no ha comenzado oficialmente, arbolitos torturados por la sequía, fábricas polvorientas, granjas avícolas abandonadas, chillonas pintadas en los muros rotos. Cae el sol y es muy rojo. Son las nueve y cuarto de la tarde de un 13 de junio.

El autocar llega al fin a Pozonegro, que confirma sus pretensiones de villorrio más feo del país. Un supermercado de la cadena Goliat a la entrada del pueblo y la gasolinera que hay al lado, repintada y con anuncios fluorescentes, son los dos puntos más iluminados, limpios y animados de la localidad; sólo en ellos se respira un razonable orgullo de ser lo que son, cierta confianza en el futuro. El resto de Pozonegro es deprimente, pardo, indefinido, sucio, necesitado con urgencia de una mano de pintura y de esperanza. La mayoría de los comercios están clausurados y sus cierres debieron de suceder en otra época geológica. Un par de bares que incluso desde fuera se adivinan pegajosos y llenos de moscas y una iglesia de bloques de hormigón son los hitos turísticos más notables que ese hombre puede ver en el trayecto, si es que en realidad es capaz de ver algo con sus lentos y fríos ojos de lagarto. Cuando el autobús se detiene en una esquina (sólo se bajan tres personas), él intenta orientarse. No resulta difícil: al entrar en el pueblo han atravesado un paso a nivel. Se dirige callejeando en dirección a las vías y pronto alcanza el lugar que buscaba: es apenas media calle estrecha y oscura, asfixiada por el paso elevado de la línea férrea, que, en efecto, queda a la altura del segundo piso. Ese hombre mira hacia arriba, hacia el balcón y el cartel del balcón, que por fortuna está iluminado por las farolas del apeadero. Dice algo entre dientes, como si acabara de advertir algún problema; saca el móvil del bolsillo de la arrugada chaqueta y, tras rebuscar durante un buen rato hasta encontrar las gafas, marca el número con dedos titubeantes. Un segundo de espera. Alguien contesta al otro lado.

—Quiero comprar el piso que está enfrente de la estación.

—...

—Eso es. Sí. Muy bien. Acepto su precio. Quiero comprarlo.

—...

—Ahora mismo... Quiero decir ahora mismo... Estoy en el portal.

—...

—No me entiende. Ahora mismo o nada. Sí, quiero cerrar la operación ya... Sé que no son formas, pero o eso, o nada... Tengo el dinero, descuide... No, no es una broma... Ya le he dicho que estoy junto a la casa...

—...

—Está bien. Le espero.

Cincuenta y tres minutos de guardia, bailando el peso de un pie a otro. Se diría que, para lo chico que es el pueblo, el dueño está tardando demasiado. Al cabo aparecen dos tipos; uno de pinta tosca y ruda, cuarenta y tantos años, bajo y barrigón pero sin duda fuerte, con el cuello como el tronco de un árbol y pesadas manazas. El otro de aspecto melifluo, también barrigón, pero éste es claramente un alfeñique: hombros estrechos, piernecitas de alambre y una cara blanda con forma de pera. Debe de tener más o menos la misma edad que cuellotronco, pero la convencionalidad de su traje y unos aires pretenciosos y algo rígidos le hacen parecer mayor.

—Soy el propietario. Benito Gutiérrez. Y este señor es el señor notario. Don Leocadio.

No hace falta que señalemos quién es quién: se ajustan al tópico. Benito hace una breve pausa y escruta a su posible comprador. Sus ojos son pequeños, muy negros, desconfiados. Luego prosigue:

—El señor notario, que vive aquí cerca, me ha hecho el favor de acompañarme. Como viene usted con esas cosas tan raras... —la boca se le tuerce de pura sospecha.

—Tan sólo quiero cerrar el trato ya.

—Está bien, subamos a ver el piso...

—No hace falta. Repito que lo único que quiero es cerrar el trato cuanto antes —dice el hombre, extendiendo una mano en el aire y parando en seco al estupefacto vendedor.

—¿A qué viene tanta premura? —interviene el notario con un tono de voz demasiado pitudo—:

¿Le persigue alguien, está fuera de la ley, desea blanquear dinero?

El notario lo dice como un chiste y al mismo tiempo para demostrar que él encarna el poder. Sonríe sintiéndose magnífico.

—No hay nada ilegal, no se preocupe. ¿Con qué banco trabaja? —pregunta al propietario.

—Iberobank.

—Estupendo, también tengo cuenta con ellos —dice él, abriendo el portátil—: Puedo hacerle una transferencia por la totalidad y usted la recibirá inmediatamente.

—¿Cómo?

—Un momento, un momento, éstos no son modos —protesta el notario—: Tenemos que hacer la escritura de compraventa, verificar que el piso está libre de cargas, vamos, esto lo digo por usted...

—Está libre, don Leocadio —dice el vendedor, los ojillos ardiendo de avaricia.

—Vale, Benito, te creo, pero las cosas no se hacen así.

—Les propongo que escribamos a mano un preacuerdo de venta. Lo firmamos ahora y mañana lo formalizamos en la notaría —dice el hombre.

—No puede ser. No son maneras.

—Pues entonces no lo quiero. Lo siento. Quiero hacer la operación hoy mismo; si no, no me interesa.

Consternación. El dueño se arrima al oído del notario:

—Por favor, Leocadio..., don Leocadio, ¿quién me va a comprar ese piso frente a los putos trenes? Con perdón.

Al final, triunfa la elocuencia del dinero. El notario escribe con moroso puntillismo un texto lleno de salvedades: siempre y cuando el comprador demuestre ser el único y legítimo dueño de la suma ingresada, siempre y cuando el origen de dicha suma sea legal, siempre y cuando... El aspirante al piso conecta con su banco por internet, marca los cuarenta y dos mil euros que ha pedido el vendedor y se los envía. Y luego los tres se van caminando hasta el cajero automático situado a la entrada de la pequeña estación, en donde Benito comprueba que, en efecto, ya dispone del dinero en su cuenta.

—Bueno. Pues en principio, y salvo imponderables, ya es usted propietario del inmueble —dice don Leocadio, devolviéndoles los carnets de identidad—. Los espero mañana a las doce en la notaría.

—Tome. No traigo más que un juego, mañana le daré otros dos —dice Benito, entregándole las llaves—: ¡Mira que ni siquiera subir a ver la casa! Qué raro es usted... —añade, con una sinceridad que se le escapa de los labios.

—Buenas noches.

Pero a los dos pasos cuello-tronco no puede contenerse y se gira hacia el comprador.

—¿Es por razones fiscales? ¿Tenía que adquirirlo con fecha de hoy? ¿Para qué lo quiere? —pregunta Benito, a su pesar, alzando la voz para salvar la distancia.

—Para vivir —contesta ese hombre, sin siquiera volverse.

Y luego continúa desandando el camino, ya solo, hasta regresar a la silenciosa calle. Su calle. Muy corta, porque termina en el talud por el que continúa la vía férrea. Una única acera habitada, compuesta por cuatro edificios estrechos, todos igual de feos. O quizá no, quizá el suyo lo sea un poco más, por las pretensiones. Es el más moderno. De los primeros años sesenta, sin lugar a dudas. La finca apenas tiene siete metros de anchura. Sólo un piso por planta. Sólo dos aberturas al exterior: el balcón y una ventana. El portal es plenamente merecedor del edificio: una puerta tan pequeña como la de cualquier habitación, en carpintería metálica, con rejas y vidrio esmerilado por detrás. El vidrio está rajado y en el reborde de aluminio hay una mosca muerta patas arriba. Entra y manotea hasta encontrar la luz: de neón, desnuda, medio fundida. Un exiguo espacio rectangular con suelo de baldosas verde vómito. A la izquierda, las escaleras. A la derecha, los desvencijados buzones de correos y un cubo de basura. Sorprende comprobar que no huele a podrido.

La puerta del segundo es de contrachapado, fácilmente derribable con un par de patadas. Hay un viejo cerrojo FAC y una cerradura normal, pero ni las bisagras ni el marco resistirían. Cuando la hoja se abre, ese hombre ve, a la desangelada luz del descansillo, una puerta frente a él y un estrecho pasillo que se pierde en la oscuridad hacia la izquierda. Pulsa el interruptor que hay junto a la entrada, pero no ocurre nada. Busca, en la penumbra de la pared, el registro de los plomos. Ahí está, junto a la jamba. Levanta la palanca y la casa se enciende. Es un decir. Unas cuantas bombillas de bajo consumo e ínfimos vatios reparten las sombras y convierten el erizado gotelé de las paredes en un paisaje lunar de montes y cráteres.

Ese hombre deja su maletín en el suelo y avanza. El hueco de enfrente da a la sala. Esto es, a la habitación del balcón. Angosta y larga como un mal año. El corredor mide unos quince metros de longitud y tiene un ramal a la derecha. Al final del pasillo principal, el cuarto de baño. Minúsculo y horrendo, con una tronera que da a una chimenea de ventilación de un metro por un metro. Abre el grifo: las cañerías tosen y eructan un poco, pero hay agua. Para lavarte las manos has de meter medio cuerpo en la ducha, así de pequeño es el lugar. Baldosas blancas con la nervadura negra de mugre, cortinas de plástico que en algún tiempo fue transparente y ahora es de un amarillo pegajoso y espeso. Si regresamos por donde hemos venido y tomamos el otro ramal del pasillo, a la izquierda está la cocina, antigua, diminuta y cochambrosa. Huele a grasa rancia y tiene un ventanuco que también se asoma al lóbrego tubo. A la derecha, justo enfrente, la otra habitación, la de la ventana que mira hacia las vías, un cuarto aún más estrecho que la sala, tan sólo iluminado por el resplandor de los focos del apeadero. En la polvorienta pared de gotelé, la sombra fantasmal de un gran crucifijo. Ese hombre suspira, saca del bolsillo de su chaqueta cuatro sobres de toallitas desinfectantes y, abriéndolos uno detrás de otro, limpia concienzudamente las mugrientas baldosas. Esto es, limpia más o menos un metro cuadrado, porque los cuatro sobres no dan para más. Tras meter las toallitas sucias en sus envoltorios y éstos otra vez en el bolsillo, el hombre apoya la espalda contra el muro y se deja resbalar hasta sentarse en ese pedazo de suelo.

Saca su iPhone y echa un desinteresado vistazo a las mil llamadas y mensajes que tiene. Llevaba el móvil en silencio; ahora lo apaga. Está cansado; entre unas cosas y otras, son cerca de las doce de la noche. Bien podría cerrar un rato los ojos y dormir. De pronto, oye un rumor. Un súbito tronar que se multiplica a toda velocidad y que produce una sensación de vértigo parecida a cuando uno cree estar a punto de desmayarse. Se nos viene encima una avalancha. Los cristales vibran, el suelo trepida, la puntiaguda pintura de la pared raspa la espalda. Todo tiembla, todo se mueve dentro de la casa mientras el tren cruza ululando y sin parar por delante de la ventana, un estallido de aire y de energía, un huracán metálico. Uammm, el bicho se aleja meneándolo todo, arrastrándolo todo. Y luego deja un silencio vacío, el pesado silencio de los cementerios. Si en alguna ocasión uno se ve obligado a saltar de un tren en marcha, recuerda el flamante propietario, ha de mirar primero hacia delante e intentar escoger un lugar con apariencia blanda; lanzar el equipaje y después arrojarse al vacío echando la espalda hacia atrás lo más recta posible y dando grandes zancadas en el aire.

Las paredes han vuelto a recuperar su fea quietud. Qué desperdicio de espacio, qué pasillo tan enorme, qué distribución horrible, se dice ese hombre. Y siente algo parecido a un amargo consuelo.

Cuando el becario que había ido a buscar a Pablo Hernando a la estación de Málaga no le encontró, ni en persona ni por teléfono, se angustió muchísimo; creyó que todo era culpa suya, que no había sabido reconocerle y le había perdido. Regresó el chico contrito y abochornado a La Térmica, en donde recibió la correspondiente amonestación de Susana Lezaún y Axel Hotcher, los organizadores del ciclo de conferencias. También ellos empezaron a llamar con insistencia a Hernando sin ninguna respuesta, y después a la secretaria de Hernando y al estudio, pero no les contestaban en ningún lado, ya debían de haber dejado de trabajar. El reloj tictaqueaba, el acto estaba programado para las 20:30 y el conferenciante no aparecía, de modo que, en su desesperación, se pusieron a telefonear al amigo del amigo, al conocido del conocido y hasta al sursuncorda, sin que todo ese frenesí les sirviera de nada. Por consiguiente, a las 20:50 Susana Lezaún y Axel Hotcher se vieron en la amarga tesitura de tener que salir ante un auditorio abarrotado por trescientas impacientes personas que enseguida se transformaron en energúmenos cuando recibieron las desalentadoras y nebulosas noticias. El personal protestó bastante y Susana Lezaún y Axel Hotcher se juraron no volver a invitar nunca más a semejante malqueda. Después, un poco más calmados, mientras comparten una cena tardía y una botella de vino para paliar el disgusto, Axel y Susana comentan que la ausencia ha sido muy rara y que tal vez le haya pasado algo malo a Hernando. A decir verdad, tienen la esperanza de que esté muerto. Cualquier otra excusa más liviana les parece por completo inaceptable.

Es a la mañana siguiente, cuando telefonean al estudio para ponerle verde, cuando dan la voz de alarma. No se puede decir que sus compañeros de trabajo se extrañen demasiado. Bueno, un poco sí, nunca había cometido una pifia tan grande, pero recientemente ha anulado a última hora alguna reunión y dejado plantado a algún cliente porque se le había olvidado la cita. ¡Olvidársele una cita a Pablo Hernando, que vive para su profesión! Aunque, teniendo todo en consideración, es hasta lógico. El pobre hombre debe de estar pasándolo muy mal. Claro que de esto los colegas de Hernando no dicen nada. Al contrario, intentan excusarle ante Lezaún y Hotcher y disimular.

Como la secretaria tiene llaves de su casa, los compañeros del estudio van allí incómodos e inquietos, temiendo encontrarlo tirado en el cuarto de baño o en la cama ya tieso, un infarto, un ictus, a fin de cuentas estas cosas pasan, más aún en alguien que, aunque se conserva bien, ya tiene, según la biografía de la web, cincuenta y cuatro años. Para su alivio, comprueban que en el piso no hay nadie. La taza del desayuno está lavada y colocada en el escurridor, la cocina, impoluta; el dormitorio, arreglado; los armarios, ordenados con su meticulosidad habitual. Es un maniático. En la mesa de la entrada, una nota para la asistenta: «Pepa, recógeme el traje gris de la tintorería, hay dinero en el cajón, gracias». Todo normal, en fin. Sigue sin contestar al móvil ni al correo. Piensan en la conveniencia de ponerse en contacto con sus amigos, pero luego caen en la cuenta de que no tiene amigos. Al menos, que ellos sepan. Convocan entonces una reunión de urgencia en el estudio: cuarenta y dos personas entre personal administrativo, colegas contratados, socios y becarios.

—Lo primero es telefonear a todos los hospitales —dice Mariví, su secretaria, muy agitada.

Suena funesto, pero llaman. Nada. Después de ese estallido de actividad, se quedan sin saber qué hacer. Son las 20:30 del martes, o sea que hace veinticuatro horas que Pablo ha dejado plantada a la gente de Málaga. El comienzo oficial de la desaparición.

—¿Alguien sabe si llegó a coger el tren? —pregunta Germán.

Es una buena pregunta; su coche está en el garaje del estudio, pero normalmente usa taxis cuando se va de viaje. Llaman a Renfe para indagar si ha pasado el control. Les contestan que sin una denuncia no facilitan semejante información.

—Entonces qué hacemos, ¿vamos a denunciarlo? —dice Regina, poniendo el dedo en la llaga.

Nadie se atreve.

—¿Y si se ha ido porque sí, y si se ha ido a un hotel, o a emborracharse, o a París, o de putas, o yo qué sé? —gruñe Matías.

Murmullos de censura, sobre todo de las mujeres: ya se sabe cómo es Matías. Lo cierto es que ninguno quiere ser responsable de tomar semejante decisión; resulta difícil imaginar las razones para actuar de alguien que jamás comparte su intimidad. Así que acuerdan esperar un poco a ver si las cosas se arreglan por sí solas.

Pasa el miércoles sin noticias, y también todo el jueves. Y así, con el estudio paralizado y la gente cada vez más chismorreante y más inquieta, hemos llegado al viernes. A primera hora de la mañana, Germán da un puñetazo en la mesa:

—Vamos a la policía.

Como es natural, acuerdan que deben ir los cuatro socios juntos, Germán, Regina, Lourdes y Lola. Y lo hacen con una piedra en el corazón, pensando en que quizá Pablo esté muerto a estas alturas por culpa de su falta de rapidez. Ahora que se han decidido, les parece incomprensible haber tardado tanto en reaccionar. Sobre todo, por las suspicacias que detectan en los agentes:

—¿Desapareció el lunes y no han hecho nada hasta hoy? Y más teniendo en cuenta sus circunstancias personales...

—Bueno, llamamos a los hospitales y esas cosas... —dice Germán con poca convicción.

—Verá, es que Pablo Hernando impone, ¿sabe?... No sólo es nuestro socio principal, el fundador del estudio, un profesional prestigioso y conocido... Además es un hombre muy... No sé, muy hermético. Y con todo lo que le ha pasado se ha ido cerrando mucho más. También teníamos miedo de que la noticia saltara a la prensa. No nos lo perdonaría —intenta excusarse Regina.

Regresan al estudio con la sensación de haber suspendido un examen. Tan abrumados que ni siquiera se atreven a comentar el poco lucido papel que parecen haber hecho. Aparcan taciturnos en el garaje, se toman un pincho apresurado en el bar de la esquina mientras trastean con los móviles y evitan mirarse a los ojos, y luego cada uno se encierra en su despacho a rumiar su preocupación y su culpa.

Tres horas más tarde suena el teléfono de Regina, que acaba de meterse una onza de chocolate en la boca: siempre le da por comer dulce cuando está angustiada. Del sobresalto se traga el pedazo entero. Tose un poco y contesta. Como ella había intuido al ver que se trataba de un número oculto, es el inspector con el que han hablado esta mañana.

—Subió al tren en Madrid, pero lo más probable es que se bajara antes de llegar a destino. El lunes hizo una transferencia de cuarenta y dos mil euros a un tal Benito Gutiérrez en una cuenta de una oficina bancaria de Pozonegro. ¿Le suena el nombre de algo? —dice el inspector.

—¿Benito Gutiérrez? No. Ni idea —se asombra Regina.

—Bueno, pues parece que le ha comprado un piso. Eso decía el concepto de la transferencia: pago compra piso Resurrección 2. En Pozonegro hay una calle que se llama Resurrección, y el tren en el que supuestamente viajaba el desaparecido paraba en ese pueblo. Vamos a mandar a un agente para que se dé una vuelta por ahí.

—Perdone un momento... ¿Pueden ustedes entrar en las cuentas bancarias de la gente así como así? Hemos denunciado su desaparición hace apenas cinco horas...

Un breve silencio al otro lado de la línea.

—Vaya, creía que nos iba a felicitar por la rapidez de la investigación... Pero no, claro que no... Pues puede usted quedarse tranquila, señora. Teníamos controladas sus cuentas, por precaución, desde la fuga de Soto. Todo con la pertinente autorización judicial, como es obvio, cosa que sin duda le agradará saber a una ciudadana modelo como usted. Buenas tardes y de nada —dice, sarcástico.

Y cuelga.

Regina permanece unos segundos con el teléfono mudo pegado a la oreja, estupefacta. Parpadea, deposita el móvil sobre la mesa, se pone en pie y camina, sonámbula, hasta la puerta de su despacho. La abre, se asoma:

—¿Sabe alguien dónde coño está Pozonegro? —pregunta al vasto mundo.

Nadie responde.

Por dios, es guapísimo. Tiene una cosa... No sé cómo definirlo. Señorial. Es un señor. Se le ve educado. Otra clase de persona, dónde va a parar. Sensible. Con esas manos como de pianista ¿cómo no va a ser sensible? Vamos, es que lo mismo he acertado y es pianista. O sea, músico. O artista, dicho así en general. Me da ese pálpito. Los artistas nos reconocemos al primer vistazo. Tiene dos uñas negras. Pobrecito, dónde habrá metido los dedos. Parece un poco seco, pero eso es timidez, estoy segura. Me pilló fregando el cubo de basura. Qué mala pata, porque no queda nada sexy. Y eso que yo me había maquillado y todo. No mucho, pero vamos, mi sombrita verde, algo de colorete. Y el pelo limpio y bien peinado. Por si me lo encontraba. Él entró con unas bolsas de plástico, supongo que eran de la tienda de la Antonia, ella ya me dijo que compraba allí. Y me pilló con el maldito cubo de las narices. ¡Es más guapo de lo que dijo Antonia! Un pelo precioso todo canoso y liso. ¡Y tan alto! Y bien vestido. Dicen que pagó sesenta mil euros a tocateja, me parece muy caro sesenta mil por esta mierda de casa, pero bueno... Y por eso dicen que es muy rico, pero a mí no me pega que lo sea, ¿quién que tenga pasta se vendría a vivir a este agujero? Es todo muy misterioso... Aunque los artistas, ya se sabe,

somos bastante misteriosos. Y bohemios. Y entonces entró y se quedó un poco cortado al encontrarme, y yo también, yo más, por lo guapo y por lo del
maldito cubo. Y le dije, hola, y él me dijo, hola, y
dijo, ¿eres la portera?, y yo echando las muelas le
contesté que nooooo, no no no no no, que no tenemos portero, qué vamos a tener ni portero ni nada.
Pero que limpiaba de cuando en cuando el cubo
porque me deprimía que la casa oliera a basuras. Él
parpadeó y dijo, ah, está bien. Creo que quería decir
que estaba muy bien, vamos, era como una manera
de darme las gracias, pero a su modo y con su timidez. Y entonces me aturullé y dije, es que soy artista. Soy pintora. O sea, como diciéndole: por eso soy
tan sensible que no me gusta que el portal huela a
mierda, pero me lie y no lo expliqué bien y creo que
hice el ridículo. Porque él se quedó como pasmado.
Así que añadí: también soy cajera en el Goliat, si vie-
nes a comprar te trataré bien. Otra tontería: ¡como
si no tratara bien a todo el mundo! ¿Y qué quería
decir con eso de que le trataría bien? Sonaba hasta un
poco..., no sé, de buscona. Ohhhh, me estaba poniendo la mar de furiosa conmigo misma. Él dijo,
ah, sí, gracias, y empezó a subir las escaleras. Me
llamo Raluca, le dije, ya sé que es raro. Y él otra vez:
gracias, y para arriba como si nada. Así que le dije,
¿y tú? Eres el nuevo del segundo, ¿verdad? Y él casi
gruñó: sí, el del segundo. Y tras un ratito: Pablo. Me
llamo Pablo. Y ni siquiera se volvió para decirlo. Un
tímido tremendo.

Durmió la primera noche vestido y se despertó tirado en el suelo, la mejilla pegada a las baldosas sucias, fuera del cuadrado que limpió. Se levantó, se refrotó ese lado de la cara con el agua del lavabo hasta casi despellejarse, usó la muda que llevaba en el maletín y, sin siquiera tomar una ducha, fue a la notaría, que estaba en Puertollano, por lo que tuvo que utilizar el autocar de línea. De regreso a Pozonegro inspeccionó el barrio; no lejos de su piso (nada estaba lejos en ese pueblo) había una pequeña tienda que vendía de todo, igual que los locales de los chinos pero regentada por una recia lugareña. Compró pan, fruta, latas, embutido, agua. También más toallitas desinfectantes en la farmacia. Se metió en su desnuda casa. Y se pasó dos días encerrado allí, sin hacer nada.

Quizá estuviera pensando.

Pensar le costaba.

Contaba trenes. Pasaban diecisiete al día, desde las 7:45 de la mañana hasta las 23:40, que era el que vio la primera noche.

Al tercer día tuvo que volver a salir porque se había quedado sin comida. Esto fue el jueves, es decir, ayer. El diminuto calentador de la ducha era eléctrico y afortunadamente funcionaba. Se secó con la camisa más sucia de las dos que tenía y se afeitó. La cocina era de gas butano, pero también había un hornillo eléctrico. Pensó en comprar café, aunque fuera en polvo. Pensó vagamente en comprarse una vida. Un colchón, una toalla. Un cazo, una cuchara. Un tenedor sin duda, las latas a dedo habían sido un asco. Algo de ropa. No quería usar las tarjetas de crédito para que no le localizaran. Sólo tenía cuatrocientos setenta y seis euros y, por fortuna, novecientas cuarenta libras de su último viaje a Londres, que había olvidado guardar y aún llevaba en el maletín. Fue a la tienda china de la no china; para su sorpresa, pudo adquirir allí una cazuela, un cuchillo, una cuchara, un tenedor. Y jabón: se acordó en el último momento.

—El colchón y la ropa, en el Goliat, a la salida del pueblo —dijo la mujer, cuyo ralo y teñido cabello dejaba entrever el blanquecino cráneo.

Cuando entraba en el portal se topó con una chica. La vecina del primero, le dijo. Demasiado habladora. Casi salió huyendo de ella escaleras arriba. Ya en casa, lo primero que hizo fue prepararse un café de sobre. Se le había olvidado comprar azúcar. A continuación, se hirvió tres huevos en la misma y única cazuela. Extraño seguir teniendo hambre, cuando todo lo demás parecía haberse terminado. Después lavó en el fregadero una de sus camisas y su muda de calzoncillo y calcetines con el jabón de manos que acababa de adquirir. Tras descartar tender la colada en los barrotes de la ventana o del balcón (estaban demasiado sucios y oxidados), decidió colgar todo de la inestable barra de la ducha. Sintió que se había entregado a un auténtico paroxismo productivo y, con un cansancio que más parecía una enfermedad, volvió a dejarse resbalar por la pared hasta caer sentado en el suelo de la habitación pequeña de delante. El ser humano enseguida cría hábitos: Pablo ya había hecho su guarida en ese cuarto y en el fragmento de suelo, ahora ya de dos metros por uno y medio, que había adecentado con las toallitas. Ahí pasaba las horas, hipnotizado por el borroso destello de los trenes; ahí dormía, primero sentado, tal como estaba, aunque luego, al despertar, se descubría encogido y dolorido, tumbado de lado y en posición fetal sobre el terrazo. Del techo pendía un cable pelado con una bombilla. En el muro de la izquierda, ahí donde la sombra del crucifijo destacaba sobre la mugre de la pared, un hilo de hormigas se afanaba yendo y viniendo de unos agujeros. Rascó con la uña en la negra junta de las baldosas del suelo: salía una porquería pegajosa, gomosa. Qué asco: se apresuró a buscar el cortaúñas en su neceser y se recortó el filo manchado. A través de la ventana se veían las vías, el andén oscuro, un murete medio derruido lleno de pintadas con un arrimo de basuras pretéritas. Todo poseía esa fealdad tan absoluta que casi era equivalente a la ceguera. Pondré el colchón justo aquí, pensó. Animal de costumbres.

Recién duchado, afeitado, vestido con una camisa limpia más o menos aceptable (el tejido, italiano, tiene uno de esos acabados modernos que lo hace más resistente a las arrugas sin perder su aspecto elegante; son las camisas que usa en los viajes) y con el traje más sucio y engurruñado del planeta, Pablo sale de casa y se dirige primero al único Iberobank que hay en Pozonegro con la intención de que le cambien las libras. Llega por los pelos antes de que cierren: vive como en un tiempo deshuesado y las horas se le escapan entre los dedos. Para su fastidio, se ve obligado a identificarse y a reconocer que tiene cuentas en el banco, pero por fin consigue el dinero (sólo son, maldito Brexit, mil once euros). Después se va caminando hasta el Goliat, menos de quince minutos y ya está en las afueras de la localidad. ¿Cuántos habitantes tiene Pozonegro?, ha preguntado en el banco. Mil trescientos.

Mil trescientos y Pablo acaba de cruzarse con la rara del pueblo, una adolescente rechoncha con el pelo teñido negro cuervo, ropa destrozona de punki antigua y la cara llena de piercings. La chica le mira con una expresión de furiosa inquina que ha debido de cultivar durante horas ante el espejo. O quizá no, quizá sea así como se siente de verdad. Con toda esa rabia y ese dolor. Tiene que ser muy duro ser la rara de los piercings en Pozonegro, piensa Pablo. Quiénes serán sus padres, qué le habrá pasado a esa muchacha para acabar así. De pronto, el corazón de ese hombre echa un esprint en su pecho. La víscera estrellándose contra la cárcel de las costillas. Un golpe de angustia física, un vahído, la sensación de estar a punto de desmayarse. Pablo se recuesta contra la pared, respira lentamente. Los latidos se normalizan y el mundo vuelve a adquirir definición. Tiene la frente inundada de sudor frío. Pero hace calor. Demasiado calor, quizá sea eso. Se quita la arrugada chaqueta. Abre un poco más el cuello de la camisa, se remanga los puños. Mejor así, sin chaqueta. Además, de este modo tiene menos aspecto de haber dormido con la ropa puesta. Es decir, menos aspecto de mendigo.

Retoma el camino. No hay una sola maceta en esas ventanas, no hay nada de color en esas calles. Los mil trescientos vecinos deben de estar dentro de sus casas; los pocos con los que se cruza son tan feos, descoloridos y borrosos como el entorno. Casi todas las tiendas muestran amarillentos carteles de «Se traspasa». Hay pequeñas casas derruidas, estrechos solares llenos de cascotes; las calles parecen bocas desdentadas y las ruinas son tan viejas que sobre las basuras han crecido malas hierbas. Pozonegro está muerto y no lo sabe.

Las grandes puertas del Goliat se abren con un siseo y Pablo penetra en el alegre paraíso del consumo. Se diría que el lugar está recién pintado, incluso recién creado; el ambiente es luminoso, los colores brillantes, el hilo musical ameniza la tarde con un repertorio de canciones de moda. De manera que es aquí donde estaba la gente, se asombra; y es verdad, hay bastantes personas. Además, aquí todos parecen más contentos, incluso más arreglados que en la calle, menos grises, menos feos. Parado junto a la entrada, Pablo se queda mirando con un poco de aprensión el vasto local. Él siempre ha detestado las grandes superficies comerciales y en especial los supermercados, pero hoy experimenta emociones encontradas al estar aquí: por un lado la claustrofobia habitual, por el otro una paradójica sensación de alivio. Hace un esfuerzo de concentración y confecciona una lista mental de lo que debe comprar. Todo barato, muy barato. No quiere usar las tarjetas ni mover más las cuentas para pasar lo más inadvertido posible, y sólo dispone de mil cuatrocientos ochenta y siete euros. Y después, cuando se acaben, ¿qué?

—¡Pablo! ¡Pablo! ¡Pablo!

Está tan desligado de su nombre y de sí mismo que le cuesta un buen rato advertir que le están llamando. Sí, es a él. Una de las cajeras. Increíble.

—¡Pablo! ¡Soy tu vecina! ¿No te acuerdas? ¡Ayer, en el portal!

Claro. La chica que hablaba tanto. No se fijó en ella y no hubiera podido reconocerla jamás. La mujer termina de cobrar a un cliente y luego coloca un prisma de metacrilato que dice «cerrado» encima de su cinta.

—¡Me cojo el descanso! —le grita a alguien volviendo la cabeza sobre el hombro, y, tras salir de su puesto a toda prisa, se acerca a él dando saltitos—.

¿Qué haces por aquí? ¿Te puedo ayudar? Tengo media hora —dice de un tirón, sin esperar respuestas.

Pablo da un paso hacia atrás, abrumado por tanta vitalidad y simpatía. La mujer le asusta. Conoce a las personas así. Son invasoras, vienen para quedarse y exigir cariño.

—Aquí soy amiga de todos y a lo mejor hasta puedo conseguir que el *boss* te haga algo de descuento. No lo des por seguro porque es un tacaño, pero bueno... —sigue diciendo ella.

¿Cómo se llamaba?

—Me llamo Raluca, ¿te acuerdas? Seguro que no. Nadie se acuerda de primeras, ¡es un nombre tan raro! Es rumano y por eso también hay gente que me conoce como la Rumana, aunque yo soy española. O sea, seguramente nací aquí y además me adoptaron de pequeña. Bueno, no me adoptaron, pero ésa es otra historia. Ya te la contaré algún día —explica ella, como si le hubiera leído el pensamiento—: Entonces, di, ¿qué quieres comprar?

—Pues no sé... Bastantes cosas. Aunque lo mismo no las puedo pagar, casi no tengo dinero... —contesta él, impelido por la energía de la chica.

—Ah, pero eso no es problema. Lo que sí que te puedo conseguir es el pago aplazado, para eso eres vecino. Hay hasta seis meses sin recargo. Y además tenemos un montón de ofertas. A ver, ¿qué necesitas?

—Pues... ¿un colchón?

—¡Uh, eso está hecho! Tenemos unas ofertas de colchones buenísimas. Y el de la zona de menaje siempre me hace ojitos. Casado y con hijos, pero tú ya sabes. ¿No serás tú de ésos, eh? Anda, ven conmigo.

Raluca le agarra del brazo y le arrastra. Es una chica alta y fuerte y le lleva bien sujeto; el codo de Pablo roza el costado de ella. El hombre siente su calor y su olor: un perfume cítrico barato y el almizclado aroma de su piel. La chica huele bien, y eso que Pablo tiene una pituitaria desesperante por lo aguda. Pelo rizado y negro, rostro muy pálido, grandes ojos de un color inesperado e inusual: miel oscura con chispazos de oro, anota Pablo, fijándose en ella por primera vez. Dientes fuertes y blancos pero torcidos y un poco montados unos sobre otros: en estos tiempos de ortodoxia ortodóncica, esa sonrisa es un exotismo. Y no es tan joven: las comisuras de sus ojos y de sus labios ya están sufriendo el paciente asedio de las arrugas.

—Precisamente tenemos esta oferta que es buenísima —dice el dependiente, un hombre calvo y sudoroso que mira a la chica como si la lamiera con los ojos—: Un colchón ViscoSmart de noventa por doscientos centímetros. Viscoelástico, veintiún centímetros de grosor, dos años de garantía. Cuesta doscientos sesenta y nueve euros, pero lo vendemos a ochenta y siete euros, un sesenta y ocho por ciento de ahorro, ¿qué te parece, Raluca?

Ha echado la zarpa sobre los hombros de la chica, que se suelta de un tirón.

—Venga, Manolo, no seas pulpo... Pues me parece muy estrecho. ¿Qué quieres, que este señor duerma en una camita de adolescente? Algo un poco más serio, por favor...

Pablo deja que Raluca lleve la negociación; se siente algo atontado, fuera del mundo. Las cegadoras luces del local le aturden. Unos metros más allá, en la zona de alimentación, está la rara del pueblo, muy negra con sus ropas góticas en mitad de las estanterías multicolor. Permanece concentrada en la lectura de la etiqueta de una lata de conservas mientras le da vueltas, ensimismada, a la bola que perfora su ceja derecha. También a ella se la ve menos desesperada, más contenta. El hipermercado como una epifanía de serenidad, de plenitud y gozo.

—Ya está, Pablo, ven para acá, que tienes que firmar el papeleo.

Al final se lleva un ViscoSmart de ciento treinta y cinco por doscientos centímetros, dos años de garantía, al imbatible precio total de ciento quince euros, de los cuales ahora paga cuarenta y después quince al mes durante cinco meses. Más otros quince euros por mandárselo a casa.

—Costaba trescientos setenta y nueve, o sea que se está ahorrando el setenta por ciento —alardea el vendedor, que intenta aprovechar la feliz resolución del operativo achuchando de nuevo a Raluca.

—Quita allá, paliza —le sortea ella.

Y vuelve a aferrar el codo de Pablo y lo pastorea de acá para allá por toda la tienda. En poco más de media hora (Raluca regresa con cierto retraso a su puesto) compran de todo: sábanas, una manta, una almohada, toallas, ropa interior, vaqueros, camisetas, camisas, una sartén, una cazuela, platos, vasos, tazas, cubiertos, papel higiénico, bolsas de basura, detergente, un par de deportivas. Pablo no hubiera sabido ni por dónde empezar. Mareado y con el carro hasta los topes, pasa por la caja de Raluca y, aunque aplaza parte del pago, después de abonar la factura su capital se ha reducido a la mitad.

—Buf. Me estoy quedando sin dinero —murmura, contando los billetes.

—¿Necesitas trabajo? —dice la chica—: No te preocupes, Pablo. Yo te ayudo.

Y sonríe, luminosa, mostrando una desbaratada fila de dientes torcidos.

Y luego en el pueblo nos llaman los Urracas. Ja. Lo que soy es un gilipollas. Tenía que haberle pedido mucho más a ese tío. Ni discutió la pela. Ni le echó un ojo al sitio. Y eso es de gente rica. A ver, ¿quién se compra un piso a tocateja sin siquiera subir a echarle una visual? Pues alguien muy rico. Pero que muuuuy rico. Ya te digo. Y con mucha necesidad, con esas prisas. Tenía que haberle pedido cincuenta mil. Seguro que me los daba. Zas, aquí están los cincuenta, como hizo con los cuarenta y dos. De golpe y sin pestañear. Ese hombre huye de algo, ya te digo. O tiene algo que esconder. No es trigo limpio. A mí me va a engañar, ja. Con esos aires de señorito fino. Los pantalones más arrugados que un acordeón, pero eso sí, él mirándolo todo desde arriba. Seguro que ya nació rico, es lo que más jode. Unos con tanto y otros con tan poco. Como el pichablanda del Leocadio. Lo que nos reíamos de él en el colegio. Vaya mierda que era el mariquita. Y ahí le tienes, heredando la notaría del padre. A él también le gustaría mirar desde arriba, pero como es un culibajo y un mermado, como que no le sale, ja. ¡Si es más retaco que yo! Total, la cosa es que la he cagado. ¡Pedazo de animal, tenías que haberle pedido mucho más! ¿No viste la prisa que tenía, eh? ¿No viste que estaba loco por comprar, eh? Vaya pesquis el mío. Me hierve la sangre de la rabia. No hay nada que duela más que un negocio a la baja. Me parece que estoy perdiendo facultades... El Urraca, dejándose engañar. Vaya vergüenza. Pero esto no va a quedar así. Ríe más quien ríe el último. Este tío esconde algo, y los que esconden pringan. Tienen una situación de debilidad, ésa es la cuestión. Y lo que tienes que hacer, pedazo de animal, es vigilarle y estudiarle hasta ver qué esconde. Espiarle, como los espías de las pelis. Conocer sus costumbres, lo que hace. Por ejemplo: parece que no sale casi nunca del piso. ¿Y qué estará haciendo ahí metido ese chalado, si en la casa no hay nada de nada? O a lo mejor han venido en mitad de la noche a traerle muebles y de todo... Pero no creo. En este pueblo no hay quien se tire un pedo sin que se entere todo dios. De todas formas, tengo que vigilarle mejor... y hacerme el encontradizo. Ahora mismo, por ejemplo, no sé si el tío está dentro o ha salido. Las persianas están exactamente igual a como las dejé. Claro que están rotas, o sea que... ¡Míralo, hablando del rey de Roma por ahí asoma! Y viene tan cargado de paquetes como Baltasar... Le sobra la pasta, ya te digo. Ahora cojo y me acerco como si pasara por aquí. Qué tal hombre, qué casualidad, cómo van las cosas, es un piso estupendo, eso le voy a decir. Incluso: te echo una mano para subir los bultos, y así fisgo un poco... Ehhhhh... Cuidado cuidado cuidado... Quieto parado... ¿Qué hace ese madero saliendo del coche? Un policía de uniforme y un coche de civil. O más bien camuflado, que a mí no me la pegan. ¿Cómo no me había dado cuenta antes de que ese coche aparcado tenía bicho dentro? ¿Me habrá visto? No creo. Además, ¿qué ha visto? Un tío fumando tan tranquilo en las escaleras del apeadero. Puedo estar esperando el tren tan ricamente. Ja, se ha quedado de piedra el señorito. El madero está hablando con él, muy educado. Estos cabritos son muy educados hasta que de golpe y porrazo te detienen. El tal Pablo Hernando está como un flan. Ja, ésta es la prueba del algodón de que oculta algo sucio. Qué putada no entender lo que dicen..., se oye el murmullo y nada más. El tío le da el carnet de identidad. El madero habla por teléfono. Más murmullos entre ellos. El poli le devuelve el documento, saluda y se va. Se ha quedado con los ojos viendo chiribitas, el pijo este. No le llega la camisa al cuerpo, ya te digo. Está abriendo el portal y la mano le tiembla. ¿Problemillas con la pasma, eh, cabroncete? Te he pillado. Ahora sólo tengo que encontrarte el agujero negro y, luego, ordeñarte. Como cuando aquel *bisnes* con la puta de Irina. Sacamos una bonita pasta. Qué pena que luego su chulo se torciera. Pero esta vez le ordeñaré yo solo. Sesenta mil. Tenía que haberle pedido sesenta mil y me los hubiera soltado sin rechistar. Ya te digo.

Regina se ha acostado con Pablo Hernando. Más de una vez, de hecho. Un buen puñado de veces. Se podría decir incluso que tienen una relación. Sí, se podría decir, pero Regina sabe que no es verdad. Es por eso por lo que no quiere que se enteren del asunto en el estudio. En realidad no tendrían por qué ocultarlo, los dos están libres, pero a Regina la mortifica que los demás sean tan conscientes como ella del poco lugar que ocupa no sólo en la vida de Pablo, sino en su cabeza y en su corazón. Desde que enviudó, siete años atrás, le ha cambiado el carácter. Ya antes era un tipo silencioso y reservado, pero a partir de entonces se amuralló. Dos años después de la muerte de Clara, terminaron metidos en la cama en Shanghai, durante un viaje de trabajo y con algunas copas de más para celebrar un buen contrato. A pesar de que la noche tampoco había sido para tirar cohetes, a Regina, a quien Pablo siempre le había parecido atractivísimo, se le incendió el corazón. Le encantaba y fue tan estúpida que se ilusionó, cuando ya hacía mucho que se habían acabado los tiempos de las ilusiones. Pero pronto advirtió que la cosa no iba a ser un cuento de hadas. Tras Shanghai (qué exótico, qué precioso hubiera quedado Shanghai como comienzo de una historia de amor, qué rácana es la vida),

Pablo la siguió tratando exactamente igual, con la misma lejana y amable confianza, con su habitual educada magnanimidad de estrella internacional y fundador del estudio. Tardaron un par de meses en volver a acostarse, y fue también tras un encuentro casi casual (que a Regina le había costado muchísimo organizar). Ahora a ella le da vergüenza reconocer que, durante el primer año, y como si fuera una adolescente idiota en vez de una prestigiosa profesional de edad madura, durante los primeros tiempos, en fin, abrigó la pueril, patética esperanza de que Pablo cambiara. Esto es, de que ella fuera capaz de cambiarlo con su amor. Pero no, no era capaz. Nadie cambia a nadie. Al cabo tuvo que reconocer que lo que tenía era lo único que había. Un encuentro erótico de cuando en cuando, más o menos una vez cada dos meses, y siempre marchándose después, nunca durmiendo juntos. Le come un poco la moral sentirse un objeto sexual, el remedio para una necesidad de la ciega carne, pero ha llegado a adaptarse. A fin de cuentas, Pablo también cumple esa función para ella. Regina tiene cincuenta y dos años, trabaja mucho, es una mujer con dinero, poder y éxito, todo lo cual dificulta sobremanera su vida amorosa. Si se mira bien, es un acuerdo bastante conveniente para ambos.

Dicho esto, hay que reconocer que Regina siente, pese a todo, que haberse acostado con Pablo unas tres docenas de veces, más o menos, la autoriza a creer que tiene una relación especial con él. A sentirse un poco viuda, por así decirlo, con su desaparición o su escapada. Su maldita, inexplicable escapada, a juzgar por lo que le contó la policía. Porque, como además de viuda in péctore Regina es también la socia más antigua, es a ella a quien volvió a llamar el inspector.

—Está en Pozonegro, en efecto. El agente al que enviamos ha hablado personalmente con él. Ha comprado un piso y dice que por el momento se va a quedar allí. El agente le dijo que ustedes habían puesto una denuncia por desaparición y por lo visto no le hizo mucha gracia. Dice que está bien y que lo que quiere es que le dejen tranquilo. Que cuando quiera ponerse en contacto con ustedes ya lo hará. Y que no le necesitan para nada. Así que hemos dado por cerrado el caso.

Pozonegro. Provincia de Ciudad Real. En Castilla-La Mancha. Mil doscientos ochenta y cinco habitantes en 2018. Pueblo creado a finales del siglo XIX en torno a una enorme mina de carbón llamada la Titana, el yacimiento más grande de toda la cuenca carbonífera de Puertollano. Cuando la minería entró en crisis a mediados del siglo XX, Puertollano sobrevivió gracias al complejo petroquímico, inaugurado en 1966. Pero Pozonegro se quedó sin nada. La Titana se cerró en 1965. En medio siglo bajaron de una población de nueve mil seiscientos habitantes a la cifra actual.

Regina ha hecho los deberes. Ahora sabe dónde está Pozonegro. En el culo de la vida y de la historia. ¿Para qué demonios se ha ido Pablo ahí? Le ha telefoneado innumerables veces. Todos los días es lo primero que hace cuando se levanta, lo último que hace por las noches. Su móvil siempre está apagado o fuera de cobertura. También le ha escrito un montón de emails. Nunca ha tenido respuesta.

Se plantea una vez más la posibilidad de agarrar su coche y conducir hasta la maldita calle Resurrección número 2, segundo piso, Pozonegro, Culo del Mundo. Y una vez más, con enorme esfuerzo, se contiene. No puede ir. No debe. Ya lo ha dicho muy claro. Lo que quiere es que le dejen tranquilo.

Y luego, además, está el espantoso asunto de Marcos. Que ella sepa, todavía sigue fugado. Regina espera que la policía sepa lo que hace, que hayan comprobado que Marcos no tiene secuestrado a Pablo o algo así.

A decir verdad, esa parte le da bastante miedo.

El inspector jefe Andueza siempre fue un hombre lacónico y de mente rumiadora, pero en los últimos tiempos sus pausas comienzan a parecer ausencias. Todos empeoramos con la edad y acabamos cristalizándonos en nuestras manías, piensa Jiménez, que sabe de lo que habla: a ambos les falta muy poco para jubilarse. Empezaron casi a la vez en las primeras promociones de la democracia, aunque a Andueza, claro, le fue mucho mejor. Pero ahora los dos están igual de jodidos; en la Brigada Provincial de Información todo el mundo sabe que Andueza no es del agrado de la nueva ministra; su destitución es cosa de días. Será por eso por lo que hoy está especialmente meditabundo y espeso. Jiménez lleva tres minutos delante de él, en su despacho, sin que el inspector haya dicho una sola palabra. Se limita a contemplar el horizonte, es decir, una pared que queda a cuatro metros de distancia, mientras mordisquea la falsa boquilla de un cigarrillo de plástico. Jiménez suspira y hace acopio de paciencia.

—Jiménez... —gruñe Andueza.

—Sí...

El inspector jefe muerde con furia la boquilla. Debe de llevar algún tiempo haciéndolo, porque el plástico está roído y astillado.

—¿No te parece extraño que el tal Pablo Hernando se haya ido a vivir de repente a... a... a esa mierda de pueblo?

—Pozonegro. Pues sí.

—Eso digo, ¿a esa mierda de pueblo, dejándolo todo, poco después de que Marcos Soto se haya fugado? ¿No te parece extraño?

—Es raro —corrobora mansamente Jiménez, que sabe que al inspector le gusta tener coro.

—Muy raro... —repite Andueza con pensativa y genuina pesadumbre, como si se estuviera refiriendo no ya a este caso, sino a este mundo, esta sociedad, este país, esta vida y, ya entrando en materia, a esta profesión, esta ministra y estas leyes que ni siquiera te dejan fumar en tu propio despacho.

Con los años, piensa Jiménez, la realidad se hace cada vez más incomprensible.

Nueva pausa dramática.

—Me alegra que estemos de acuerdo, porque te vas a encargar de vigilarlo. Ya sabes, el procedimiento habitual. Habla con Parrondo. Ándate con cuidado, que no se os note, porque está claro que Hernando no quiere colaborar —dice al fin el inspector.

Y después hunde la cabeza en los papeles de la mesa, como si de pronto estuviera muy ocupado.

—Muy bien —contesta Jiménez, ya camino de la puerta.

Pero Andueza no ha dicho aún la última palabra. Vuelve a levantar la cara; su mirada es melancólica y algo errática. Otra pequeña pausa. Y al fin:

—Suerte —dice—. Y adiós.

Se está despidiendo, comprende Jiménez. Y siente en sus propias carnes el desaliento de la edad. Qué mierda de caso, y qué mierda tener que volver a educar a un jefe en el año escaso que le queda antes de jubilarse.

A Pablo le despiertan los furiosos gritos de una mujer, un revuelo de golpes y chirridos, como si alguien estuviera corriendo muebles, los llantos de un niño. La capacidad de adaptación del ser humano es tal que, en apenas una semana, ya se ha acostumbrado a soportar impertérrito el fragor del tren; pero los gritos y los llantos aún le arrancan del sueño, quizá porque, por fortuna, no son tan habituales ni tan rutinarios. Le echa un vistazo al reloj: las 10:23. Qué tarde. Aunque ¿tarde para qué? En realidad no tiene nada que hacer. Qué tic tan estúpido. Rutinas de una vida olvidada. Le pega una patada a la sábana para quitársela de encima: pese a dormir totalmente desnudo, el calor es sofocante incluso a estas horas. Tuerce la cabeza. Como el colchón está sobre el suelo, su mirada corre paralela y casi pegada a los baldosines. Desde esta perspectiva, y con el resol de la ventana, se distingue bien la capa de polvo y mugre que los reviste, salpicada aquí y allá por las huellas de sus pies descalzos. Puag. Esta permisividad con la porquería es el más claro indicativo de su nivel de degradación. El alboroto del piso superior prosigue. Más gritos, más golpes, más llantos. No es la primera vez: ha habido un par de rifirrafes anteriores. Una madre exasperada. Un hijo peleón. Pablo aprieta las mandíbulas hasta que los dientes le chirrían.

De pronto, el silencio.

El hombre se descubre a sí mismo en tensión, estirando las orejas, con el cuello rígido. Nada. No se oye nada. Es un alivio.

¿O no? Siente una especie de malestar, como cuando esperamos, con toda seguridad, la llegada de una mala noticia. Se sienta sobre el colchón con la espalda apoyada en la pared, en el mismo lugar del primer día, que es donde ha puesto la cama. Esos picos del gotelé que le arañan la piel ya casi se han convertido en un recuerdo doméstico. Levanta la vista hacia el tiznado techo. Hacia ese silencio.

La familia Turpin. Había leído la noticia en la prensa. El 14 de enero de 2018, en un tranquilo barrio residencial en Perris, California, una chica de diecisiete años, Jordan, llamó a la policía. Eran las seis de la mañana. Les contó que sus padres mantenían a sus doce hermanos encadenados. Que se morían de hambre. Que les pegaban. Y que ella acababa de escaparse por una ventana. Ni siquiera supo decir la dirección de su hogar: nunca había estado fuera de la cárcel familiar. Pablo se la imagina aún de noche, en mitad de ese mundo oscuro, vasto y ajeno, sin ninguna referencia, sin amigos. En la indefensión más absoluta. Soledad de cosmonauta en un mundo alienígena. Se había fugado junto con otra hermana, que, aterrorizada, no pudo soportarlo y regresó a su encierro. Llevaban dos años planeando la huida. Qué indescriptible valentía, la de Jordan. Llegó la policía y encontraron la casa. Una mazmorra cruel y apestosa. Y doce hijos más, entre los veintinueve y los dos años de edad, siete de ellos adultos. Cubiertos de roña, salvo en aquellas zonas en donde las cadenas rascaban la suciedad: sólo les permitían ducharse una vez al año. Extremadamente desnutridos: la muñeca de Julissa, de once años, era como la de un bebé de cuatro meses y medio. A sus diecisiete, la intrépida Jordan aparentaba diez. La hija mayor, de veintinueve años, pesaba treinta y siete kilos. La carencia de alimentos había afectado el desarrollo de los músculos y el funcionamiento del cerebro de las víctimas (y aun así, la gran, audaz, templada Jordan). Además eran castigados muy a menudo; las penas podían ser meses o años de encadenamiento, la prohibición de usar el baño (esa humillación, tan conocida por los torturadores, de hacerles mancharse con sus deposiciones), palizas, estrangulamientos. Los padres, David (56) y Louise Turpin (49), eran cristianos radicales, muy religiosos, unos individuos convencidos de que debían tener mucha descendencia para honrar a Dios. Fueron acusados de secuestro, tortura, abuso infantil, abuso de adulto dependiente y actos lascivos, y probablemente pasarán el resto de su vida en prisión. La familia vivía de noche; se acostaban a las seis de la mañana, se levantaban a las tres. Quizá eso ayudara a que este lento y largo horror fuera perpetrado impunemente, sin que ningún vecino se enterase.

Los monstruos se ocultan en el lóbrego vientre del silencio doméstico.

Pablo resopla. El malestar aumenta. Es como si estuviera rozando una herida con el dedo. No quiere pensar. Pensar le sienta mal. Cierra los ojos y se concentra en vaciar el tumulto de su cabeza. Borrar con una esponja la memoria. Lograr el ruido blanco. Las 10:52. Qué deprisa pasa el tiempo cuando no haces nada. No ser es un alivio.

Por fin, con un heroico esfuerzo de voluntad, decide levantarse, tomar un café y volver a sentarse en el sudado colchón a ver pasar los trenes y la vida. Pero en cuanto se pone en pie, un timbre estridente le hace dar un respingo. De entrada, no sabe qué es: ¿quizá de la estación? Vuelve a sonar, igual de desaforado y desagradable, y entonces comprende que es el timbre de la puerta. ¡Alguien está llamando! Inconcebible.

Se acerca, cauteloso, sin saber bien qué hacer. Se asoma a la mirilla y ve a la vecina entusiasta, la del Goliat. Ha sido un error mirar: la mujer ha notado cómo su ojo tapaba el agujero y ahora le está hablando:

—¡Pablo! ¡Pablo! ¡Soy yo, Raluca! ¡Abre! Tengo noticias para ti.

Lo último que desea Pablo es tener cualquier noticia, pero esa mujer, él conoce el tipo, es tan imparable como un incendio. Abre recatadamente y enseña sólo media cara por la rendija.

—¿Qué día es hoy? —pregunta, ceñudo.

—¡Martes! —dice ella, con una sonrisa tan festiva como si fuera su cumpleaños.

—¿Por qué no estás trabajando?

—Tengo turno de tarde. Déjame pasar, ¡traigo buenísimas noticias! —dice, muy excitada. Y luego, juntando las manos—: ¡Te he conseguido un trabajo!

Un trabajo. Pablo abre la boca. Y luego la cierra sin decir nada. Pasa un tren, todo vibra, los dos se quedan callados mientras el estruendo amaina. El hombre siente que la velocidad de los vagones le absorbe, él es una hoja que el viento zarandea.

—Espera. Tengo que vestirme.

Cierra la puerta, se pone los vaqueros que compró en el híper, una camiseta. Vuelve a abrir. Raluca sigue teniendo las manos unidas a la altura de la barbilla y la misma expresión radiante.

—Es sólo temporal, eh... ¡Pero es genial, porque es dificilísimo encontrar un curro en Pozonegro! Es hasta septiembre, y luego quién sabe —dice, entrando en el piso como una tromba.

Se queda parada, alta y fuerte, las piernas plantadas en compás dentro de sus apretadas mallas negras, y desde el pasillo le echa un vistazo a la sala. Pablo no ha vuelto a poner un pie ahí desde la primera noche y sigue vacía y mugrienta.

—Pero qué horror, ¡qué sucio está todo! ¡Y no tienes nada! —se espanta.

—Bueno, vivo en la otra habitación... —se excusa él.

Raluca ya ha echado a andar corredor adelante y ahora está entrando, con Pablo detrás, en el otro cuarto.

—Madre mía...

De pronto él es capaz de ver el lugar con los ojos de ella: el colchón en el suelo, el gurruño de sábanas sudadas, la ropa en una pila en un rincón, el maletín con la boca abierta en la otra esquina y, lo peor, un calzoncillo tirado en mitad de las rajadas losetas (lo que le hace recordar que no lleva puesta ropa interior). ¿Cómo ha podido caer en semejante desorden? El monstruo del caos por fin lo está devorando.

La mujer se vuelve hacia él muy decidida, brazos en jarras, manos en caderas, la viva imagen de la voluntad.

—Bueno, por partes. Primero, el trabajo. Es en el Goliat. De reponedor. Sabes lo que es, ¿no? —dice, al ver la cara en blanco de él.

—No sé, supongo...

—Sabrás hacerlo, no te preocupes. Tienes que desembalar las mercancías, colocar las cosas en las baldas, poner delante los alimentos que caducan antes, y reponerlos durante el día si se agotan, por eeeeso se llama reponedor, ¿entiendes? Es muy fácil. Cuarenta horas semanales. Los turnos son un poco lío, porque hay que hacer sábados y tal, pero pagan novecientos pavos al mes. Es una pasta, ¿eh? Hay una chica de baja maternal y otro que se cayó de una moto y se chafó una pierna, y el *boss* quería que nos repartiéramos el trabajo entre las cajeras sin cobrar ni un céntimo, ¿cómo lo ves? Un morro increíble, para ahorrarse unos euros, el cabrón. Pero nos hemos puesto todas firmes y hemos dicho que no. Y aquí estás. Te parece bien entonces, ¿no? Lo coges, ¿no?

Pablo la contempla espantado, incapaz de encontrar el camino a las palabras, aún menos a los actos. Decidir cualquier cosa le resulta imposible.

Raluca frunce un poco el ceño y ladea la cabeza para mirarlo, como un pájaro. Tiene algo raro en los ojos, piensa Pablo, concentrándose de manera absurda en estudiar los rasgos de la mujer, como si eso fuera lo prioritario en este momento. No sólo son peculiares por el color, una galaxia de chispazos en la oscuridad, sino que además en algunas ocasiones son desiguales, como si, de cuando en cuando, uno de los ojos pareciera más pequeño, o más lento. Hermosos ojos, sin duda, pero extraños. Raluca carraspea:

—Mira, no sé qué te pasa. No sé qué te ha pasado. Y no quiero saberlo. O sea, si tú no quieres decir nada, pues genial. Y si un día quieres contar algo, cojonudo. Pero yo también he estado ahí, tío. Metida como un gusano entre las sábanas. Y te voy a decir una cosa: si tú no haces algo por tu vida, tío, la vida no hará nada por ti.

El barquito de Yiannis. Pablo había tenido un profesor en Harvard, el griego Yiannis Katsaros, que un día les contó, no recuerda ahora a cuento de qué, esta historia clásica que acaba de venirle a la cabeza. Érase un tiempo en el que hubo grandes inundaciones. Llovía y llovía de forma torrencial y el nivel del agua subía sin parar. Había una iglesia ortodoxa cuyo sacerdote tenía fama de hombre santo en toda la comarca. Las aguas ya casi lamían la puerta de la iglesia, y hasta esa creciente orilla se acercó una barca de los servicios de socorro: «Padre, venga con nosotros, va a seguir lloviendo y la iglesia se inundará». Pero el sacerdote contestó: «No se preocupen por mí, no hay ningún peligro, confío plenamente en Dios mi Señor y sé que Él me salvará». Pasaron doce horas, la tormenta arreció y la riada penetró en el edificio. Apareció una nueva barquita, que entró a remo dentro de la iglesia. El sacerdote estaba sentado sobre el *horos,* el candelabro ritual colgado del techo, que ahora quedaba apenas un par de metros sobre sus cabezas. «Padre, venga con nosotros, corre usted peligro.» «No teman, hermanos», contestó el hombre santo: «Confío plenamente en Dios mi Señor y sé que Él me salvará». Se fue el equipo de socorro, refunfuñando, y siguió cayendo el diluvio. Doce horas más tarde, el edificio había sido cubierto enteramente por las aguas salvo la parte más alta del tejado, en donde se mantenía el religioso a horcajadas. Apareció una tercera barca: «Padre, apelamos a su sensatez, venga con nosotros, ¡tenga en cuenta que ésta es la última oportunidad, mire que ya no volveremos!». Pero el sacerdote siguió apostando por su fe: «No hay de qué preocuparse. Confío plenamente en Dios mi Señor y sé que Él me salvará». Doce horas más tarde, la tumultuosa crecida sepultó por completo la iglesia y el sacerdote se ahogó. Su alma subió al cielo bastante malhumorada. En las puertas se encontró con san Pedro y le protestó: «Estoy muy decepcionado. He intentado vivir una vida de plena santidad y creía tener un acuerdo con Dios y que Él me protegería, pero ha permitido que me ahogara en la riada sin hacer nada». San Pedro frunció el ceño: «¡Qué raro! Déjame ver...», contestó, y se puso a revisar los registros de un libro gigantesco con pesadas cubiertas de plata repujada. «¡Ah, no!», exclamó al fin: «Aquí dice muy claro que te hemos mandado tres barquitos». Para su propia sorpresa, a Pablo se le escapa una sonrisa. Raluca le mira con curiosidad y también sonríe.

—Entonces, ¿coges el trabajo?

El vendaval de la energía de la mujer le arrastra.

—Sí. Sí. Sí. Gracias.

—Empiezas mañana a las nueve. Y ahora lo otro: esto es una pocilga. Así que ahora mismo voy a subir la escoba y la mopa de casa y vamos a limpiar esto, pero los dos, ¿eh? Los dos. Ya te enseño yo. Que estoy harta de limpiarles la porquería a los hombres, vaya.

Un puto arquitecto. Eso es lo que es el pijo ese. Con un montón de páginas en internet. Páginas y más páginas sobre él. Y un montón de premios y esas cosas. No es que sea rico, es que está podrido de pasta, el hijo puta. Y tú vendiéndole la casa por dos perras. Pero qué animal eres, Benito. ¿Qué digo sesenta mil? Y cien mil mauros habría pagado. ¡Ciento veinte mil! Ya te digo. Esta gente no sabe lo que vale el dinero. Qué mala sangre me hace todo esto. ¡Un puto arquitecto con fotos con el Obama ese! ¡Con el presidente de los Estados Unidos de la leche! Seguro que no soy capaz ni de imaginar la pasta que tiene. Unos tanto y otros tan poco. Qué injusticia. Y si un puto arquitecto, que tiene casas y hoteles y palacios por todo el mundo, se viene a Pozonegro a comprar una mierda de piso, ¡es que tiene una necesidad oculta grande de cojones! La necesidad, ahí le duele. Por ahí le voy a pillar. ¿Pues no se ha puesto a trabajar el cabrón en el Goliat? Es para mearse de la risa. Un muchimillonario colocando yogures, tiene su gracia. Tú ocultas algo, jodío, algo muy negro y muy gordo, pero a mí no me engañas. Tengo que hacerme el encontradizo. Y si no, probaré con la perra de la Raluca. Parece que se están haciendo amigos. El tío es viudo y lo mismo la Raluca se cree la muy lista que puede

camelarlo. Pues que no se atreva a pisarme el negocio, que la mato. El pijo es todo mío. Todavía no sé
de qué pie cojeas, cabrón, pero te voy a sacar hasta
los higadillos.

Pablo Hernando Berrocal, cincuenta y cuatro años. El arquitecto de la intensidad, como le bautizó un periodista en una frase que hizo fortuna. Ganador de innumerables premios internacionales, entre otros de la RIBA, la prestigiosa medalla de oro del Royal Institute of British Architects, el segundo español en obtenerla, tras Rafael Moneo. Con obra en los cinco continentes, aunque tan exigente en lo que hace, tan perfeccionista y controlador de su trabajo, que prefiere construir menos y mantener un estudio relativamente pequeño. La arquitectura como orfebrería. Posee un estilo único, depurado, a medio camino entre la vanguardia y el clasicismo, con influencias nórdicas y con un toque siempre sorprendente, conmovedor, inquietante. Como la nueva sede del Parlamento de Canberra, un inmenso cubo de cristal que ofrece una primera y engañosa impresión de peso y solidez, pero que enseguida llena de zozobra al espectador porque el edificio baila, las líneas rectas no están del todo rectas, las esquinas no son del todo paralelas, la geometría se retuerce de forma sutil. De modo que la mole de luminoso vidrio parece estremecerse y girar, como si estuviera a punto de levantar el vuelo. Es una maravilla. Regina está segura de que, antes o después, a Pablo le darán el Pritzker, el equivalente al Nobel en la arquitectura.

Y este hombre de gusto estético exigente y exquisito, que ha rechazado encargos por la simple razón de que no le gustaba el emplazamiento que iba a tener la obra, se ha comprado un piso espantoso en el lugar más horrendo del mundo y se ha ido allí a vivir, se dice Regina, estupefacta, mientras contempla en Google Maps la maldita calle Resurrección, el maldito portal número 2, el segundo piso con su balconcito aniquilante, la absoluta fealdad, en fin, del Culo del Mundo. Por otro lado, ¿no es increíble que Google Maps tenga la imagen de ese lugar perdido? ¿Ya ni siquiera el Culo del Mundo es *Terra Incognita*? A medias admirada y espantada, Regina mueve las flechas direccionales con los dedos y recorre de nuevo la mísera calle. Pero cómo es posible. Y por qué. Para Pablo, vivir ahí tiene que ser por fuerza como estar en el infierno.

Ser otro es un alivio. Escapar de la propia vida. Destruir lo hecho. Lo mal hecho. Si tan sólo pudiera formatear su memoria y empezar de cero.

Para evitar que te maten en un combate de espadas, hay que ir hacia el golpe con los brazos pegados al cuerpo, contradiciendo tu instinto, que te impulsa a retroceder. Sin embargo, cuanto más te aproximes a tu enemigo, más reducirás la fuerza de su estocada. De la misma manera, no estires los brazos, porque con eso tu contraataque perderá potencia. Mueve tu espada levantándola paralela al suelo; bloquea el golpe con el centro del arma, no con la punta. Y acércate siempre a tu oponente, aunque no estés atacando sino defendiéndote.

Él, en cambio, está huyendo.

Claro que no es un combate de espadas.

A Pablo le gusta ser reponedor. Abrir las cajas de mercancías con el cúter, doblar los cartones meticulosamente, llevarlos al depósito de reciclado convertidos en un bloque compacto rectangular. Los plásticos son peor, más rebeldes, más intratables; pero Pablo ha encontrado una forma de enrollarlos y atarlos bien con bridas. Luego está lo de colocar las baldas. Hay un cierto placer en colocar las baldas. Que los colores de los productos armonicen, que los artículos se vean bien, que las pequeñas torres sean equidistantes y estables. El primer día se le ocurrió apilar las latas y delante de cada pila poner una de pie para que se viera qué producto era, pero los clientes siempre se llevaban la que estaba de muestra, así que se ha resignado a usar una formación más convencional. Es su tercer día de trabajo. Mira los pasillos del supermercado, recién reabastecidos, y experimenta, como siempre, el consuelo del orden. Qué perseverantes son las manías: una vez leyó de un hombre que había sido encontrado con un golpe en la cabeza y amnesia total, pero que, pese a no tener ni idea de quién era, cada día se bebía un vaso de agua tibia en ayunas y, a la hora de comer, ponía todos los cubiertos al lado derecho del plato en una determinada disposición. Un obsesivo del orden, como él. Y, sin embargo, él ha sido capaz de vivir más de una semana en una pocilga, las ropas y las sábanas y las toallas todas desperdigadas y arrugadas, el maletín hecho un barullo. Recuerda esos días con brumosa imprecisión, como quien recuerda una enfermedad, una fiebre muy alta.

Ahora ya no es así. Tras la limpieza del piso, ha vuelto a disponer con primoroso orden sus pocas pertenencias: los víveres apilados en la cocina; los papeles en el maletín; la ropa, bien doblada, sobre el suelo y sobre una silla que le ha prestado Raluca. La vecina es una mujer generosa y extraña. No parece pedir mucho a cambio, pero él tiene miedo precisamente de eso. De sentirse en deuda. No quiere deberle nada a nadie. El primer día, en el trabajo, le presentó a todo el mundo; y luego, camino de casa, le habló de los otros vecinos.

—En el cuarto vive Felipe. Es un encanto. Fue minero en la Titana, sabes, la mina grande de aquí. Entró con catorce años. Estuvo bastante tiempo de minero, hasta que la cerraron. Ahora tiene ochenta y cinco y los pulmones fatal, va con una bombona de oxígeno. No sé si será por la mina, él no me ha dicho nada. Le hago la compra de vez en cuando. Es divertido hablar con él, os caeréis bien, es un hombre muy culto, como tú.

—¿Por qué crees que soy muy culto? —se había asombrado él, que no tenía conciencia de haber dicho prácticamente nada.

Raluca se había encogido de hombros:

—Bueno, pues porque sí. Estoy segura. Da igual, te va a encantar, te lo voy a presentar. En el tercero vive Ana Belén. Me da un poco de pena, aunque es la mar de antipática, la tía. Limpia pisos cuando puede, pero aquí es muy difícil encontrar trabajo. Antes tenía pareja, pero un día desapareció. Yo he intentado echarle una mano, pero ya me he hartado de su mal rollo. Tiene una niña pequeña, pobrecita.

—¿Pobrecita por qué?

—¿Te parece? Una madre sin dinero, sin empleo y tan borde. Aunque a lo mejor es una buena madre. Yo qué sé cómo son las madres. Yo no he tenido.

Pablo no le habló de los golpes y los llantos. Se ve que Raluca no los oye, y no quiso crear más intimidad con la mujer. Por eso también pasó como un patinador olímpico por encima de la observación de que ella no había tenido madre.

—¿Y en mi piso? ¿Quién vivía antes?

—La madre del que te lo vendió. Eustaquia. El hijo la tenía abandonada. No le hacía el menor caso. Pero ella tampoco era buena gente. Son de la familia de los Urracas. En la otra punta del pueblo hay otra hermana que ya es muy mayor. Mucha misa y todo eso pero muy miserables, ¿sabes? Criticonas, interesadas y miserables. El hijo sobre todo es un caso perdido. Además de bruto, es un borracho y un colgado. Estuvo un tiempo en la cárcel. Por trapicheo o por algo peor. Bah, no me gusta hablar de eso.

Hoy no ha coincidido con Raluca en el Goliat, le han puesto en el segundo turno. Mejor. El híper abre de nueve de la mañana a diez de la noche. Acaban de cerrar, aunque ya le han avisado de que saldrá a las diez y media o más tarde; tiene que recoger y dejarlo todo colocado. Eso está haciendo ahora, mientras las cajeras cuadran las cajas. No hay cajeros varones. Es raro.

—¿Ya has terminado, perla? —le dice Carmencita, con su pequeño cofre metálico bajo el brazo.

Carmencita debe de tener cincuenta y tantos años y es una de esas mujeres un poco gallináceas que engrosan de cintura para abajo. Es cajera y desde el primer momento que la conoció le llama perla. Eso también es raro.

—Sí, creo que sí. Espero haberlo hecho bien.

Carmencita le echa una ojeada a la tienda.

—Yo lo veo perfecto. Que descanses, perla. Hasta mañana.

Pablo va al vestuario, se quita el mandil, lo dobla con cuidado y lo deja en su taquilla. Luego sale por la puerta de empleados. Él no tiene que apagar las luces, ni el aire acondicionado, ni cerrar. Da un suspiro de alivio.

A estas horas, Pozonegro hace honor a su nombre. Es la primera vez que Pablo ve el pueblo de noche, con la excepción del día en que llegó, cuando compró el piso. Pero de esas horas no recuerda mucho. Forman parte del incendio y de la fiebre. Pablo camina a buen paso por las calles oscuras y vacías; apenas son las once, pero se diría que es mucho más tarde. Hay farolas rotas a pedradas y además el alumbrado público es muy pobre: más que repartir luz, las débiles bombillas manchan las sombras. De día, Pozonegro es feo, ruinoso y deprimente. De noche es siniestro. Un cementerio urbano lleno de inmuebles muertos: las tiendas clausuradas, las puertas tapiadas, los solares ruinosos. Suenan los pasos del hombre en el silencio, igual que en las películas de terror. Aunque, como lleva las baratas deportivas que compró en el Goliat, en realidad no se oyen las pisadas, sino un fastidioso chirrido que hace la goma contra el suelo. Ñac ñac ñac.

Entonces lo advierte. Un escalofrío en la espalda. Una súbita descarga eléctrica en la nuca. Siente que alguien lo sigue. Se detiene y se vuelve: sombras, desolación, vacío. Parece que no hay nadie, pero... ¿Por qué se ha puesto tan nervioso, por qué ha entrado en alerta? Reemprende el camino, apretando el paso. El cuerpo posee herramientas que uno no conoce. Recuerda aquella vez en la playa de Copacabana. Con Clara. Bañistas tumbados no muy lejos,

73

gente pasando cerca, el deslumbrante sol en lo alto del cielo devorando las sombras. Era una mañana segura y feliz en un mundo perfecto. Y, de repente, esta misma sensación. La tensión. El peligro. Alzó los ojos y vio a dos muchachos que, a un par de metros de distancia, los observaban. O, para ser exactos, los rondaban, como dos jóvenes escualos. Se puso en pie de un salto, se plantó entre Clara y ellos y se quedó mirándolos, retador. Pablo odia la violencia física, pero aquel día no tuvo tiempo ni de pensarlo: una explosión de testosterona y adrenalina decidió por él. Qué extraña es esa pulsión a la pelea en los hombres. Casi se diría esa obligación. En fin, su altura siempre impone, y entonces era más joven y estaba más fuerte. Los chicos, que apenas le llegaban al pecho, disimularon y se fueron. Dos días más tarde supieron que los habían detenido. Se acercaban a los bañistas, les ponían un cuchillo en el cuello, los obligaban a darles todo y se llevaban a la mujer como salvaguarda hasta alcanzar el lugar donde tenían aparcada la moto en la que huían. Los olió, Pablo está seguro. Olió su excitación y su miedo.

Y ahora también lo sabe: hay alguien en las sombras. Alguien que le observa. Él sigue caminando, cada vez más deprisa, volviendo la cabeza de cuando en cuando. Puede ser un ladrón. Ojalá lo sea. Ñac ñac ñac. Casi está corriendo. Siente al perseguidor. Siente al depredador. Un aliento hostil, músculos que se aceleran a su espalda. Pero, por fortuna, ya está llegando a casa; ya ve el apeadero del tren, la esquina de la calle. Sus pulmones empiezan a exhalar un suspiro de alivio.

De pronto, una sombra se despega del muro más próximo, un movimiento brusco, apenas a dos metros. Pablo piensa: Marcos. Y un grito le sube por la garganta. Otro grito resuena al mismo tiempo, como un eco: es la rara del pueblo, que casi choca con él y ahora lo está mirando, demudada, compartiendo su susto.

—Lo... lo siento —balbucea el hombre.

La chica le esquiva sin decir palabra y hunde su negrura en la negra noche.

Pablo cubre a toda prisa los últimos metros hasta su casa, abre el portal con pulso tembloroso, llega a su piso. Saca el iPhone del maletín, lo enchufa a la red, espera a que se encienda. Abre el WhatsApp y le escribe un mensaje a Regina: «Por favor, mantened absolutamente en secreto mi dirección. Es esencial que no la conozca nadie».

Luego apaga el móvil, lo desenchufa, lo guarda. Se tumba boca arriba sobre el colchón y se tapa la cara con las manos.

Qué noche tan preciosa. Una de las noches más bonitas de mi vida. Hoy me han puesto al cierre, así que hemos vuelto juntos del Goliat sin hablar mucho, porque él es callado, ya lo sé, y yo le dejo estar, aunque me cuesta. Y llegamos a casa y estábamos subiendo las escaleras y cuando íbamos a despedirnos en mi puerta le pedí por favor que entrara un momento, que me ayudara a colgar un cuadro, que yo sola no puedo. Cosa que era verdad verdadera. Aunque el cuadro lleva cuatro meses arrimado a la pared y yo tan campante. Y entonces él no tuvo más remedio que decir que sí, y entró, y le enseñé mis obras. ¡Y se ha quedado tan impresionado! Puso una cara de asombro que me emocionó. Yo ya le había dicho que pintaba, pero claro, no es lo mismo que verlo. Tantos cuadros, además. Trabajo mucho. Y le dije que he vendido dos en el mercado. Treinta euros me dieron por cada uno. Me ayuda a pagar los materiales, que son caros. Deberías vender más, dijo él. Vete a los mercados de Puertollano. ¿No es lindo, ponerse a pensar en mí de esa manera? O sea, como para ayudarme. Y yo le dije, qué bien que te gusten, porque tú eres un artista, estoy segura. Y él: no sé por qué dices eso, no sabes nada de mí. Y yo: no sé nada porque no cuentas nada, pero, vamos, a mí me parece bien, eh, te lo respeto. Y se quedó callado, y fue uno de esos momentos que son raros. Muy incómodo. Así que le dije, vamos a colocar el cuadro. Y he sacado el martillo y los clavos y estuvimos un rato pensando dónde estaría mejor, aunque ya casi no queda pared libre, y zas zas zas, en un minuto lo dejamos listo. Ha quedado torcido. Mucho mirar y medir y luego somos un desastre, dije, y nos dio un poco la risa. Incluso a él. Una risa pequeñita, como si tuviera agujetas en la boca. Entonces le propuse calentar el pollo asado que tenía en la nevera y cenar juntos, y le vi dudar, pero yo saqué el pollo y los platos y puse la mesa en un santiamén antes de que él acabara de pensarlo, así que ya no tuvo más remedio. Se sentó. Le ofrecí la botella de vino tinto que siempre tengo para cuando pasa algo bueno, pero él no quiso que la abriera. Así que cenamos con gaseosa y hablamos del Goliat y de los otros empleados. Mientras tanto yo todo el rato le miraba y pensaba: cómo no voy a saber que eres culto y que eres artista, con esas manos de pianista y esa manera de moverte y de decir las pocas cosas que dices. Y con esos ojos. Ojos de hombre sabio. Cómo no voy a saberlo si llevas unos vaqueros del súper que te quedan por los tobillos y una camiseta negra barata y pareces un príncipe. Con la misma ropa, Moka parecía un macarra, que es lo que es. Y eso que es bien guapo. Y entonces hubo un momento de la cena, o sea después de la cena, cuando yo le di unos gajos de la única naranja que me quedaba, tengo que comprar más porque se ve que le gustan, y ahí hubo otro rato de silencio y dijo, soy arquitecto, bueno, ya no lo soy, lo era. Y volvió a callarse. Le dejé a ver si arrancaba a hablar de nuevo, pero como no decía ni Pamplona, pregunté, ¿y qué pasó? Y dijo, se me ponen los pelos de punta al recordarlo, dijo, he hecho de mi vida un disparate. Yo... Me convertí en un borracho. Bebía y bebía y un día iba en el coche y... tuve un accidente. Y maté a mi hijo. Tenía doce años y lo maté. Lo contó tal cual, todo entrecortado, y yo me quedé helada. Por dios qué me dices, creo que contesté, lo siento mucho. Y entonces él se puso de pie, me tengo que marchar, muchas gracias por la cena y por todo. Y se fue corriendo. Y aquí estoy repasando los detalles en la cabeza, cada palabra y cada gesto de esta noche preciosa. Ahora se entiende todo: lo raro que parece este hombre, la pena que se le nota. Maté a mi hijo. Qué horror. Pobre niño, pobre Pablo. Y pobre madre. ¿Qué habrá sido de ella? Seguro que le abandonó. Seguro que Pablo perdió el trabajo y la familia por el mal rollo de la botella. Por eso anda pelado de pasta. Y lo peor: casi ha perdido las ganas de vivir. Comprendo que lo haya dejado todo. Que se haya venido a empezar de nuevo lo más lejos posible de su vida anterior. Yo habría hecho lo mismo. Por los recuerdos, y también porque si quieres mantenerte limpio lo primero que hay que hacer, ya se sabe, es salir chutando y alejarse de los otros borrachos o los otros yonquis. Qué pena no poder contarle todo esto a Carmencita, que no hace más que fastidiarme y decirme que es un hombre muy mayor y un tipo sospechoso y que no lo ve claro para mí. Si le contara todo esto, lo entendería. O a lo mejor no, a lo mejor diría: ¿lo ves? Un puto borracho. El otro un drogota y ahora un borrachuzo. Bueno, de todas formas no puedo contárselo, no debo. Sería traicionar la confianza de Pablo. Que se está abriendo, por fin. Ha entrado en mi casa. Ha visto mis cuadros. Ha cenado conmigo. Me ha hablado de su secreto más doloroso e importante. Y ha dicho: muchas gracias por la cena y por todo. ¡Por todo! A mí me parece que le gusto.

Qué imbécil. Qué cretino. «Por favor, mantened absolutamente en secreto mi dirección. Es esencial que no la conozca nadie.» Enciende el móvil por primera vez en casi quince días, le escribe un whatsapp, y es sólo para mandarle un comentario tan idiota. Ni un saludo. Ni una palabra personal. Peor aún, utiliza el verbo en plural: «Mantened». Está usándola a ella, a Regina, como una simple transmisora de información. Como si fuera una secretaria. Una extraña. Maldita sea, llevan cinco años acostándose juntos. Tres docenas de veces por lo menos. Qué hombre tan... Tan tan. No encuentra la palabra exacta con la que denigrarle. Muerto de miedo, eso es lo que está. Muerto de miedo por la posibilidad de sentir algo. Regina da un bufido, abre el cajón izquierdo de su mesa de trabajo, corta dos onzas de la tableta de chocolate abierta y se las mete en la boca. No sabe bien por qué, pero este lacónico, estúpido mensaje la ha sacado de quicio. Ha aguantado su absurda desaparición, la inquietud, el disgusto, el miedo, el que los clientes estén mosqueados, que el estudio marche a medio gas, que el proyecto del museo esté parado. Pero tonterías, ni una. No tiene edad para aguantar más tonterías. ¿Creerá que es el único en el mundo que sufre por un hijo? Vuelve a abrir el cajón, vuelve a escarbar en la tableta y a arrancar otra pizca. Y encima engordaré, se desespera metiéndose el chocolate en la boca. Ahhh, no puede ser, Regina, se increpa a sí misma en un instante de lucidez o quizá de simple falta de autoestima: ¿pero todavía tenías alguna esperanza con él, todavía creías que podía quererte? No sabe querer a nadie. Ese cobarde.

Silencio. Ahora también dentro de su cabeza. Siempre fue un hombre muy callado. Una costumbre defensiva aprendida en la infancia, supone. Cuando has crecido sin madre y con un padre alcohólico, prefieres no hacer ruido. Borrarte. Que él no se acuerde de ti. Que no te vea. Así que, salvo durante los estallidos de violencia paternos, el silencio siempre le ha rodeado. Silencio y disimulo ante los demás: aprendió a fingir desde muy niño que tenía una vida normal. Aunque en casa todas las sillas estuvieran desencoladas, y la única que tenía cuatro patas, la que usaba su padre, mostrara un agujero en el asiento cubierto con un apelmazado cojín. Callar que a menudo no había nada para comer. Más por falta de cuidado que de dinero, aunque tampoco hubiera mucho de eso. Ocultar en el colegio que la noche anterior habías tenido que arrastrar a tu padre a casa, ese tiarrón desplomado sobre tu hombro de niño de diez años. Sucedía cada vez que telefoneaba Florián para que fueras a llevártelo. Recuerdas bien ese camino, el trecho que distaba desde el bar Florián hasta Virgen del Puerto 12. Poco más de cien metros, pero insoportables. Avanzar dando tumbos, temiendo caerte o que se te cayera. Y esas farolas deprimentes, esa luz miserable y amarilla, el olor a las basuras en verano. Pozonegro, de noche, le recuerda el Madrid angustioso de su infancia. Es como sumirse en un pantano.

Consejos para salir de arenas movedizas: cuando pases por una región pantanosa, lleva siempre un bastón o un palo. Si empiezas a hundirte, coloca el palo en la superficie de las arenas y luego pon la espalda sobre el palo y quédate quieto. En uno o dos minutos dejarás de sumergirte. Entonces, con movimientos suaves, cambia el palo de posición y colócalo transversal bajo tus caderas. Saca muy despacio una pierna a la superficie y luego la otra. Ahora estarás haciendo el muerto sobre las arenas y tan sólo tienes que nadar de espaldas con suavidad hasta la orilla. Las arenas movedizas son más densas que el agua y es más fácil flotar en ellas que en una piscina.

Cuando la desazón acecha, a Pablo le consuela repasar mentalmente alguno de sus conocimientos de supervivencia extrema. Desde muy pequeño ha ido coleccionando trucos para salvarse de los peligros más extraordinarios; vale, no podría escapar de su penosa y solitaria niñez, del aliento etílico y de las duras manos de su padre, pero si por casualidad algún día se encontraba con un oso hambriento o una serpiente de cascabel, o en medio de un tsunami, o envuelto en un alud, o atrapado dentro de una cámara frigorífica, o en un río con un cocodrilo, o si tenía que saltar de un tren en marcha, o arrojarse de un helicóptero, o evitar ser atravesado por una estocada, o aguantar en un submarino sumergido, por ejemplo, él sería el único que sabría lo que hacer, el único que se salvaría. Lo más importante, se dice ese niño que ahora es ese hombre, es tener siempre el control.

Que es justo lo que ahora se le escapa.

Raluca, esa inocente, le cree un hombre seguro de sí mismo, le cree culto y artista, le cree, qué elocuente manera de expresarlo, un señor. Aunque no es sólo ella, eso es lo chocante. Más de una vez, Pablo ha advertido que la gente le toma por un pijo con pedigrí, un rico añejo. Incluso los vástagos de las familias del dinero viejo piensan, de entrada, que él pertenece al mismo corral. Luego, en cuanto empiezan con su estúpido ritual de soltar nombres, conoces a Fulano, no serás hijo o sobrino de Zutano, y comprueban que él no está emparentado ni es ahijado de nadie, de inmediato le almacenan en su lugar. Pero a Pablo no deja de sorprenderle lo erróneo de ese primer golpe de apreciación. Será porque siempre ha sabido camuflarse muy bien, por las mismas razones defensivas por las que se calla. O quizá simplemente porque es alto y delgado y bastante atractivo, o de joven lo fue. A Pablo le parece ridículo el supremo valor que nuestra sociedad le da al aspecto físico. Está estudiado por los neuropsicólogos: los altos, delgados y de rostro simétrico son considerados más inteligentes, más sensibles, más capaces, incluso mejores personas. Qué arbitrariedad. Tus huesos elegantes, le decía Clara. Pero ella sí le quería. Aunque él no supiera cómo quererla.

A él, en cambio, le gusta cierta imperfección. El vibrante atractivo de lo inesperado. El desasosiego de lo que no respeta la simetría... siempre y cuando ese desasosiego resulte hermoso. Esto es, no estamos hablando del sucio y tonto caos de una lata de atún chirriando entre las latas de guisantes, sino del refinado arte de dotar de belleza a lo fallido. Pablo cree que, sin esa pequeña ventana al infinito, sin ese resquicio de aire, su propia obsesividad lo mataría. El amor por la imperfección es su punto de fuga, su rescate. Ése es el secreto de su éxito como arquitecto: conseguir una impresión de clasicismo con algo que transgreda todas las leyes de la belleza clásica. Y lograr, pese a ello, que sea armonioso. Como la Torre Gaia, de Shenzhen. Esa torre helicoidal, esa especie de arqueado cuello de diplodocus cuyas líneas se curvan grácilmente, un ondulante tubo central de hormigón recubierto por una piel de cristal limpio y diáfano, de manera que son dos edificios uno dentro del otro, con veinte metros de aire separándolos. Un aire que se ve, una piel que vuela. Y que ha hecho que el edificio, además de inconfundible, semitransparente y hermoso, sea uno de los rascacielos más ecológicos y sostenibles del mundo. La Torre Gaia bailó en su cabeza durante meses cuando la ideó. Eso le sucedía antes con todas sus obras: en lo más profundo de su cerebro, los volúmenes danzaban, las superficies cantaban, los edificios se animaban con la maravillosa música de las esferas. Ahí no había silencio. Pero ahora todo eso ha desaparecido. Ahora su cráneo es un desierto, una tumba. No resuena ni un eco en el sepulcro de su creatividad. Se acabó el baile. «Soy arquitecto, bueno, ya no lo soy, lo era», le dijo anoche a Raluca. Y es la verdad.

Raluca es imperfecta. Gloriosamente imperfecta. Sin ese enredo de dientes, y sin ese ojo perezoso que de cuando en cuando parece achicarse o adormecerse, sería una mujer demasiado guapa. Pablo admira el *kintsugi,* el arte japonés de reparar las cerámicas rotas con resina mezclada con polvo de oro o plata, de modo que la grieta queda bien a la vista, brillante, destacada, ennoblecida por el metal. Los japoneses piensan que esas cicatrices, esa historia, esa falla, son la belleza del objeto. Recuerda ahora Pablo el delicado cuenco del siglo XVII que compró en Kioto, la dorada nervadura de su antigua herida bien visible. Qué extraño: es capaz de rememorar y apreciar la hermosura de la pieza, pero no la siente como suya. No la echa de menos. El cuenco se encuentra en su casa, se dice. Y le parece estar hablando un idioma incomprensible y alienígena. Qué quiere decir su casa. Cuál es su casa. El pasado no existe.

Su casa es este piso triste, vacío y feo. Tres adjetivos que le definen. Ayer entró en el apartamento de Raluca. Y se quedó a cenar. No debió hacerlo, pero era lo más fácil. Esa mujer lo pone todo fácil. Y ése es el peligro: resbalar hacia ella, acostumbrarse. Tiene que aprender a protegerse. Raluca pinta, cosa que ya sabía. Y le enseñó sus cuadros. Tuvo que hacer un esfuerzo para que no se le notara nada en la expresión. Toda la casa está llena de cuadros de caballos musculosos, espantosas estampas de caballos de un realismo de cromo infantil, con las crines al viento, los cascos levantados, los miembros muy mal proporcionados, caballos cabezones o de cuellos larguísimos, con patas imposibles y perspectivas deformes, más y más caballos con ojos de locos.

¿Qué te parecen?, preguntó ella; y él, que no sabía qué decir, contestó: ¿sólo caballos? Sí, porque es un animal bello y rápido, porque es fuerte y alegre y muy libre, es lo que yo quiero ser en mi vida y a veces lo consigo, dijo ella. Detrás de esos caballos monstruosos, unos fondos igual de relamidos contra los que se recortan los animales: soles ardientes, lunas plateadas, arco iris, atardeceres rojos y... ¿un cielo verde? Raluca vio que miraba ese cuadro y se rio: mis amigos dicen que el cielo nunca es verde, y menos de este verde fosforito tan brillante. Pero a mí no me importa lo que digan, porque yo vi este cuadro en mi cabeza, ¿sabes? Es como si las imágenes bailaran en mi cabeza antes de pintarlas. Y yo he visto aquí dentro un cielo verde, dijo tocándose la frente. Los malos artistas arden con la misma pasión que los buenos y se abrasan igual en la llama de la belleza, pensó Pablo. Y por un instante le envidió sus horrendos caballos.

—¿Qué quieres? —dice Raluca, con seca desconfianza, cuando se topa con Benito al salir de casa.

—Nada, mujer, no te pongas así. Ni que te hubiera asustado.

—A mí me asustan muy pocas cosas —gruñe ella—: ¿Qué quieres? Tengo prisa.

Y es verdad. Va a hacerle una compra a Felipe, el vecino, quiere dejarle además algo de comida cocinada y dentro de una hora comienza su turno en el Goliat.

—Vengo a darte recuerdos del Moka.

—Ya lo dudo.

—¿Qué crees, que no se acuerda de ti? Pues sí que lo hace y con mucho cariño.

—Mira, no te creo y además me da igual. Si es verdad que hablas con él, dile que ni se moleste en venir a buscar sus cosas. Las he tirado todas —dice, y echa a andar.

—Espera un segundo...

Benito la agarra de un brazo para detenerla. Raluca se revuelve y le mira con ojos como cuchillos. El hombre la suelta de inmediato.

—Está bien, tía, qué mala hostia tienes... En realidad venía a hablar con tu vecino, con mi comprador. Hay una chorrada pendiente, un papeleo... —improvisa—. ¿Sabes si está en casa?

—Ni idea. Sube a ver.

—¿Pero no trabaja contigo?

—Pues sí. Pero no me conozco la vida de mis compañeros de trabajo.

—¿Me das su teléfono?

—No tiene teléfono. Yo me voy.

Ya ha avanzado Raluca dos pasos en dirección a la tienda de la Antonia cuando el Urraca dice, levantando un poco la voz:

—Menudo caradura tu vecino trabajando de reponedor. ¿Tú sabes que es muy rico?

La mujer se detiene, a su pesar, y vuelve medio cuerpo hacia él.

—Qué tontería.

—De tontería nada. Está podrido de dinero. Es riquísimo y famosísimo. Se está riendo de ti —aventura, con ese fino olfato para hacer daño que tienen los malvados—. Para que te enteres, ¡es arquitecto!

Raluca siente que se le esponja el corazón. Alivio, seguridad, alegría.

—Ya lo sé, gilipollas. Eres tú el que no sabes nada. Piérdete, Benito —le dice, como quien dicta una sentencia.

Y se va corriendo calle arriba.

Lo piensa y lo repiensa, pero al final no puede evitarlo. En la hora del almuerzo, Raluca corre a la zona de los baños, se encierra en un cubículo, conecta su barato móvil coreano al wifi del Goliat y teclea su nombre. Pablo Hernando, arquitecto. Parpadea, asombrada. El Urraca tiene razón, es famosísimo. Pero eso no quiere decir nada, todo lo demás puede seguir siendo verdad. Incluso es muy normal que tenga problemas de dinero. Imagínate que en el accidente tuvo que pagar indemnizaciones y esas cosas. Como pasó con ella. La pena es que con ella el cabrón se declaró insolvente. La mujer mira con curiosidad las fotos de los edificios de Pablo. Raluca no entiende nada de arquitectura, pero le parecen preciosos. Él ha visto sus cuadros y ahora ella conoce la obra de él. Se siente orgullosa del éxito de Pablo, como si fuera de alguna manera un poco suyo.

Sale del baño, advirtiendo que de todas formas se encuentra un tanto inquieta. Es esa imaginación que tiene, esa hipersensibilidad, como decía el médico. Tranquila. Ni caso. Le quedan sólo quince minutos del almuerzo, así que corre a coger la tartera de su taquilla. En el cuarto de empleados está Carmencita comiendo a buen ritmo algo que parece pollo con arroz.

—Vaya, por fin apareces. No sabía dónde te habías metido.

—Estaba en el baño.

—¿Tanto tiempo? ¿Estás mala?

Raluca niega con la cabeza, destapa su ensalada y se sienta junto a ella.

—¿No estarás embarazada? —insiste Carmencita con gesto inquisidor.

—¡Noooo, por dios! —se escandaliza Raluca—. Qué cosas tienes.

—Pues no sé por qué te sorprendes tanto, porque bien que me has dicho que quieres tener un hijo.

Raluca suspira:

—Tengo treinta y nueve años. Ya casi no me queda tiempo, tía. Y sí que me gustaría quedarme embarazada. Pero ahora mismo no tengo con quién.

—Así que por eso le estás poniendo los puntos al perla...

—No... O bueno, no sé. Ay, es que me gusta mucho, Carmencita. Creo que me estoy enamorando de él.

—Noticia fresca. Te enamoras de todos.

—No es verdad.

—De todos, ya te digo, siempre que sean guapos. Nena, tienes un corazón de lo más fácil.

—Pero Pablo es... diferente. Es dulce, cuidadoso, sensible, educado, es un artista, ¡es arquitecto!

—¿Arquitecto? ¿De los que hacen casas? ¿Y qué coño hace aquí de reponedor, quieres explicarme? Ay, Raluquita, que te pierdes. Mira que a mí ya me parecía raro ese tío... El perla oculta algo. Estoy segura. Y todo eso que dices que es, es lo que a ti te parece, so tonta. Te lo inventas como si estuvieras en una película de amor. Del Moka al principio también decías lindezas, y ya ves. Menos mal que lo metieron en la cárcel.

No puede contarle, se dice Raluca. No puede explicarle porque sería traicionar a Pablo. Pero si Carmencita le conociera como ella le conoce también le amaría.

—Tú no le conoces, Carmencita.

—La frase del siglo. «Tú no le conoces» —repite la otra en falsete haciéndole burla—: ¿Cuántas desgraciadas habrán dicho eso? Anda que...

Un par de tensos minutos de silencio. Ya es casi la hora de regresar al trabajo, pero Raluca siente un desasosiego creciente, una bola de palabras que se espesa en su pecho.

—Pues yo creo... Creo que éste es mi momento, Carmencita, tengo el pálpito de que ahora todo me va a ir muy bien. Esta vez sí.

Se imagina con Pablo, ella pintando sus caballos, él haciendo sus casas otra vez, empezando de nuevo poco a poco, y con un niño jugando bajo la mesa. Una niña, mejor.

—Yo no conocí a mi madre, ya lo sabes...

—¿Cómo que no? ¿Pero no me dijiste que era bailarina?

—Bueno, sí, acabé sabiendo quién era, pero nunca la conocí en persona... O sea, verás, me mandó una carta cuando yo tenía catorce años. Una carta en rumano que la directora del orfanato tuvo que mandar a traducir. Y me explicaba que había estado de gira por España con el Ballet de la Ópera

Nacional de Bucarest. Y que me había dado a luz en secreto en Ciudad Real. Sólo tenía quince años, mi padre era otro bailarín jovencito, no podían quedarse conmigo, lo hubieran perdido todo, hubieran sido muy pobres y muy desgraciados... Por eso me dejó. La entiendo y la perdono.

—Ya, ya, ya.

—Pero nunca la he conocido, no he sabido lo que era tener madre, así que por lo menos me encantaría serlo. Vivirlo desde el otro lado, ¿sabes cómo te digo? Yo creo que sería una madre buenísima.

—Anda ya, criatura, qué manía con preñarse. Si yo no tuviera hijos me habría separado hace años del pelmazo del Ángel. Aquí me ibas a ver si no tuviera hijos, ja...

La rumana frunce el ceño. Está harta de oírle esa monserga y además sabe que es mentira; es una de esas burdas excusas a las que uno se agarra. Carmencita nunca sería capaz de separarse de su marido, con hijos o sin ellos.

—Además, Raluca, ¿tú no estás un poco chiflada? ¿Y eso no es hereditario? ¿Y si tienes un hijo y te sale un poco p'allá? —prosigue la mujer.

Raluca tuerce el gesto: a menudo se arrepiente de hablar demasiado. ¿Por qué le contó nada a Carmencita? Nada de aquello, en fin.

—No estoy chiflada. Fue una cosa de los nervios. Ya sabes que soy bastante nerviosa. Y fue a los diecinueve. Hace veinte años.

—Ya. Pues yo también soy nerviosa y no me meten en el manicomio. Anda, tira para la caja, nena, que tienes la cabeza algo estropeada. Casarte con el perla. Madre mía.

La dejaron abandonada en uno de los viejos bancos de azulejos del parque Gasset, en Ciudad Real. Era febrero, hacía frío. La encontró un señor y avisó a la policía. No tenía ningún tipo de documentación: sólo una hoja de papel prendida con un imperdible que decía, escrito con bolígrafo y mala letra: «Me yamo Raluca, 15-4-80». Tal cual. Como Raluca es nombre rumano, dedujeron que ella también lo era, sobre todo por esa falta de ortografía. Estaba bien cuidada, hasta gordita, más grande que el percentil de los diez meses que acababa de cumplir. Siempre tuvo suerte, piensa ella. Con tres años la preadoptó un matrimonio español. La devolvieron dos años después, cuando la mujer se quedó embarazada: creía que no podía preñarse y ya ves. También eso fue una buena suerte, se dice: eran mala gente. Ya no hubo más padres adoptivos; sí hubo casas de acogida, por lo general en fines de semana, y diversos centros de menores. El mismo día que cumplió los dieciocho años la pusieron en la calle. Qué soledad tan grande, la soledad de aquel día. Siempre había vivido tutelada. ¿Cómo no iba a ponerse nerviosa? Lo normal. Un año más tarde estaba internada en un psiquiátrico.

Domingo. Domingo de un día achicharrante de julio y están en la piscina municipal de Pozonegro. Estar un domingo en pleno verano en la piscina municipal de un pueblo es lo que el antiguo Pablo hubiera considerado una visita al infierno. Ahora se encuentra tan fuera de su vida (o de cualquier vida) que no sabe qué siente al respecto. A decir verdad, en general siente muy poco. Venir aquí ha sido, cómo no, idea de ella. Él le contestó: no tengo bañador. Y ella llegó con uno del Goliat, y con ojo tan fino que le queda perfecto de medida. Es un bóxer. Mejor. La piscina está llena de tipos barrigones con slip y mujeres con una gruesa capa blanca de Nivea sobre los grandes pechos.

—¿Os venís al agua? —dice Raluca.

—No, gracias —contestan ambos.

Están con Felipe, el vecino. Es la segunda vez que se ven. Muy delgado, menudo, con el pelo blanco y rizado, bastante escaso ya, peinado hacia atrás, y los ojos aguados por la edad. Se encuentran los dos en una esquina del recinto, guarecidos bajo un cañizo que brinda una sombra precaria, rayada y asfixiante. Felipe, en pantalón corto y con una camisa gris, tiene al lado el carrito del oxígeno y lleva el fino tubo transparente enganchado a la nariz.

—¿Pero puedes meterte en la piscina? —pregunta Pablo, señalando la pequeña bombona con un movimiento de cabeza.

Felipe sonríe. Tiene la cara tostada y muy arrugada. El cuerpo, en cambio, muestra una blancura fantasmal, las delgadísimas piernas manchadas de azul aquí y allá por enredadas venas.

—Raluca es capaz de hacer posible lo imposible. Y yo puedo dejar el aire un ratito. Si me ayudan. Ya me he bañado alguna vez. O más bien me ha bañado ella. Es fuerte como un demonio, esta chica. Te sube y te baja de la piscina como si nada.

El viejo se vuelve hacia Pablo y le mira fijamente a los ojos. De pronto está muy serio:

—Es fuerte como un demonio pero es un ángel. Es la mejor persona que he conocido en mi vida.

Pablo tiene la desagradable sensación de estar recibiendo un mensaje, un aviso, incluso una amenaza, aunque no le queda del todo claro el contenido.

—Sí, supongo que sí —contesta con torpeza.

Felipe le escruta durante unos instantes, ceñudo.

—Mira, a mi edad he llegado al convencimiento de que la gente no se divide entre ricos y pobres, negros y blancos, derechas e izquierdas, hombres y mujeres, viejos y jóvenes, moros y cristianos —dice al fin—: No. En lo que se divide de verdad la humanidad es entre buena y mala gente. Entre las personas que son capaces de ponerse en el lugar de los otros y sufrir con ellos y alegrarse con ellos, y los hijos de puta que sólo buscan su propio beneficio, que sólo saben mirarse la barriga. Esos que son capaces de vender a su madre, ya me entiendes. Luego, entre los buenos, algunos son buenísimos, y entre los malos, algunos son malísimos. Raluca es buenísima. Yo creo que soy pasablemente bueno. ¿Y tú? ¿Tú qué eres? ¿Eres buena gente o mala gente?

Pablo arruga el ceño y mira a la vecina, que ha salido de la pileta y viene hacia ellos chorreando agua. Un cuerpo precioso, poderoso.

—No lo sé —contesta.

Raluca llega junto a ellos, juega a mojarlos con unas cuantas gotas de agua, se escurre la melena para un lado y para el otro, sacude la toalla y la vuelve a extender, y después de cumplir, en fin, todos los rituales del buen bañista, se tumba boca abajo. Pero enseguida se incorpora sobre un codo.

—¿Habéis visto? Ana Belén está ahí.

—¿Quién?

—Ah, es verdad que no la conoces. Ana Belén. La del tercero. La de encima de ti.

Señala hacia una mujer joven, más bien menuda, con el pelo requemado por los tintes, un rostro anodino y pálido. No hay nada memorable en ella, salvo unos pechos demasiado grandes que a Pablo le parecen artificiales. Está sentada en el borde de la piscina, los pies dentro del agua, hablando con un tipo tan rojo como un camarón.

—Y ésa es la niña...

Pablo sigue la dirección del dedo de Raluca y ve a una cría muy delgada de unos cinco o seis años con bañador a rayas y pelo negro y lacio. Está a cierta distancia de su madre, sentada en el suelo, bien arrimada a la pared, en el trocito de sombra que proporciona la estrecha marquesina de los vestuarios, que quedan justo al lado. Se agarra las piernas con ambos brazos y apoya el mentón en las rodillas. Pablo la contempla durante más de un minuto y la niña no se mueve. El cielo es una bola de calor blanco, una esfera incandescente que los aplasta a todos. Vida lenta y vacía.

—¡Bueno! Y entonces, ¿qué te parece nuestra piscina? Tú que eres arquitecto... —pregunta Raluca alegremente.

—Nunca construí ninguna.

—Tú ya me entiendes.

El hombre echa un desapasionado vistazo alrededor. Una pileta grande rectangular, otra cuadrada para niños, implacable cemento por todas partes, un muro encalado que circunda el recinto, dos casetas bajas alargadas y también encaladas para los vestuarios y la cafetería, unas cuantas pérgolas con cañizo. Ni una brizna de verde, ni la menor compasión estética.

—Bueno, no sé... Podrían haber puesto un poco de césped... ¿Y esto qué es?

Ahora Pablo advierte que, junto a ellos, hay un arbolito seco como de unos dos metros de altura, el cadáver de una planta joven. En las ramas de la pequeña y pelada copa, alguien ha atado media docena de flores artificiales, una en cada ramita, una burda simulación de que el árbol está vivo. Las flores son blancas, aunque están tan polvorientas que se las ve grisáceas. Deben de llevar algún tiempo ahí. Felipe parece divertido.

—Es una de las genialidades de nuestra Raluca.

La mujer le lanza una sonrisa radiante.

—¿De veras? —dice Pablo—: Esas flores de mentira... ¿las has puesto tú?

—Pues sí. Es que cuando inauguraron la piscina se les ocurrió meter aquí un camelio, que mira tú qué estupidez tan grande, una planta tan delicada la pobre aquí con todo el solazo y luego en invierno con un frío pelón, y claro, se murió enseguida. Y a mí me dio pena y un día que vine le puse esas flores.

Se la ve tan satisfecha y tan orgullosa que Pablo empieza a sospechar que quizá le ha traído a la piscina, y les ha hecho colocar las toallas justo en este rincón para poder enseñarle el arbolito.

—Esto es una cosa que a veces hacemos los artistas, ¿sabes? —continúa explicando Raluca, feliz y locuaz—: Los pintores y eso. Lo vi en un documental de televisión, un documental de los serios, eh, que a mí me gusta verlos. Y seguro que a lo mejor tú ya lo sabes, pero se llama intervención, hacer una intervención, y consiste en hacer algo, no sé, cambiar algo en las cosas, en la calle, en la ciudad, para que sean más bonitas... ¿Sabes de qué te hablo?

—Creo que sí. Una intervención artística, sí.

—¡Eso! Hay gente que hace cosas superincreíbles, hay uno que además se llama Cristo que envuelve puentes, ¡puentes de verdad! Y luego hay otra cosa parecida que se llama *preformace,* que ahí el que se hace cosas es el artista, él mismo a sí mismo, quiero decir, pero eso no me gustó porque se ponen gusanos encima o se cortan la cara, me pareció bastante horrible. Supongo que por eso se llama así, *preformace,* que es como si dijéramos ir antes de la forma o deformarse, ¿no? Porque seguro que *preformace* viene de forma y de pre, que significa antes, como en prehistoria, que quiere decir antes de la historia, todavía me acuerdo muy bien de cuando lo explicaron en el colegio. Yo sacaba muy buenas notas, ¿sabes? Y me hubiera gustado seguir estudiando. Pero ya ves.

Raluca produce un pequeño ruido, algo que está entre un suspiro y un gruñido, vuelve a tumbarse boca abajo en la toalla y se desabrocha el sujetador del bikini para quitarle obstáculos al sol. Pablo la contempla durante unos segundos mientras paladea la palabra *preformace* como si fuera un caramelo. Luego mira a la niña, la hija de Ana Belén. Sigue exactamente igual, se diría que no se ha movido. En cuanto a su madre, el tipo con quemaduras grado camarón ha desaparecido y ahora la mujer está sola. Continúa en el borde de la piscina y ha adoptado, sin duda de manera casual porque se encuentra de espaldas a su hija, la misma postura que la cría, las piernas abrazadas, la cabeza apoyada en las rodillas. Las dos esquinadas, pálidas y apagadas, las dos igual de ausentes. Las dos tristes.

He hecho bien en pasarme por el Goliat y comprobar que el pijo está currando en el segundo turno. Pero qué listo eres, Benito. Lo que tú discurres no lo piensa nadie. Así que hasta las diez de la noche, como pronto, aquí no viene ni dios. Ancha es Castilla. Nadie por aquí, nadie por allá. Hala, ya estoy dentro del portal. Subo despacito las escaleras... Yo sería un ladrón de primera, je. Ahora viene el momento más complicado... Mmmmm... Y esta mierda de cerrojo hace un poco de ruido... Pero ya me he metido en el piso. Qué buen pesquis tuve cuando me guardé un juego de llaves. Ahí también estuve bien. Estás sembrado, Benito. Bueno, vamos a ver qué pillo. Qué tío raro el pijo, ¿pues no tiene la casa vacía, el muy cabrón? ¿Como si fuera un pobre de necesidad? Pero a mí no me engañas jugando al chabolista, tío... Pero si no parpadeaste cuando te dije: cuarenta y dos mil. Y los tenías en la cuenta, so cabrón... Y ahora aquí no tienes más que una mierda de colchón en el suelo y una puta silla toda torcida. Eso sí, la cama está hecha. Vaya tiparraco. La ropa repartida entre la silla, el maletín y el suelo, pero bien doblada. Como si fuera un soldado. O un mariquita del orden, eso le pega más al cabroncete. Muy señora de su casa que es el señor. A ver qué hay por aquí... Algo tiene que haber que me diga qué ocultas. O de qué te escapas. Porque si le das bien a la cabeza, Benito, tiene que ser eso. Está huyendo. Se esconde. A ver si encuentras quién le busca, para poder venderle la noticia. Un negocio muy fácil: oye, macho, ¿eres Tal y Tal? Pues yo sé dónde se esconde la gallina. ¿Que qué gallina? La tuya, gilipollas, la que estás buscando. Pero si quieres que te dé la dirección, tienes que pagarme. Así de sencillo. Mi gallina de los huevos de oro vas a ser, cabrito... Vamos a ver qué guardas en la maletita... Un iPhone. Sí que tiene teléfono, Raluca idiota. Aunque no creo que lo use mucho... Está sin batería. Aquí está el cargador... Un puto iPhone X, ya te digo. Mil pavos de aparato, por lo menos. Nos ha jodido el chabolista. ¿Y esto? Recortes de periódicos... Papeles escritos... «Arquitectura verde: ciudades sostenibles»... Puf... Esto nada... Y esto tampoco... Unas gafas... Dos billetes del AVE ya pasados... Un bono de un hotel en Málaga... Bolígrafos y eso... Nada... A ver el portátil. También sin batería. Otro cacharro barato, ya te digo. Un Mac de los cojones, y seguro que no se lo ha comprado de segunda mano... Lo enchufaré también, aunque no creo que me deje entrar... Aquí está. Encendido... y con contraseña. Bah. ¿Y el iPhone? Lo mismo. Mierda y más mierda, Benito, piensa un poco... A ver en los bolsillos de la chaqueta... Aquí hay algo: un cuadernito de notas. Mmmmm... «La Térmica, Construir el futuro, Susana Lezaún, Axel Hotcher, 20:30, avenida de Los Guindos 48»... Y ya está. ¿No hay nada más en todo el puto cuaderno? ¿Nada más? Le haré una foto por si acaso y miraré qué coño es La Térmica, pero me huele mal. Ah, quieto parao, que aquí más adelante hay otra cosa... Marcos, pone. Escrito bien grande. Y al lado, ah, mira qué curioso... A lo mejor esto sí puede tener su miga... Porque esto es una cruz gamada, ¿no?

Sólo un maniático del orden podría distinguir los minúsculos cambios que Benito ha provocado en la disposición de los objetos. Pero Pablo es ese maniático, y además tiene el don de recordar de manera fotográfica las líneas, la proporcionalidad, los volúmenes de las cosas. La geometría del mundo se archiva en su cabeza sin siquiera pretenderlo y se queda ahí, una imagen precisa y duradera. Así que ahora, recién llegado del turno de tarde del Goliat (le han puesto siempre al cierre), está observando fijamente su maletín, su cama y su ropa, tan rígido y quieto como una cobra que aguarda la salida de un ratón, aunque lo que él está aguardando es que su cerebro procese la sensación visual que experimenta de que algo está desbaratado y la convierta en datos concretos. Y, en efecto, al cabo de unos segundos ya comienzan a llegar esos datos: las camisetas dobladas y colocadas sobre la silla no dejaban ver ese centímetro de la parte de atrás del asiento, sino que estaban pegadas al respaldo. La solapa del bolsillo derecho de la chaqueta no estaba metida. El pequeño manojo de folios y fotocopias que había en su maletín cuadraba a la perfección, pero ahora el pico de alguno de los papeles asoma por los bordes. Siente náuseas. Alguien ha estado aquí. Alguien ha manoseado sus cosas. Una súbita corazonada le impulsa a sacar el iPhone y encenderlo. El móvil se ilumina; no debería hacerlo, lleva semanas sin cargarlo, la batería tendría que estar muerta. Alguien lo ha enchufado a la electricidad. ¿Habrán podido entrar en él? ¿Habrán leído sus datos, sus archivos? Espantado, teclea el pin y activa el terminal. Enseguida va a la pantalla del tiempo de uso, y comprueba que marca cero. No ha sido utilizado. Suspira, algo aliviado: no parece que lo hayan hackeado.

De pronto el móvil empieza a sonar: está recibiendo una llamada. Su sobresalto es tal que el teléfono se le cae de las manos y rebota en el suelo, chillando como un bicho. Lo recoge con dos dedos cautelosos. Es un número oculto. Duda mientras siente que el corazón le sale de estampida. El terminal sigue piando. Descuelga.

—¿Sí?

Un silencio hueco al otro lado, el profundo, tenebroso silencio de alguien que calla.

—¿Sí? ¿Quién llama? ¿Quién está ahí? —insiste.

Largos segundos de insoportable vacío.

—¿Marcos?... —aventura con voz titubeante.

Ahora casi cree escuchar una respiración. La llamada se corta. Le han colgado.

Pablo está de pie con el móvil todavía pegado a la oreja, agarrotado. La desnuda bombilla que cuelga del techo esparce una luz fría, desapacible y mortuoria en el cuarto vacío. Es un entorno de abrumadora fealdad que de repente no reconoce, ¿qué hace aquí, dónde está, qué le está pasando? Sin previo aviso, la habitación empieza a alejarse rápidamente de él, como si la estuviera mirando a través de un tubo negro. Allá a lo lejos, al otro lado del tubo, se encuentra esta habitación aterradora de la que él ahora ni siquiera puede sentirse parte, lo cual resulta todavía más aterrador. Tiene la nuca empapada en sudor frío y el corazón se arroja contra sus costillas de forma tan violenta que Pablo está seguro de que la víscera intenta suicidarse.

Con un agónico esfuerzo de voluntad, consigue mover los rígidos músculos de su pecho y respira hondo. Es un ataque de pánico, se dice, es un ataque de pánico. Y es el efecto túnel de los ataques de pánico. No es la primera vez. Puedes volver de ahí. Siempre lo has hecho. ¿Cómo sobrevivir a un terremoto? Lo más importante, ni se te ocurra salir del edificio hasta que el temblor se acabe; colócate bajo una mesa o un umbral, y evita las chimeneas y las cocinas.

Pablo continúa penosamente concentrado en respirar y poco a poco va regresando a la habitación. A la realidad. Aunque el mundo sigue guardando un aire de extrañeza, como si las cosas no acabaran de encajar, igual que en los coletazos de bajada del par de ácidos que tomó en su juventud. El aire es tan espeso como la gelatina y las sombras se niegan a estar en su lugar. Pero el corazón le duele un poco menos.

Se acerca, o más bien se arrastra, hasta la ventana. El paisaje de siempre: la pequeña estación vacía con su iluminación espectral y, a los pies del balcón, la calle negra. Lo ha visto cien veces, pero ahora encierra una amenaza. Mira con más atención hacia la esquina, donde está la escalera para subir al apeadero, y le parece que las sombras palpitan. Algo se agazapa allí, algo se mueve. Hay alguien en ese grumo de oscuridad que le vigila. Unos ojos clavados en los suyos, aunque él no los vea.

Es el golpe final que le saca de su parálisis. No lo soporta más, mejor enfrentarse al miedo que rendirse al pánico. Abandona el piso tan deprisa que incluso deja la puerta abierta a su espalda; baja los escalones de tres en tres, sale a la calle como un loco, los puños apretados, la boca acezante y seca. Corre hasta las escaleras del apeadero, pero no hay nadie. Nadie. Sube al andén, jadeando de la velocidad y de la tensión. Ni una sola persona a la vista. Todo parece vacío y casi tranquilo, si no fuera por ese temblor, esa suerte de pequeña vibración de irrealidad que guardan las cosas. Qué estúpido eres, ¿creías de verdad que ibas a poder dejar tu vida atrás? El suelo se agita bajo sus pies y a su espalda se acumula un fragor. El último tren del día está llegando. Se vuelve y ahí lo ve, sus luces en la noche, un rayo que se acerca, todo fuerza y metal. Entra el animal de hierro en la estación y pasa sin parar, ha bajado un poco la velocidad pero su rebufo de aire caliente y rugidor golpea a Pablo. Un vagón se desliza a su lado, y otro, y otro. En el último, asomada a una ventanilla, cree ver la cara angulosa y pálida de Marcos.

Ay qué tonta, qué tonta. Lo que habrá pensado Pablo de mí. ¡Con lo bien que estaba quedando! Porque le vi la cara y estaba sorprendido y encantado cuando le conté lo de mi intervención artística y lo del Cristo y los puentes vendados. Hasta ahí, genial. Y luego voy y, zas, le suelto lo de la *preformace*. ¡Qué metedura de pata, por diossssss! Si cuando lo dije ya tenía mis dudas, que por eso me he pasado tres días con el comecome sin atreverme a mirarlo en internet hasta ahora... Ayyyyyy, ¿no podías haberte quedado calladita? ¡Lo dije mal! ¡Es *performace*! O no: espera, so burra, búscalo otra vez y míralo bien y apúntalo para aprenderlo como es debido. A ver... *per-for-man-ce*. Vaya palabra más tonta. Y yo luego venga a enrollarme que si pre de prehistoria y tal y cual. Madre mía qué cagada, qué manera de hacer el ridículo... ¡Y el pobre Pablo sin decir nada! Por no abochornarme, claro, que él seguro que de esto se lo conoce todo. Te está bien empleado, por hacerte la sabihonda. Más quisieras tú serlo, pero ya ves, no lo eres. Y bueno, ¿qué pasa? Esto es lo que hay. Aprende de esto, Raluca, si quieres conquistarlo tienes que ser tú. No hacerte pasar por quien no eres. ¡Anda, que no conocerá él gente ni nada que sepa un montón sobre las jodidas *per-for-man-ces*! Pero a lo mejor no saben de otras cosas. De la vida. Mírale a Pablo: muy arquitecto y todo eso pero ahí está, tan parado y cortado que a veces parece medio bobo, como si no supiera nunca qué hacer o qué decir. O qué sentir. Qué tontos son los hombres: se les dan fatal los sentimientos. Tienen miedo de que les crean unos blandos, o algo así. Ya ves tú. Como si sentir fuera malo. Aunque últimamente a Pablo le veo... no sé, como mejor, ¿no? Como más normal. Un poquito más normal. Como si se estuviera deshelando. O a lo mejor es que me estoy acostumbrando a él, ja... Yo, en cambio, creo que soy valiente. No sabré decir bien lo de la jodida *per-for-man-ce,* pero soy valiente. Con los sentimientos y con todo. A ver cómo me las habría arreglado para tirar p'alante, si no. Imagínate lo del psiquiátrico. Muchas otras seguirían allí como unas zombis. Pero tú saliste. Es un orgullo. Atada y drogada que me tuvieron. Y sólo porque tiré unas pocas cosas al suelo en la caja de un supermercado. Quién me iba a decir que luego iba a trabajar de cajera, ja. Total, por un poco de barullo que hice... Bueno, también agarré al cajero, por lo visto. Lo agarré y lo zarandeé, dijeron, pero yo creo que exageraron mucho, y además es que el muy tarado estaba tratando fatal a una pobre vieja a la que le faltaban un par de duros. ¿No es eso peor que tirar unos chicles al suelo? Hay que joderse. Pero a la que mandaron al manicomio fue a mí. Bueno, vale, antes de llegar a lo del súper llevaba unas semanas muy nerviosa. Ése es mi punto débil, los malditos nervios. Pero ahora ya he aprendido a controlarme. Desde entonces no me ha vuelto a ocurrir nada de eso, y hace ya veinte años. Y si entonces sucedió fue porque lo estaba pasando muy mal en esos tiempos. Hasta en la calle que dormí alguna noche... que eso no se me olvida. Cómo no iba a estar nerviosa. Y hala, atada, drogada... que si esquizofrénica, que si bipolar, que si paranoica, que si yo qué sé. Menos mal que pude convencer a ese psiquiatra que dijo que ni de coña, que yo no era nada de eso, que sólo tenía angustia y un poco de depre y esas cosas que la gente tiene y que todo era normal. Sin la ayuda de ese tío lo mismo todavía sigues allí, Raluca, en ese lugar horrible en donde aparcan y olvidan a las personas... Era un tipo listo, ese comecocos... Aprendí un montón gracias a él en las visitas que tuve que hacerle después de salir, dos veces por semana durante la tira de tiempo, dándole a la cabeza todo el rato. Me dijo, eres una cuidadora, pero para cuidar a los demás primero tienes que cuidarte a ti misma. Qué tío, vaya pedazo de frase. Primero tienes que cuidarte a ti misma. Fue una pena que luego quisiera meterme mano el muy jodío, pero bueno, total, para entonces yo ya estaba tan curada que le mandé a la mierda tan tranquila y no volví más y santas pascuas. Y en realidad, si lo pienso bien, fue una suerte que intentara ligar. Una suerte buenísima. Porque en aquel maldito manicomio si te etiquetaban como loco ya no te volvía a hacer caso ni dios; y aquel tío lo mismo me hizo caso y me escuchó y me sacó del hospital porque yo le gustaba, o sea que... Bien está lo que bien acaba, como decía aquella asistenta social tan antipática.

Golpes otra vez. Carreras, chillidos y golpes. Pablo clava los ojos en el techo con desasosiego. Cada vez soporta menos ese ruido angustioso. Recuerda a sus vecinas, la madre y la niña, tan pálidas las dos, tan poca cosa, inanimadas casi en aquella tarde de piscina. ¿Cómo es posible que luego desplieguen semejante furia? Sigue mirando el techo como si pudiera traspasarlo y atisbar lo que sucede arriba. Ahora llevan unos segundos en silencio. Pablo eleva una callada súplica a un Dios en el que no cree para que los golpes no recomiencen. Pero no sirve de nada. Maldita sea, aquí están otra vez, y ahora además Pablo está seguro de escuchar un llanto. ¿Debería subir, llamar a la puerta, preguntar qué está pasando? Qué tontería. Esas cosas no se hacen, al menos él no las hace. Sería una tremenda intromisión. Qué sabe él de la vida de los otros, para poder juzgar. Y tampoco quiere saber más.

Han vuelto a parar. Pasan los minutos sin que ocurra nada: se diría que ahora sí se ha acabado el espectáculo. Aunque en los últimos días las peleas parecen haber ido en aumento; quizá sea un efecto más de este bochorno insoportable. Agosto ha llegado como un incendio y el sol derrama su fuego sobre el mundo hasta las nueve y media de la noche, que es cuando atardece. Ahora son cerca de las diez y Pablo ha abierto todas las ventanas del piso intentando crear alguna corriente, pero el aire es una masa quieta y pegajosa. El calor parece casi sólido, pesa sobre el cuerpo, oprime, enloquece. A Pablo también le entran ganas de pegarles puñetazos a las paredes. Hace dos noches lo hizo, cuando descubrió que alguien se había colado en el piso y después creyó ver a Marcos en el tren. Ahora comprende que era imposible, o al menos muy improbable, que Marcos estuviera en ese vagón; sólo fue una jugarreta más de su cabeza. Pero esa noche enterró el puño en el muro y se clavó los picos del gotelé. Todavía se ve la mancha de sangre, junto al interruptor. Y sus nudillos están heridos y morados. El dolor le consoló. Quizá debería golpearse más a menudo.

De adolescente lo había hecho. Nunca se peleó con ningún otro chico, pero era un gran aporreador de paredes. Aunque las aporreadas eran sus manos, por supuesto. Para justificar los daños en el colegio, inventó que estaba aprendiendo a boxear y que intentaba endurecerse los puños con un saco. Seguramente no le creían, pero tampoco le importaba a nadie lo suficiente como para que quisieran indagar más. Y sí, el dolor consolaba. De la furia, de la humillación, de la frustración de no poder matar a su padre. Ese padre que tan pronto le daba correazos con el cinturón sin ningún motivo (pero ¿acaso puede haber algún motivo para romperle la espalda con una hebilla a un niño?) como se abrazaba a su cuello y le pedía perdón. Perdóname, perdona, qué estoy haciendo contigo, no merezco tener un hijo como tú, no merezco tener ningún hijo.

Pablo advierte que se le han llenado los ojos de lágrimas, cosa que le exaspera. ¿Será posible? ¿Cómo puede estar tan desarbolado, cómo puede ser tan blando y tan ridículo como para ponerse a llorar? Le está sucediendo demasiadas veces en los últimos días. Le ronda el hundimiento. Se está deshelando y eso le convierte en un charco de agua sucia, igual que las pozas de nieve embarrada que afeaban la bella San Petersburgo aquella primavera que Pablo pasó allí. Hace ya tantos años.

Se sorbe la nariz con energía y traga saliva un par de veces para desatarse el nudo de lágrimas de la garganta. Estuvo con Clara en San Petersburgo. Y estuvieron mal. Peleándose casi todo el tiempo, como a menudo hacían. No fue bueno que trabajaran en el mismo estudio, en el mismo equipo. Competían por todo, en la profesión, en las conversaciones, en la casa. Sólo la carne les daba un respiro. Piel contra piel, se amaban. También de vacaciones: cuando se iban solos, cuando se dedicaban a subir montañas, cuando no había nadie ante quien pelearse. Ningún juez y ningún testigo. Pero en San Petersburgo estaban trabajando. El proyecto de las Escuelas Tolstoi. A Pablo le amarga, le obsesiona, no haber sido capaz de quererla mejor. Quererla a la altura de lo que de verdad la quería.

Lágrimas de nuevo. Rabiosa sorbida de mocos. Qué se le va a hacer, es el tagalo. Pablo está convencido de que es necesario aprender a amar en la infancia, como se aprende a caminar o a hablar. Y, así como existen los famosos niños salvajes que han sido criados por animales y a los que, si son rescatados más allá de los seis o siete años, ya no se les puede enseñar el lenguaje, también hay, según Pablo, niños salvajes del amor, que jamás vieron en su infancia a una pareja que se quisiera y que son incapaces de distinguir el alfabeto amoroso, el cual les resulta tan ajeno como si la gente estuviera hablando en tagalo. Para resumir: Pablo no sabe tagalo. Y no se cree capaz de poder aprenderlo.

Recuerda Pablo a un amigo del colegio. Su padre era portero en Hermosilla, casi esquina Conde de Peñalver. Vivían en un semisótano diminuto y sin luz, dos cuartos con dos estrechos ventanucos en lo más alto de la pared que daban a la calle, esto es, a la altura del suelo de la calle, y por los que sólo se veía pasar los pies de los viandantes, cortados más o menos por el tobillo. El compañero tenía tres hermanos, eran seis en total embutidos en esas dos habitaciones, que además estaban abarrotadas de camas nido y mesas y muebles feos y viejos. Pero también tenían un sofá barato, y en los brazos de ese sofá barato había dos tapetes blancos de encaje de plástico colocados y alisados con primor. Qué hermosos le parecían a Pablo esos tapetes; cómo envidió a su amigo por tener un hogar con el suficiente deseo de mimarse y quererse los unos a los otros como para poner en los brazos del sofá unos tapetitos de encaje de plástico. Para construir un nido se necesita afecto. Ese semisótano irradiaba complicidad y esperanza. Crecer carente de todo amor es una experiencia marciana, alienígena.

Está inquieto, Pablo. Desde que alguien irrumpió en su piso apenas ha podido dormir. Ya ha cambiado la cerradura, por supuesto, pero la aprensión que siente, porque está asustado, no se resuelve con un cerrojo nuevo. Tiene la intuición, casi la certidumbre, de que algo peligroso acecha, de que el Mal se aproxima con pasos de fieltro, y ese pensamiento le deja el estómago revuelto. Por no hablar del ataque de pánico que sufrió dos días atrás, y del miedo al miedo que siempre le queda, durante algún tiempo, después de experimentar algo así. Es el temor a volver a caer en el agujero. Piensa Pablo ahora en el efecto túnel y le parece que la habitación empieza a vibrar, que la realidad comienza a ponerse resbaladiza. Sacude la cabeza: necesita alejar esos pensamientos.

—Voy a hacerle una visita al viejo —exclama, casi grita, buscando el consuelo de escuchar su propia voz en el silencio.

Mira en la nevera, coge jamón y queso y un pack de seis latas de cerveza; palpa el pan que guarda en el cajón y comprueba que, aunque es de ayer, aún se le puede hincar el diente, y con todo ello y la nueva llave de su nuevo cerrojo FAC, sale de su piso camino de la casa de Felipe. En el tercero, ante la puerta de su vecina, se detiene un instante y escucha con atención. Nada. Se apresura a seguir subiendo las escaleras, teme que le hayan oído pararse. Cuando llega al descansillo de Felipe ya se percibe el ruido de la máquina de oxígeno: repetitivo, molesto, una especie de chasquido de pistón y una succión. Es la máquina grande, a la que siempre está enchufado, no la bombona portátil, que es silenciosa. La grande hace un ruido de mil demonios. Pablo da un timbrazo mucho más largo de lo que aconseja la educación, por miedo a que Felipe no le oiga.

—¿Quién es?

—Soy Pablo, tu vecino —grita.

—Espera.

Arrastrar de pasos, cerraduras. La puerta se abre y aparece Felipe resoplando. Lleva un arrugado pantalón de pijama azul oscuro con pequeños patos amarillos y una camiseta blanca de tirantes mojada de sudor.

—Pasa y cierra —le dice, mientras chancletea derrotado hacia el sillón de falso cuero marrón.

Se deja caer en el asiento y coloca el tubo del oxígeno en la nariz. Jadea un poco.

—Espero no molestar...

—Estos putos pulmones —le corta el otro, concentrado en recuperar el aliento.

La máquina sisea y petardea atronadoramente.

—Espero no molestar... No sé, traigo algo de picar. Se me ha ocurrido que podríamos cenar juntos.

Felipe inclina la cabeza y le mira, curioso.

—Yo ya he cenado. Los viejos cenamos pronto y poco. Pero me parece bien, come tú y yo te haré compañía. Mira, en la cocina hay una bandeja, te será más fácil si la usas. Agarra también un pedazo del rollo de papel del baño, no tengo servilletas.

Pablo va y viene siguiendo las indicaciones, mientras Felipe le contempla pensativo, porque intuye que al nuevo vecino le ocurre algo, algo preocupante. El viejo, que, como él mismo dijo, es buena persona, se siente inclinado de natural a manifestarle afecto, a acompañarle y compadecerle.

Sin embargo, todavía no ha podido librarse de la desconfianza. Hay demasiada oscuridad en torno a este hombre y Raluca es un ángel indefenso. Así que, cuando vuelve el arquitecto y se sienta a su lado, Felipe tan sólo mira y calla.

—¿De verdad no quieres nada? —dice Pablo, mostrando sus escasas provisiones.

Felipe niega con la cabeza.

—¿Ni una cerveza?

Vuelve a negar.

Parsimonioso, Pablo abre una lata, le pega un trago, da un bocado al queso y mordisquea sin ningún entusiasmo uno de los mendrugos. No tiene nada de hambre. El agujero que siente en el estómago no se calma comiendo.

—Perdona por venir a molestarte. Debes de estar extrañado de que haya subido, ¿no? —dice al fin.

Felipe se encoge de hombros, cauteloso.

—Bueno... Somos vecinos.

—Pero casi no nos conocemos. Y además tengo la sensación de que no te caigo muy bien.

—No. No es eso. Es que no entiendo qué pintas aquí. Un arquitecto famoso. Que de repente aparece en Pozonegro salido de la nada. Y que trabaja de reponedor en el Goliat. No entiendo nada y no me gustan las cosas que no entiendo.

Pablo mira al viejo, impresionado por su franqueza. Él viene de un mundo en donde las verdades nunca se dicen así, de frente y a las claras.

—Sí... Sí, por supuesto. Te comprendo. Tienes toda la razón.

Juguetea distraído colocando las tiras de queso unas encima de otras para construir una torre. Hacía lo mismo con su hijo, cuando era pequeño, utilizando bloques de madera. Al darse cuenta de la asociación mental, se sobresalta. Esparce la informe y pegajosa torre de un manotazo.

—Si te soy sincero... Yo tampoco me entiendo. Si te molesto me voy.

—No. No hace falta.

Silencio. O más bien lo habría si no fuera porque la máquina de oxígeno destroza toda esperanza de tranquilidad con su crispante estruendo.

—Aunque me gustaría que me contestaras. Me gustaría saber por qué estás aquí —insiste Felipe.

—Me han pasado cosas... malas —murmura Pablo—: Y he hecho cosas malas desde hace tiempo. Sin querer hacerlas. Sin ser consciente de ello. Claro que eso no me exime... Eeeeeeh... Cómo decirte... Yo tenía un pequeño velero. No lo usaba mucho. Bueno, eso da igual. Y... un día salí al mar con mi hijo. Que tenía doce años. Salimos los dos solos. Porque me empeñé. Porque yo me obcequé. Venía una tormenta y el puerto estaba cerrado. Pero yo siempre he hecho lo que he querido sin pensar en nadie...

Se queda callado. Un largo minuto, dos. Felipe permanece muy quieto. Respeta el mutismo de Pablo e intuye que el menor gesto por su parte puede romper el tenue hilo de la confidencia.

—El viento nos arrastró. Las olas eran como paredes de agua. Quise regresar pero zozobramos. Nadé hasta mi hijo y conseguí agarrarlo. Estábamos ahí, bajo un cielo muy negro, en un mar helado. Yo llevaba al niño sujeto por el cuello; por más que nadaba no avanzábamos. El frío nos estaba matando. Cuando ya no pude más, lo solté. Solté a mi hijo para salvarme yo porque no podía más. Lo solté para salvarme y él se ahogó.

Felipe le mira, impresionado.

—Cuánto... cuantísimo lo siento. Es terrible, Pablo... ¿No llevabais chalecos salvavidas?

Se arrepiente de la pregunta nada más formularla. De nuevo hay un silencio, o ese amago de silencio reventado por el petardeo de la máquina.

—Os hubierais muerto los dos. Si no le sueltas. No podías hacer nada. No tuviste la culpa —dice el viejo, al cabo.

Pablo suspira, recoge los restos de comida, se pone en pie.

—Sí la tuve. Soy culpable con mi hijo desde siempre. Gracias por acogerme. Y por escucharme.

Sale del piso, cierra con delicadeza, baja lentamente las escaleras. En el tercero vuelve a detenerse. Se arrima a la puerta y aplica la oreja a la madera. Sólo percibe un remolino de vacío al otro lado. Son las once de la noche, quizá estén durmiendo. Imagina a la cría, un pequeño bulto bajo la sábana en la penumbra de la habitación. Esos niños que duermen enroscados, que parecen metidos en un capullo de seda, con sus puñitos pegados a la cara, las rodillas juntas, la respiración ligera y sosegada. Así dormía su hijo siendo chico, cuando él lo miraba desde la puerta del cuarto, un filo de luz cayendo sobre su cuerpo diminuto, pura magia ese bulto

123

sobre la cama. Y puede que él, Pablo, también durmiera así en su niñez, y quizá su madre le miró de ese mismo modo para despedirse, recortada en negro contra la luz del pasillo, la noche que los abandonó. Pablo comprende que vivir con su padre debía de ser muy duro. Seguro que le pegaba. Seguro que la maltrataba. Pablo entiende perfectamente que se fuera, pero no que le dejara a él, con cinco años, en manos de ese animal.

Que le soltara en mitad de la tormenta para salvarse.

Eso le parece imperdonable.

Ni siquiera las madres son de fiar.

Regina lleva dos horas metida en su Lexus híbrido LC cupé de color guinda, por el que pagó ciento treinta y siete mil euros al contado hace quince días. Aunque aparcó en una sombra, el maldito sol camina y camina, y a estas alturas la mitad del vehículo, la correspondiente al lado del conductor, ya está siendo calcinada por la bola ardiente. La mujer se ha movido al otro asiento y desde ahí observa con aprensión cómo avanza la línea de fuego. Son las seis de la tarde, pero aún debe de hacer más de cuarenta grados. El motor está encendido y el aire acondicionado funcionando y bebiendo gasolina con avidez de beodo. Regina vuelve a sopesar la posibilidad de salir del coche e ir en busca de algún bar para tomar algo, porque desde el desayuno sólo ha comido una tableta de chocolate medio derretida que llevaba en la guantera. Pero está segura de que si deja el Lexus híbrido LC cupé de color guinda en ese sitio lumpen, deprimente y horrendo, cuando vuelva se lo habrán desguazado. Ni un huesecillo metalizado quedará del cadáver. Claro que también la pueden asaltar ahora mismo aunque ella se encuentre dentro. La calle está vacía, lo cual no es de extrañar con este sol de plomo, pero pese a ello Regina tiene la desagradable sensación de que la están mirando, que la están controlando.

No le cabe la menor duda de que alguien la espía. Se estremece, quizá de miedo o quizá del aire acondicionado. Terminará agarrando un catarro. Vuelve a verificar que los cierres del coche están echados. ¿En qué maldito momento ha tenido la estúpida idea de venir al Culo del Mundo con un Lexus híbrido LC cupé de color guinda? ¿A esta calle espantosa, a este poblacho cuyo solo nombre, Pozonegro, ya define lo que es? Y, ya que estamos en ello, ¿en qué demencial instante se le ocurrió comprarse un Lexus etcétera? Siempre le han gustado los coches, pero meterse en este gasto, cometer este exceso... Ha hecho lo mismo que esos patéticos vejestorios adinerados que adquieren un descapotable para ligar. Aunque, a decir verdad, ella se lo ha comprado no tanto para ligar como para sentirse un poco menos piltrafa de lo que en realidad se siente. Los coches dan poder, eso lo saben bien los vejestorios.

Se ha arrimado lo más posible hacia la derecha, está lo que se dice incrustada en la puerta del copiloto, pero aun así la abrasadora línea de sol empieza a lamerle las piernas. Vuelve a mirar hacia el portal de Pablo. Cuando llegó, aporreó el portero automático durante largo rato y escuchó resonar los timbrazos ahí arriba, sobre su cabeza. Pero nadie abrió. Supuso que no estaba, aunque ese cabrón es capaz de encontrarse ahí dentro y no responder, para no verla. Regina le ha llamado repetidas veces y siempre tiene el móvil desconectado. ¡Pero si incluso le ha mandado tres telegramas! Por todos los santos, ¡telegramas a estas alturas del siglo xxi! Y no ha contestado. ¿Qué más puede hacer, enviarle una paloma mensajera?

Ella es, pues, esa paloma. Hoy a la salida del estudio se ha sentido tan indignada por la irresponsabilidad de Pablo que, sin pararse a pensarlo, ha enfilado hacia la A-4 y se ha plantado en dos horas en Pozonegro. Ha venido pisando a fondo y saltándose todos los límites de velocidad. Ahora además la multarán, o incluso, si ha sobrepasado demasiado el límite, pueden quitarle el carnet de conducir por unos meses. Con taciturna premonición, Regina se convence de que eso es lo que va a pasar. Le van a quitar el carnet y el Lexus híbrido LC cupé de color guinda se llenará de polvo encerrado en el garaje. Tiene tan mala suerte últimamente que sólo puede ocurrirle lo peor.

Y lo peor de lo peor es lo que Regina está viendo ahora. Se tensa, se inclina hacia delante, su frente casi roza el parabrisas. Sí, ese tipo en vaqueros medio oculto detrás de un gran paquete envuelto en papel de estraza es él. Ahí viene Pablo, está a punto de doblar la esquina que conduce a su calle. Y no viene solo. Por supuesto, claro, por supuesto. Qué estúpida ha sido. Una chica alta, vistosa, joven y guapa. Qué cosa tan tópica, tan elemental. ¿Y por eso se ha ido? ¿Por esa mujer lo ha dejado todo?

Sale del coche como una furia sin siquiera apagar el motor.

—¡Pablo!

La pareja (¡la pareja!) se detiene. Él mira a Regina y se agacha de modo casi imperceptible detrás del bulto que acarrea, como un conejo sorprendido por un depredador. La arquitecta cruza la calle en dos zancadas y llega junto a ellos.

—No enciendes el teléfono. No te pones en contacto. Te he mandado tres telegramas. No me contestas. Quién coño te crees que eres.

Lo dice gritando y demasiado cerca del hombre. Raluca le quita el paquete de papel de estraza de las manos.

—Yo me voy. Gracias por ayudarme —murmura, y, en efecto, se va muy deprisa hacia el portal.

—Cálmate, Regina —dice Pablo.

Tras quedarse sin el parapeto, el hombre se estira en toda su altura, un reo apesadumbrado y resignado a recibir el castigo.

—¿Que me calme? ¿Que me calme? El estudio es un caos, los trabajos están paralizados, estás haciendo un daño a la empresa brutal, ¡hemos perdido el proyecto de Toronto! ¡Se lo han dado a Gensler! ¿Qué te parece? Y lo teníamos, maldita sea, ¡lo teníamos!

—Lo siento mucho.

—¿Lo sientes? —contesta Regina en el tono más sarcástico que es capaz de componer, como quien escupe las palabras.

Y luego intenta pensar algo venenoso que añadir, pero, para su sorpresa y total consternación, rompe a llorar.

—Oh, Regina, lo siento, por dios...

—¡No me toques! —ruge ella, dando un salto hacia atrás para alejarse de la mano de Pablo.

Callan los dos, rígidos e incómodos, mientras la mujer intenta recomponerse y contener las lágrimas. El sol martillea sus cabezas.

—Regina, hace un calor horrible, ¿por qué no subes a casa y lo hablamos? Te puedo dar un vaso de agua o un café o...

—No pienso subir a esa pocilga.

—¿Por qué dices que es una pocilga?

—¿No lo es?

Pablo recapacita, suspira.

—Sí.

—No pienso ir a ningún lado contigo —dice Regina, más tranquila, más triste.

—Está bien.

Nuevo silencio, el sol achicharrándoles la piel.

—He traído unos documentos que deberías firmar. Los tengo en el coche.

—Muy bien.

—Entonces, ¿no vas a volver?

Pablo bascula su peso de un pie a otro, resopla.

—No sé cómo explicarlo. Es que ni siquiera sé si tengo un sitio al que volver. Estoy muy perdido, Regina.

—Pues no pareces nada perdido. Yo más bien diría que estás muy encontrado —dice ella, sin poder evitar el resquemor.

—¿Qué quieres decir?

—Esa mujer con la que estás.

—¿Raluca? —se asombra Pablo—. Pero qué dices, yo no estoy con nadie, Raluca es mi vecina, una buena chica, la estaba ayudando a traer unos lienzos porque en los ratos libres pinta cuadros y...

—Ah, ¿y encima es artista? Mira qué bien. Además de ser guapa y joven.

—Bueno, no es tan joven... O sea, sí, sí, más joven que yo, claro. Pero de verdad que no hay nada entre nosotros, absolutamente nada, no sé por qué te empeñas en eso...

Una pequeña idea atraviesa la cabeza de Pablo como un relámpago: Regina está celosa, se dice, y el pensamiento corre veloz hacia su boca, pero, por fortuna para ambos, consigue retenerlo entre la jaula de sus dientes y no soltarlo.

—Es que no me puedo creer que hayas montado todo este pollo, causando tanto dolor y tanta angustia a tantísima gente, sólo porque te has encaprichado de una chica. ¿No podrías habértela llevado a Madrid, o, yo qué sé, buscarte otra vecina más cercana al estudio? —Regina, en cambio, no logra controlar su sarcasmo.

—Te repito: no me he encaprichado de nadie. No fue por eso por lo que me bajé del tren. No tengo absolutamente ninguna relación sentimental con Raluca.

—Todavía. Todavía —dice ella con amargura—: Os he visto. Os he visto cuando creíais que nadie os miraba. Reíais. Había una complicidad, una intimidad tan... Parecíais de verdad una pareja. Estabais juntos. Es decir, estáis juntos, aunque tú todavía no lo sepas. Siempre se te ha dado fatal entender las emociones. Las tuyas y las de los demás.

—Lo siento.

—¿Y este «lo siento» de ahora por qué lo dices? Pablo niega con la cabeza.

—No sé. Por todo. Creo que mi vida entera ha sido un error.

—Estás loco, Pablo. Estás fatal. Y entonces, si no es por esa chica, ¿por qué demonios estás en este culo del mundo?

El arquitecto la mira, titubea, está reflexionando de verdad sobre la pregunta. Y al fin dice:

—Quizá tengas razón. Quizá esté loco.

Regina suspira y observa su Lexus, que ronronea al sol con la puerta abierta, como un animal doméstico. Ahora se subirá en esa carísima lata recalentada y regresará a Madrid sin parar y sin comer y sin volver la mirada atrás. Está claro que si hiciera más el amor no se habría gastado esa barbaridad en un maldito coche.

¿Me lo tomo, o no me lo tomo? Venga, Raluca, que tampoco es tan grave. Total, medio orfidal de nada. Lo toma la gente normal para dormir. Por eso el médico de la Seguridad Social te lo mandó cuando le dijiste que no pegabas ojo. Tú no puedes pasarte las noches sin dormir, dijo el muy cabrón, tú menos que nadie. Como diciendo: tú que estás chiflada. Es una maldita gracia lo del historial médico. Una maldita gracia. Tu historial médico va siempre por delante de ti, como el mal olor a pezuña o a sobaco, pero peor, como una peste que te sale de dentro. Así es como te sientes, apestada. No hay quien se quite la etiqueta del manicomio de encima. Es una piedra que te cuelga del cuello.

¿Me lo tomo, o no? Me quedan un montón de orfidales, porque apenas los probé cuando me los mandaron. Y bien orgullosa que puedo estar de eso. Hala, para que se enteren todos esos médicos de que yo me las arreglo sola. Ahora que caigo, lo mismo están caducados... A ver... No, aún les quedan unos meses. Por los pelos. Pues sí, yo puedo sola y sin hincharme de porquerías, como me hincharon en el psiquiátrico. Esa asquerosa torazina. Por todos los santos, si parecía una lela. Arrastrando los pies, cara de zombi. La cabeza toda llena de algodón. Pensar era tan difícil. Y la boca seca, la lengua tan hinchada que me la mordía. Una angustia fría. La torazina es una medicina para ellos, o sea, te la dan para sentirse bien ellos, porque te quedas medio idiota y no molestas. Pero a ti por dentro no te ayuda nada. Por dentro sólo hay miedo y algodón sucio.

Y por eso no quiero tomar pastillas, ni siquiera este orfidal chiquitito y manso.

Pero estoy nerviosa, ésa es la verdad. Hace demasiado calor, y el calor no me gusta. A veces siento que el sol es una cárcel, una especie de jaula de fuego que me aprieta. Y encima está el problema ese de la supervisora, que me tiene desquiciada... Esa señora tan educada, con su traje de chaqueta y su cabeza blanca que parece recién salida de la peluquería... Muy sonrisitas ella, pero muy estirada. Estoy segura de que nos miente. Me apuesto el cuello a que oculta algo. Nos la ha enviado la central para ayudarnos a mejorar nuestro rendimiento, dijo el *boss* cuando la presentó al personal. Y ella venga a cabecear y a sonreír. Una mala víbora, eso es lo que es. Ha venido para echar a gente, estoy segura. ¿Y qué haré si me echa? Llevo seis años en el Goliat y he sido bastante feliz.

Total, que duermo mal y estoy nerviosa. Debería ponerme a pintar. Cuando se me abarrota el ánimo, mis caballos siempre han ayudado. Es como acariciar a un perro con el lomo erizado hasta calmarlo; pincelada a pincelada voy relajando la espalda y se me van bajando las púas de los miedos. Y es así desde los doce años, que fue cuando aquella educadora del centro de menores me contó en qué banco del parque Gasset me habían abandonado. Bueno, ella dijo encontrado. Yo unas veces digo encontrado y otras abandonado, dependiendo de lo nerviosa que esté. Y ya ves, Raluquita, que ahora no estás muy bien. O sea que mejor empiezo de nuevo. Fue a los doce años cuando la educadora me contó en qué banco del parque Gasset me habían encontrado. Y hasta lo fuimos a ver un domingo. Es un banco muy bonito, con azulejos pintados en los que se ve a dos hombres a caballo. Bueno, yo creí que eran dos hombres a caballo pero luego me enteré de que eran don Quijote y Sancho Panza, y ya se sabe que Sancho lleva un burro. Pero a mí me pareció un caballo pequeño. ¡Y es un dibujo tan bonito! Con árboles en primer término y al fondo los molinos, y Rocinante es genial. Luego, cuando leí el *Quijote,* porque me lo he leído entero, otro orgullo muy grande, que eso no lo hace nadie y al principio hay partes muy aburridas, pero, claro, es que para mí ese libro es algo mío. Bueno, pues al leer la escena de los molinos me enteré de que es un puto desastre para don Quijote, pero en el dibujo del banco no se ve nada de eso. Al contrario, es un paisaje tan tranquilo. Tan relajante. Ese sitio es mi hogar. Es mi casa. Tuve suerte de que me abandonaran, de que me encontraran en un lugar precioso.

Y ahí empecé a dibujar caballos. ¿Cómo se llamaba esa educadora? Era estupenda y por eso duró poco, siempre pasaba lo mismo, los mejores se marchaban enseguida. Era un nombre un poco raro... ¡Katia! Eso es. Era chilena. Esa mujer me dijo cuando fuimos a ver el banco que a mí me había traído al mundo un caballo en vez de una cigüeña. Era una broma, yo ya era una chica grande y sabía bien cómo nacían los niños y hasta cómo no nacían, que ya había pasado lo de aquella compañera del centro, un par de años mayor, que abortó con una aguja de tejer. Se la llevaron al hospital y no volvió más. Fue muy instructivo. Así que era una broma, pero una broma muy bonita. Y entonces empecé a pintarlos. Y, como me salían cada vez mejor, me entusiasmaba cada día más. Es una maravilla hacer bien algo y que la gente lo admire. Raluca dibuja fenomenal, decían. Me convertí en la pintora del centro. Claro que la gloria duró poco: en cuanto vieron que sólo pintaba caballos, volvieron a llamarme la Raruca. O sea, entre rara y Raluca. Muy chistosos. Qué sabrán ellos.

Quizá me debería tomar el maldito orfidal, porque la verdad es que ahora no me da la cabeza ni para pintar caballos. No me salen. Y eso que tengo tres estupendos lienzos nuevos y cinco tubos sin estrenar de óleos Mir, que son los mejores. Qué adorable es Pablo: me acompañó a la tienda de manualidades de Puertollano en nuestro día libre. Y cargó con el bulto de los lienzos y me regaló los óleos. Fue un día tan bonito.

Hasta que apareció ésa.

Ésa.

Pegando esos gritos de esposa enfadada.

Raluca tonta, ¿cómo pudiste creer que Pablo estaba libre? ¿Un hombretón tan estupendo? Anda que no revolotearán las tías a su alrededor. Vale, nunca le pregunté si tenía a alguien. La madre de su hijo también murió, eso me lo dijo de pasada. Y no pregunté más. Pero es que parecía que estaba libre. Hay que joderse, viviendo aquí semanas siempre solo, sin móvil ni teléfono, que para quedar con él hay que tirarle una piedra, menos mal que yo tengo la suerte de vivir debajo y de trabajar en el mismo sitio... ¿Cómo no iba a pensar que andaba suelto? Así le gritaba ésa: no me contestas, no llamas, quién te crees que eres.

Menuda bruja. ¿No ves que no quiere saber más de ti?

O quizá sí quiera.

Parece mayor que yo, pero guapa es. Bien cuidada. Elegante. ¡Y con ese cochazo! Madre mía. Una rica. Seguro que sabe mucho de todo. Culta, viajada. Hasta puede que sea arquitecta, como él. ¿Y si... y si en realidad Pablo estuviera aquí por ella? ¿Y si se hubieran enfadado y él se hubiera marchado para darle celos? Ah, no quiero ni pensarlo. Peleas de enamorados, reconciliaciones calientes. Cuanto más grande la pelea, más pasión, tú lo sabes muy bien. Madre mía, Raluca.

Y yo que me creí que esta vez sí. Que esta vez podría funcionar. Abrazarme a su espalda por la noche y saber que no estaré sola nunca más. Querer y que te quieran, esa cosa tan bonita y tan sencilla que otras personas consiguen, pero yo no.

Venga, tómate el puto orfidal de una vez y apaga el coco. Dormir y no pensar y no sentir. Quiero meterme en una caja negra.

Aunque ella se fue. Volvió a su cochazo y se marchó: lo viste desde un rincón de la ventana... ¿Han quedado para luego? ¿En otro lugar? ¿Pablo

137

se va a ir? ¿Regresará a Madrid? Para. ¡Para ya! Como decía el psiquiatra, ¡no sigas siendo un hámster! Sal de la rueda de las obsesiones. No hay que ponerse nerviosa: por lo menos la bruja se ha ido. Venga: el orfidal debajo de la lengua, que así sube antes. Ay, Raluca la Raruca... no te desesperes. A don Quijote también le tenían por loco y, ya ves, es don Quijote.

Las noches de agosto tienen algo espléndido. El día fue una tortura de calor pero esta noche es un hechizo. El aire se siente tibio, ligero. Parecería que todos podríamos empezar a flotar en cualquier momento. Elevarnos lenta y plácidamente como globos camino de ese cielo que una hermosa luna de sangre ilumina. Felipe, Pablo y Raluca están sentados en la única terraza del pueblo. Media docena de mesas de formica y un puñado de sillas metálicas que ha desplegado sobre la estrecha acera Dante el argentino, el dueño de uno de los dos bares de Pozonegro. Es el más grande de los dos locales, aunque igualmente feo. Sobre la mesa, cervezas a medio vaciar y una botella de agua para Felipe. También una tortilla de patatas gomosa y una ración de empanadas porteñas que exigen del degustador un estómago recio.

Los tres han salido huyendo de sus casas, trampas recalentadas y asfixiantes. Para Felipe, sobre todo, es un martirio: encontraron al viejo boqueando y perlado de sudor frío, asustado por el roce sedoso de la muerte cercana. Vivir en las proximidades del fin produce en ocasiones estas angustias. Felipe es un tipo templado, pero ahogarse es muy duro; si el aliento le falla, siente que le rondan los murciélagos. Eso dijo Raluca cuando fue a buscar al arquitecto:

venga, Pablo, ayúdame a llevarlo al bar a tomar el fresco, que lo pasa muy mal. Y aquí están ahora.

No hablan mucho. Felipe porque aún no ha recuperado el ritmo respiratorio y anda muy concentrado en jadear. Y ellos dos, porque desde la irrupción de Regina no se han dicho casi nada. Tres días sin mencionar el incidente y murmurando simplezas cuando se cruzan en el trabajo. Hay algo que se ha endurecido entre ellos, una distancia incómoda de palabras reprimidas. Ahora sí que no le pareceríamos una pareja a nadie, piensa Pablo, recordando la chocante observación de Regina.

O puede que sí. ¿No son precisamente esos muros invisibles de cosas silenciadas uno de los elementos más habituales de la vida en común? Con los años, las parejas se van llenando de pequeñas desilusiones, de divergencias del proyecto amoroso que creyeron entrever en la primera pasión, de fallos propios y ajenos, rendiciones, aceptación acomodaticia de sus egoísmos y su cobardía. Con los años, el otro o la otra cada vez está más cerca en las rutinas pero más lejos en lo esencial. Hasta llegar a convertirse, en ocasiones, en perfectos extraños. Y los peores son los extraños bien sincronizados, aquellos que entran y salen juntos, que van de vacaciones, que cenan con los amigos y jamás discuten, pero que luego, cuando están los dos solos, ni se miran a los ojos, sideralmente separados por el telón de hierro de todo lo que han dejado de compartir y decirse.

Aunque con Clara no fue así. Con ella discutió hasta casi el final. Qué pena no haber sido capaz de decirle te quiero con el mismo apasionamiento con el que le llevaba la contraria.

Hace tres meses, Pablo encontró una nota de Clara. Se había puesto a registrar los cajones de su mesa buscando un pendrive con fotos que la policía le había pedido que llevara, cuando se topó con un post-it amarillo y viejuno, de bordes algo rizados. Con su letra pequeña, precisa y fina (siempre utilizaba Rotring 0,13), Clara había escrito: «Buenos días. Mi amor, ahora tengo prisa, pero me voy a dedicar con calma a hacerte feliz. Un beso».

No sucedió. Lo de hacerse felices no sucedió, fundamentalmente porque él no sabe hablar tagalo, piensa Pablo ahora. ¿Dónde se perdió todo eso? ¿La dulzura, la ilusión casi cursi y casi pueril, la voluntad? La convivencia se fue encrespando como una gata furiosa. No hay nada que envejezca tan deprisa como el amor mal amado.

Pablo suspira e intenta relajar la espalda contra los listones metálicos de la incómoda silla. Hay un conato de brisa en el aire, una promesa de frescor. Pozonegro sigue siendo igual de inhóspito, igual de feo, pero hoy la noche se ha puesto magnánima y difumina con bondadosas sombras los ásperos perfiles de la calle, las aceras rotas, el rebaño de cubos de basura que hay en la esquina.

—Uy. Perdón.

Como movidos por una silenciosa orden mental, Raluca y él se han inclinado al unísono hacia la mesa para coger el mismo vaso de cerveza, un doble en el que aún quedan dos dedos de líquido. Sus dedos entrechocan, la mano de Pablo roza la de la mujer, cálida, electrizante.

—Perdón, creí que era mi vaso.

—Es tuyo, es tuyo, soy yo la que me he equivocado.

—No, no, es tuyo, cógelo.

—Que no, perdona, es tuyo.

Callan y se miran, envarados, con un pedazo de preciosa noche extendiéndose entre ellos. Pablo siente repentinas ganas de reír, un burbujeo que le sube a la boca igual que los estornudos suben a la nariz. Suelta una carcajada.

—Qué tontería, vamos a pedir otra ronda. Felipe, ¿quieres más agua, o un café, o algo?

—Venga, sí. Un descafeinado con hielo —dice el viejo, que ya está más tranquilo.

—¡Voy yo! —dice Raluca, poniéndose en pie de un salto—: Me toca a mí.

Pablo la contempla mientras se aleja. Lleva unos pantalones vaqueros cortos deshilachados, una camiseta de tirantes de color blanco, chanclas de goma. No se puede estar más guapa con una ropa más insípida. Desde que habló con Regina, Pablo mira a Raluca de otra forma. Ahora no entiende cómo no advirtió antes lo mucho que le atraía su vecina. Estaba ciego y ahora ve demasiado: ese cuerpo atlético, esa manera de moverse, sedosa y animal. Se le erizan los vellos cuando la rumana se acerca, por eso no es capaz de comportarse de forma natural. No es más que la necesidad sexual, se reconviene Pablo; un simple alboroto de gónadas y gametos, de testosterona acumulada. No voy a ceder a este chantaje de mi cuerpo, a esta demanda tan primaria: no puedo hacerle eso a Raluca, se repite. Pero la chica ya regresa con las consumiciones en precario equilibrio, los dos dobles de cerveza y el vaso con hielo sujetos contra el pecho, el café humeante en la mano izquierda. Pablo se pone en pie y la ayuda, las hambrientas manos se le van sin poder remediarlo, le roza un poco el brazo, incluso el escote. Cuerpo dictador, noche embriagadora. Permanecen muy cerca la una del otro mientras bailan los dos una lenta danza de torpezas, no se puede manejar peor el traspaso de la cristalería, casi tiran las bebidas al suelo un par de veces. Al fin consiguen depositar todo sano y salvo sobre la mesa y, tras enderezarse, se miran un instante a los ojos. Raluca huele a caramelo de nata.

Se sientan. Sonríen. Felipe tintinea en su café disolviendo el azúcar. Un dedo de aire fresco acaricia el cuello sudoroso del arquitecto. Qué delicia tan grande. Pablo tan sólo se ha tomado un doble de cerveza, pero la cabeza le baila como si hubiera bebido. En la esquina aparece la rara del pueblo, la adolescente gótica, más lúgubre que nunca en la incongruencia de sus ropas de luto en plena canícula. Avanza calle abajo sobre sus gruesas botas con patosas zancadas y un raro balanceo hacia delante, como si estuviera a punto de caerse. No mira a nadie, no da señales de haber advertido que hay gente en la terraza, sólo camina y camina, la vista clavada en las baldosas, con la misma porfiada determinación con la que los perros vagabundos parecen dirigirse siempre hacia algún lado. Pasa frente a ellos y luego se pierde en la oscuridad. Pablo suspira. Bendita noche amiga: es la primera vez en muchos días que no siente que alguien le observa y le persigue. La primera vez que no tiene miedo.

—Y... esa mujer... —dice Raluca, y calla.

Pablo se pone en guardia. Sabe de qué habla.

—¿Qué mujer?

—La del otro día. La que estaba tan enfadada. ¿Qué le has hecho?

—Regina. Arquitecta. Es uno de mis socios en el trabajo. He desaparecido. Se lo he puesto difícil a todos ellos. Tiene razones para estar enfadada.

—¿A todos ellos? —dice Raluca, tan expectante como si la vida le fuera en la respuesta.

Su ojo, ese ojo de párpado cansado o dormido, parece más cerrado que nunca. Pablo ha advertido que, cuando está nerviosa, la diferencia entre los ojos se acentúa.

—Sí. Hay tres socios más. Además de ella.

—Entonces, ¿es un asunto de trabajo?

—Así es.

La vecina sonríe y el desordenado batiburrillo de sus blancos dientes le da un aire aniñado. Pablo se estremece. Se diría que en las quietas, eternas noches de agosto puede pasar cualquier cosa. Pero sólo cosas bellas, desde luego.

—¿Y por qué sigues aquí? —pregunta Felipe.

Una punzada en el estómago y un enredo indecible en la boca. El arquitecto se encoge de hombros:

—Es complicado... Son muchas cosas. Ahora mismo no me siento capaz de contestarte.

Raluca cierra un poco más el ojo y se mordisquea el labio inferior.

—¿Te vas a marchar? —pregunta al fin.

Pablo no lo sabe, porque lo ignora todo. Pero su cabeza responde por él y se mueve de un lado para otro, en un claro gesto de negación. El bálsamo del aire, el resplandor perlado y rosado de esa luna de fuego. Sólo cosas bellas. Las noches de agosto tienen algo espléndido.

El miedo es como una piedra que acarreas dentro del estómago. Día tras día vas tragando tu maraña de temores igual que los gatos se tragan sus pelos, hasta que acaban por formar una bola en la barriga, una densa pelota que produce ganas de vomitar y que te obliga a caminar un poco encorvado, como esperando un golpe. El miedo es un parásito, un invasor. Un vampiro que te chupa los pensamientos, porque no puedes alejarlo de tu cabeza. E incluso si, en un raro momento de tregua, consigues olvidar por un instante tu miedo, siempre queda cierta pesadumbre pendiendo sobre ti, una vaga premonición de riesgo y de desgracia. No hay manera de librarse por completo de él.

Que le hayan puesto de forma definitiva en horario de cierre en el Goliat tampoco ayuda. A Pablo le parece ridículo estar tan asustado. Que un hombre como él, grande y todavía fuerte, tema volver a casa de noche por las solitarias calles es una vergüenza. Ñac ñac ñac, chirrían sus deportivas sobre la acera rota y el asfalto aún reblandecido por el calor. ¿Cómo embestir con tu coche un vehículo enemigo que te bloquea el paso? Si puedes, desconecta tu airbag y ponte el cinturón. Acelera hasta alcanzar una velocidad entre cuarenta y cincuenta kilómetros por hora y golpea la rueda trasera del otro coche con el morro del tuyo del lado del copiloto, en un ángulo de noventa grados. Ñac ñac ñac y ya le queda poco para llegar, por fortuna ya ve el apeadero, dentro de dos minutos estará en su portal. Pero un momento, ahora le parece intuir el eco de otros pasos. Se detiene de golpe y concentra toda su voluntad en atrapar hasta el más leve susurro de la oscuridad. Casi cree oír el crepitar de las basuras pudriéndose, aunque en realidad no escucha nada. Advierte que tiene el cuello rígido, los puños apretados, e intenta relajarse. Es difícil, porque no puede evitar la sensación de que le vigilan.

—¿Qué tal la casa?

La voz ha salido de las sombras, ronca y retumbante. Pablo pega un salto que al mismo tiempo va hacia atrás y hacia un lado, medio tirabuzón en el aire para encarar a la persona que ha hablado. Es un brinco grotesco de animal medroso.

—¿Te he asustado?

Pablo no contesta. Atisba, en la penumbra, a un tipo sentado en los escalones de subida al apeadero. Justo donde días atrás creyó ver que había alguien.

—Qué fácil te asustas, tío. Cualquiera diría que tienes algo gordo que ocultar.

La voz suena espesa, burlona, incluso hostil, pero Pablo siente que el corazón, que se le había detenido entre dos latidos, vuelve a retomar su ritmo normal. Ha reconocido al hombre. Esa cara de bruto avaricioso, ese cuello de toro. El zopenco que le vendió la casa. Sus miedos se disuelven como un humo negro.

—¿Qué hace aquí? —pregunta Pablo.

Benito siente el escozor del tono despectivo del hombre, el empujón de ese «usted» distanciador, y se revuelve como si le hubiera picado un escorpión.

—¿Es que no puedo estar aquí o donde me salga de los cojones? Vaya con estos pijos que se creen los dueños del mundo —bufa, poniéndose dificultosamente en pie.

Pablo le mira de arriba abajo con fría curiosidad.

—Me parece que está usted borracho. Hágase un favor y váyase a casa. Si quiere decirme algo, vuelva sobrio y de día —dice.

Y, dándose la vuelta, se dirige al portal. La condescendencia del arquitecto ha dejado a Benito sin palabras. Se ahoga, se asfixia de odio y rabia, cómo que borracho, sólo ha bebido un poco, la humillación es una brasa en su pecho.

—¡Pues a mí me parece que no estoy borracho, y me parece que eres un cabrón, y me parece que te vas a arrepentir! —grita.

Su vehemencia le inclina hacia delante y le hace perder ligeramente el equilibrio. Se tambalea: tal vez, después de todo, se haya excedido algo con el alcohol.

Pablo le escucha vociferar a su espalda como quien oye el silbido del viento. Sus amenazas le dejan impasible: los miedos muy grandes protegen de los temores pequeños. Abre el portal, enciende la luz parpadeante del medio neón que aún funciona y comienza a subir las escaleras con cansancio y alivio. Un nervioso repiqueteo de tacones le avisa de que alguien está bajando: es Ana Belén, la vecina del tercero, con quien se cruza cuando alcanza el segundo descansillo. La mujer pasa a su lado sin saludar, la cabeza inclinada, el ceño acuchillado por una arruga profunda. Viste una falda negra tubo y una blusa de tirantes plateada que deja ver la piel palidísima, las huesudas clavículas, su cuerpo emaciado de yonqui o de anoréxica. Una cola alta le recoge el cabello y las baratas sandalias, también plateadas, muestran unos tristes pies de dedos nudosos. Los taconazos de aguja le hacen caminar algo trastabillante, de ahí que vaya con la vista fija en donde pisa. Pablo se la queda mirando: son las once de la noche. ¿A dónde irá? ¿Habrá quedado quizá con el energúmeno que está fuera? Un vago sentimiento de compasión cruza su cabeza. Pero luego también se acuerda de ella. De la hija de Ana Belén. De la pequeña. ¿La habrá dejado sola? Apenas debe de tener cinco o seis años. ¿Le dará miedo la oscuridad? ¿Se sentirá abandonada? La luz del descansillo se apaga y Pablo vuelve a pulsar el interruptor. La hoja del portal se ha cerrado hace rato tras la salida de su vecina y el edificio está envuelto en silencio.

Sin saber muy bien por qué, Pablo sube los dos tramos de escalera que le separan del tercero, el piso de Ana Belén. Como hizo días atrás, acerca la oreja, cauteloso, al sucio contrachapado de la puerta. Ni un solo ruido, ni una chispa de luz en la mirilla, una nada desesperante al otro lado. Y, sin embargo, la niña tiene que estar ahí. Vuelve a apagarse el neón, vuelve a encenderlo. Luego, golpea suavemente la madera con los nudillos. Sin respuesta.

—Hola... Hola... Soy Pablo, tu vecino del segundo... He visto que tu madre salía... No tengas miedo —susurra.

Sólo se oye el tenue bisbiseo del tubo de luz, un ligero chirrido como de insecto atrapado. Es un silencio que se le antoja oprimente, tan cargado de secretos como el de la Casa de los Horrores. ¿Y por qué se acuerda ahora de eso? Fue en Gloucester, Reino Unido. En las décadas de los setenta y los ochenta. Fred West violó y torturó durante años a sus hijas y a otras muchachas a las que acorralaba y secuestraba, y acabó asesinando al menos a su primera esposa, a nueve jóvenes y a dos de sus propias niñas con la ayuda de su segunda mujer, Rosemary. Fred, que nació en 1941, tuvo su primer encontronazo con la ley a los veinte años, cuando fue procesado por violar a su hermana de trece. Él lo admitió, pero el caso fue sobreseído. Los derechos de las niñas no valían mucho en aquellos tiempos, piensa Pablo. Y quizá ahora tampoco. Poco después, Fred se casó con Rena, que estaba embarazada de otro hombre. Nació una niña a la que llamaron Charmaine y que Fred adoptó, y enseguida tuvieron una hija en común, Anne-Marie. Cinco años después, en 1969, Fred conoció a Rosemary, una quinceañera perversa y brutal, y la desgracia se cerró con precisión de relojería. Debieron de adivinar al primer vistazo la similitud de sus almas negras, porque se emparejaron de inmediato y su primera hija, Heather, nació en 1970. Entonces Fred decidió que su esposa Rena y la niña adoptada, Charmaine, que ya tenía ocho años, eran un fastidio, y entre los dos las asesinaron. A continuación, Fred y Rose se casaron y se fueron a vivir a la casa de Cromwell Street que acabaría por hacerse tétricamente famosa.

Pablo lleva meses coleccionando estas historias de horrores familiares. Relatos atroces en los que busca una respuesta que aún no ha encontrado. Los lee, los relee, se los aprende de memoria. Por eso ahora recuerda que la hija de Rena y Fred, Anne-Marie, tenía ocho años cuando empezó a ser violada por su padre con la ayuda de Rosemary. Mientras tanto la pareja iba sumando hijos: siete más después de la primogénita, tres de ellos concebidos por Rosemary con otros hombres. A todos los críos los obligaban a ver pornografía. Vivían secuestrados; no tenían amigos y, como a los Turpin, los habían convencido de que el mundo exterior era un peligro para ellos. Tenéis suerte de tener un padre como yo, decía Fred a sus hijas cuando las violaba. Esos críos que sólo salían de casa para ir a la tienda de comestibles, ese tropel de niños callados, desastrados y tristísimos, hubieran debido llamar la atención de los vecinos. Pero no. No le importaron a nadie. O tal vez sí, pero no se atrevieron a dar el paso. Quizá hubo personas que, como él ahora, se acercaron alguna noche a la puerta de los West. Que arrimaron la oreja a la madera, rumia Pablo mientras pulsa por enésima vez el interruptor de la luz. Pero ¿de qué vale eso, si luego no haces nada? Ahora bien: ¿qué se puede hacer? ¿Y si te equivocas? ¿En qué momento justo pasas de ser prudente a ser medroso? ¿Y de ser un ciudadano responsable a un entrometido y un cotilla? Pablo entiende a los vecinos que ignoraron la situación. Y al mismo tiempo le dan asco. Se da asco.

Para pagar la hipoteca, los West empezaron a alquilar habitaciones baratas, cosa que atrajo a su casa a chicas de vida desestructurada, escapadas de hogares de acogida, con problemas de drogas. Víctimas indefensas y solitarias. Las torturaban y forzaban sexualmente los dos, y a varias las acabaron matando. Quedaron demostrados nueve asesinatos, entre ellos los de dos jóvenes estudiantes universitarias que no tuvieron nada que ver con los West y a las que secuestraron por la calle.

En 1987, Fred mató a su primogénita, Heather. La chica tenía dieciséis años, estaba harta de abusos, poseía un carácter independiente y fuerte, quizá amenazó con denunciarlos. Tras descuartizarla y enterrarla en el sótano como a las demás, con la siempre diligente ayuda de Rosemary, el silencioso infierno (¿amordazarían a las víctimas mientras las torturaban?) volvió a cerrarse sobre sí mismo, inexpugnable. Oficialmente, Heather se había ido con una novia. En agosto de 1992, una de las hijas pequeñas de Fred y Rose, que tenía trece años, contó a una amiga en el colegio que su padre la había violado. La policía intervino, West fue detenido y se llevaron a los cinco niños aún menores a familias de acogida. Aunque la policía había encontrado en Cromwell Street unos vídeos porno estremecedores protagonizados por Rosemary, un año más tarde un juez decidió que había contradicciones en la declaración de los niños y cerró el caso. En junio de 1993, Fred salió de la cárcel, recuperó su trabajo y le fue devuelta la custodia de sus hijos.

Pero una veterana inspectora de policía, Hazel Savage, comprendió que había demasiados indicios sospechosos e hizo lo que nadie se había molestado en hacer durante más de dos décadas de torturas, violaciones y asesinatos: no dejarlos pasar, no olvidarse del tema, seguir investigando. Durante el tiempo que los aterrorizados niños West habían estado en casas de acogida, habían comentado, quizá sintiéndose más seguros, que sus padres a veces bromeaban diciendo que Heather estaba en el sótano. Savage se empleó a fondo e importunó a todo el mundo hasta conseguir una orden de registro de la casa de los West. El 24 de febrero de 1994, la policía entró a pico y pala en Cromwell Street. Muy pronto desenterraron restos humanos que atribuyeron a Heather. Pero, para su horror, empezaron a aflorar muchos más cadáveres.

Al menos West murió, piensa Pablo con moderado alivio: se ahorcó en la cárcel de Birmingham con una cuerda hecha de pedazos de sábanas. La pena es que fue en enero de 1995, antes de que pudieran juzgarlo, antes de aclarar nada. Rosemary fue condenada a cadena perpetua y sigue en la cárcel. Tiene sesenta y seis años y el tribunal consideró probado que fue ella quien asesinó a la pequeña Charmaine. Pero nunca se declaró culpable y aspira a ser liberada en breve. Como buena psicópata es una experta manipuladora, así que es posible que lo consiga. El Mal posee recursos que el Bien desconoce.

El neón zumbador vuelve a apagarse y Pablo palpa la pared una vez más hasta pulsar el interruptor. Pero qué demonios está haciendo aquí como un pasmarote, en esta negrura intermitente, de pie en un descansillo que ni siquiera es el suyo. Vuelve a pegar la oreja a la puerta pero sólo percibe el leve rumor de su propia sangre y la presión del aire que se agolpa en su oído. Lo peor es la lentitud del horror de los West, esa crueldad dilatada en el tiempo. Piensa en Charmaine, en los ocho años de tormento que esa niña debió de vivir antes de que la mataran. Qué pequeño destino tan desgraciado: nació solamente para sufrir. Piensa en Heather, en Anne-Marie, en los otros críos, en todas esas vidas de interminable dolor. Las horas en la infancia pasan tan despacio. No se sabe bien qué les hicieron los West a sus víctimas; Fred no habló, Rose jura ser inocente. Una de las dos jóvenes universitarias asesinadas era Lucy Partington, de veintiún años, prima hermana del escritor Martin Amis. Tras desaparecer una noche en su camino de regreso a casa, la familia mantuvo la loca esperanza de que se hubiera marchado, una hipótesis en verdad peregrina porque era una chica muy sensata que jamás hubiera hecho algo semejante. Pero la gente se busca las vías más insospechadas para intentar aliviar el sufrimiento. Dos décadas más tarde, encontraron los restos de Lucy en el dantesco hogar de los West. Pablo había leído una autobiografía de Amis, *Experiencia*, en la que hablaba del asunto. El escritor decía que ahora sabían con seguridad lo que le había sucedido a Lucy tras su asesinato; la descuartizaron y sus pedazos fueron enterrados en el sótano, junto a un cuchillo, unos trozos de cuerda, cinta aislante utilizada para amordazar y dos mechones de pelo arrancado. Unos espantosos pero mínimos detalles que hacían aún más angustioso no poder saber qué le había pasado antes de morir y cómo había muerto. West tuvo que ser atendido en un hospital, siete días después del secuestro de Lucy, por una herida importante en una mano. Era posible que la hubieran mantenido con vida durante varios días. La imaginación es un tormento que no cesa.

¿Cómo pueden soportarlo?, piensa Pablo, murmura Pablo, casi exclama en voz alta Pablo, mientras comienza a golpear la frente rítmicamente contra la puerta de su vecina. ¿Cómo pueden aguantar ese horror sin respuestas, sin límites? ¿Una pesadilla que lo impregna todo? El neón se apaga. En la oscuridad, cree percibir un levísimo roce al otro lado del contrachapado. Da la luz y, arrimando el rostro a la cerradura, susurra:

—¿Estás ahí? Tranquila, soy tu vecino...

Pero podría ser un asesino, un monstruo, un pedófilo. Se endereza, espantado. Por todos los santos, ¿qué está haciendo aquí en mitad de la noche? De pronto Pablo se ve desde fuera y comprende, con cegadora nitidez, que, de encontrarse en casa, la niña tiene que estar por fuerza aterrorizada por su presencia.

—Lo siento... —exclama mientras se lanza a todo correr escaleras abajo.

Va mareado, se ahoga, el pánico le ronda. ¿De dónde nace una maldad tan profunda y tan sólida? ¿Quién es el responsable de tanto dolor? ¿Cómo pueden, cómo puedo soportarlo?

—Mira a la traidora esa, cómo se hace la mosquita muerta, la muy guarra —susurra Carmencita, que se ha acercado a Raluca con la excusa de pedirle cambio—: Mucho ojo con ella, cuidado con lo que dices que tú eres muy pánfila.

Luego se reincorpora a su puesto en la caja contigua sin dejar de lanzar alarmantes ojeadas a la rumana.

Tres cajas más allá, en efecto, la famosa supervisora está hablando con Puri entre cliente y cliente, aprovechando que es una hora de poco movimiento en el Goliat. Están demasiado lejos como para poder entender lo que dicen bajo la chundarata del hilo musical, pero la tipa esa se ríe, sacude la cabeza y parece encantada, como si fuera simplemente una señora madura charlando con una amiga. A Puri no se la ve tan feliz, pero tampoco tiene aspecto de estar sufriendo. Incluso sonríe, ahora sonríe un poco. Se están dando la mano. Se despiden. Y ya está, ahora la espía viene directa hacia ella, porque los dos puestos intermedios están cerrados. Ay madre, Raluca.

—Buenas tardes.

—Buenas tardes...

—Tú eres... Raluca García González, ¿verdad? —dice la mujer consultando una hoja.

—Sí. Bueno, ser lo que se dice ser, sólo soy Raluca. Lo otro me lo pusieron en el registro. Es que no sé quiénes son mis padres. Bueno, luego he sabido de mi madre, era una artista muy buena, era una pintora que se puso muy enferma y la internaron durante muchos años en un hospital y tuvo que dejarme, ¿sabe? Pero vamos, que no conozco su apellido —se lanza la rumana a parlotear, espoleada por los nervios—: Me abandonaron..., o sea, me encontraron en un banco de un parque. Y llevaba un papel que decía Raluca. Lo de García González nos lo ponen a los que somos como yo porque son los dos apellidos más corrientes en España, ¿sabe? Hay como millón y medio de Garcías y casi un millón de González. Lo miré en internet. En las casas tuteladas me he encontrado varios García González más. O sea, no soy la única.

Ya no se le ocurre nada más que decir y se calla, inquieta. Siente en la nuca la mirada fulminante de Carmencita. La supervisora mantiene el gesto impenetrable. Sonríe levemente, pero qué ojos tan gélidos. Duros ojos acostumbrados a indagar.

—Qué interesante. No lo sabía. Lo de los apellidos. Tampoco que eras huérfana.

—No soy huérfana. Soy abandonada.

—En efecto. Ya veo que eres muy precisa. Buena cualidad para una cajera. Llevas en la empresa unos seis años, ¿verdad?

—Sí, señora. Seis y medio.

—¿Y estás contenta, te gusta lo que haces? ¿Ha cambiado tu relación con tu trabajo con el tiempo? ¿Ahora te sientes mejor o peor que cuando empezaste? ¿Qué es lo mejor y lo peor de tu puesto? ¿Qué te gustaría cambiar?

—Son demasiadas preguntas —dice Raluca, tragando saliva, mientras observa con gratitud al anciano que ha empezado a vaciar la cesta en su cinta.

La supervisora ríe.

—Claro que sí. De momento sólo quiero que pienses un poco sobre todas esas cuestiones. Esta tarde he pedido media hora de descanso para todas vosotras. No contabilizan en vuestro tiempo libre, es decir, corren por cuenta de la empresa. Quiero hablar con cada una a solas, tranquilamente. A ti te toca a las... 16:15, si te parece bien...

—Sí, claro.

—¡Estupendo! Nos vemos en el despacho de García, me lo ha prestado para las entrevistas... Mira, otro García, uno más entre el millón y medio de tus hermanos...

Raluca no puede evitar la sonrisa. Una joya de hermano. Contento debe de estar el *boss* de tener que dejarle su despacho a la intrusa.

—Por cierto, eres vecina de uno de los reponedores, ¿verdad? De Pablo Hernando.

—Sí... —contesta Raluca, cautelosa.

—De hecho, tengo entendido que fuiste tú quien le recomendó para el trabajo.

—Sí.

—¿Y qué opinas de él?

Bajo el pelo blanco y bien ondulado de abuela joven y pulcra, la mirada de la supervisora es un arpón de caza.

—No sé... —duda, y luego dice de un tirón—: Es muy serio, muy honesto, muy responsable, trabaja muy bien, es un hombre de fiar.

—Para no saber, parece que sabes bastante...

—Era una manera de hablar —dice Raluca, nerviosa—: El señor está esperando... —añade señalando al viejo que aguarda paciente, o más bien encantado de entretenerse un rato con la conversación.

—Sí, sí, enseguida... Disculpe, señor, es sólo un instante... Pero sabes, todos lo sabéis, que es arquitecto... Un arquitecto conocido. ¿No te parece extraño?

Raluca siente que su espalda se pone rígida. Intuición de peligro.

—No.

—¿No? —repite la supervisora con leve ironía.

—No. Allá cada cual.

La mujer la mira, pensativa.

—Muy bien. Nos vemos a las 16:15, entonces. Toda suya, amigo.

Mientras cobra al anciano, la cajera escucha por encima la conversación que la supervisora está manteniendo con Carmencita. Más o menos igual que la suya, pero mucho más corta porque su vecina no le da bola. Y tampoco le pregunta por Pablo. Terminan la charla al mismo tiempo que ella le da el cambio al abuelo. Ambas contemplan en silencio, Carmencita con ojos de gorgona, cómo se aleja la supervisora hasta desaparecer por la puerta de las oficinas.

—Anda y que te jodan, mala bicha —gruñe la mujer—: Ésta no va a parar hasta echarnos a todos, ya lo verás. Una Judas. Chivata.

Puede ser, pero a Raluca le ha quedado una sensación ominosa y extraña, la inquietante intuición de algo secreto.

—Ay, Carmencita... Y a mí que me parece que lo único que le interesa de verdad a esta tía es Pablo...

Su amiga suelta una carcajada:

—Sí, hombre, ya te digo. Que la supervisora ha perdido también la cabeza por el perla. Es que basta con echarle un ojo encima a ese tío y zas, te enamoras de él. La supervisora, el vecino, el perro del vecino, vaya perla es el perla... Raluqui, hija, es que tú estás muy mal, ¿eh? Es que esta vez te ha dado fuerte pero fuerte fuerte.

La chica enrojece. Están ambas cobrando a dos parroquianas conocidas (todo el mundo se conoce en Pozonegro) y una de ellas, además, es una cotilla. A Raluca casi le parece ver cómo tiemblan los cartílagos de las orejas de la mujer en su ansiedad de no perder palabra.

—No digo eso, eres tonta... —susurra, irritada—: Lo que digo es que...

¿Que esa tipa está buscando algo que no sabemos, que Pablo quizá sea importante para ella de algún modo, que en realidad lo de la supervisión no es más que una tapadera y oculta un plan siniestro? Raluca reflexiona un instante sobre todo esto y tiene que reconocer que suena paranoico y totalmente ridículo. Madre mía, debe de ser cosa de los nervios.

—Nada, déjalo. Es una tontería. Olvídate —dice al fin.

—Y tanto que es una tontería —remacha Carmencita, triunfante—: En serio, Raluca, me preocupas. No puedes andar así de perdida por un hombre que además se va a ir cualquier día, ¿no entiendes que su sitio no está aquí?

—Carmen, por dios... —se encrespa Raluca, señalando con la barbilla a la clienta, que remolonea guardando la compra en la bolsa para no perder onda.

Callan las dos cajeras y se cruzan de brazos a la vez, como en una coreografía. La parroquiana, que ya no encuentra más monedas que trasvasar en su monedero ni más excusas para seguir allí plantada, saluda y se va. La rumana suspira.

—De verdad, Raluca, estoy preocupada —insiste Carmencita, aprovechando que ambas están libres—: Es que veo que te vas a dar una hostia muy grande. Y tú eres muy sentida. Te haces la dura y todo eso, pero luego eres muy sentida. Y no me gustaría que lo pasaras mal. Se va a ir, Raluca, eso tenlo por seguro. Antes o después, pero se va. Así que no hagas tonterías. ¡Y sobre todo no te quedes embarazada, no seas burra! Ah, por cierto, te he traído esto —dice sacándose a toda prisa un papel del bolsillo y arrojándoselo sobre la cinta, porque se acerca una nueva clienta.

—¿Qué es?

—Tú míralo.

Es un recorte de periódico, una hoja doblada en cuatro pedazos. No llega a abrirla porque también ella tiene un parroquiano (Raluca ha observado que la gente suele llegar así a las cajas, como a oleadas: una más de las muchas cosas incomprensibles de la vida). Así que le cobra lo más deprisa que puede, por fortuna sólo trae una barra de pan y un pack de cervezas, y, cuando el hombre se va, coge el papel y lo despliega:

«Detenido un joven por descuartizar a su madre y comérsela», dice el titular. Desconcertada, la mujer mira a Carmencita, pero su amiga no puede atenderla, el carro de su clienta está repleto. Sigue leyendo deprisa y por encima: «La policía ha hallado este jueves a una mujer descuartizada en su domicilio del barrio de Salamanca de Madrid y ha procedido a detener a su hijo de veintiséis años... El hombre admitió que había troceado el cuerpo de su madre, de sesenta y seis, en piezas muy pequeñas que guardaba en varios tupper... La detención se produjo después de que una amiga de la fallecida denunciara que llevaba un mes sin verla y que la mujer vivía con un hijo que podía tener problemas psiquiátricos... Con actitud fría, el joven confesó a los agentes que se había comido junto con su perro a la fallecida: "Nos la hemos ido comiendo"... El joven tiene doce antecedentes policiales, la mayoría por malos tratos a su madre...».

Raluca se estremece. Ese padre que seguramente se borró cuando vio los problemas que el hijo tenía, esa madre viviendo año tras año el agudo, desesperado dolor de saber que tu hijo puede matarte. Ella había conocido un caso parecido en el psiquiátrico. Cuántas interminables noches de negro terror habría pasado esa mujer encerrada en su cuarto. La mujer levanta la cara del papel, horrorizada.

—Pero ¿qué es esto, Carmen? ¿Por qué me das esto?

—¿Pues por qué va a ser, so atontada? ¡Para que lo veas y te enteres!

—¿Que me entere? ¿De qué?

—¡Es lo que te decía el otro día! ¿Y si resulta que tienes un hijo chiflado? ¡Pues mira lo que pasa!

A Raluca se le descuelga blandamente la barbilla, se le abre la boca, ni siquiera ella misma sabe si es para contestar, para gritar o para gemir. Pero no hace ni dice nada. Después de unos instantes de completa quietud, cierra la boca y, recobrando la movilidad, rompe el recorte en pequeños pedazos. No voy a volver a llamarle Carmencita, se dice: de ahora en adelante será Carmen. Se acabaron las intimidades de ahora en adelante. Y también piensa: hay buenas personas que a veces se comportan como si fueran malas.

Los yogures artesanos a la izquierda, una fila de tripudos tarros de cristal que dejan ver el producto, de un blanco luminoso casi perfecto. Son bonitos de verdad, con su honesto diseño tradicional. A su lado, los yogures naturales, ocultos dentro de sus lamentables cubiletes de plástico. Que también son de color blanco, por supuesto. A continuación, los cremosos; aunque el yogur mismo no se ve, los diseñadores del *packaging* han añadido un tono algo más vainilla al envoltorio, sugiriendo subliminalmente el mayor espesor de la textura. Junto a éstos, los yogures de frutas, ordenados así: limón, plátano, piña, melocotón, fresa y frutos del bosque, en una gradación de cromatismo, de lo más luminoso a lo más saturado. Una coloración que no siempre se refleja en el exterior del envase, pero que Pablo tiene muy clara en la cabeza. Le consuela colocar los yogures así, aunque al seguir este criterio a veces se ve forzado a separar los distintos productos de un mismo fabricante. No importa, nadie se ha quejado. De hecho, Pablo tiene la sensación de que, mientras las baldas luzcan bien ordenadas, nadie presta atención a lo que hace, lo cual es un alivio. Al final de la balda de yogures, a la derecha, cerrando la sección, Pablo pone unas tarrinas multifrutas que también vienen en botes de cristal, equilibrando así en los extremos, vidrio contra vidrio, toda la fila. Da un paso hacia atrás para ganar perspectiva y contempla su obra con razonable satisfacción. Ahora tiene que ordenar la sal y el azúcar, cosa que detesta porque los paquetes no guardan ninguna relación entre sí, ni en forma ni en tamaño. Hay desesperantes bolsas de plástico que no se mantienen en pie, paquetes de papel que se rompen y se arrugan, saleros grandes y chicos, botes redondos y cuadrados, cajas y cajitas de cartón con sobres y terrones... Las latas de conservas, en cambio, sí que son una maravilla. Las latas le encantan. Son como piezas Lego con las que construir sólidas columnas.

—No te muevas, cabrón... —susurra una voz ronca, un aliento caliente sobre su oreja derecha.

Pablo no sólo no se mueve, sino que incluso deja de respirar durante unos instantes. Algo le pincha la espalda. La punta de una navaja, supone, aunque bien podría ser una aguja, por su punzante filo. El desconocido empuja un poco el arma. Duele.

—Marcos te necesita... es decir, necesita tu puto dinero para poder largarse —sigue diciendo la voz.

La sangre se le esconde en las profundidades del cuerpo al escuchar el nombre de Marcos. El pasado siempre acaba por atraparte.

—¿Está aquí? —balbucea. Se le ha quedado la garganta tan seca que las palabras raspan.

El hombre se ríe:

—¡Claro que no! Vaya pregunta imbécil. ¿Te crees que somos idiotas?

¿Somos? ¿Se refiere a Marcos o a alguien más? Pablo mira con disimulo, sin apenas mover la cabeza, hacia un lado y otro, y descubre, al final del pasillo, la silueta a contraluz de un tipo. Delgado, alto, atlético, con el cráneo rapado, probablemente de la edad de Marcos. Pero no, no es él.

—Además, no quiere verte. No quiere nada contigo. Lo único que quiere es tu pasta.

—Claro. Dime cuánto necesita. Os hago una transferencia ahora mismo.

El tipo vuelve a reírse a su espalda, sin ganas, una risa hueca y teatral.

—Una transferencia, no te jode. Y si quieres también te pinto un mapa para que sepas dónde está. O eres gilipollas o te lo haces. Te diré lo que vamos a hacer. Lo primero, vamos a ir ahora mismo a un cajero y vas a sacar pasta.

—No puedo marcharme del trabajo así como así...

Una mujer madura que empuja un carrito vacío da la vuelta a la góndola y entra en su pasillo. Camina muy despacio, buscando algo en las estanterías. El asaltante hinca un poco más el arma en la espalda de Pablo, que reprime un quejido. Pero enseguida la presión se alivia; el hombre se coloca junto a él, como si estuviera mirando algo en las baldas, y ahora el arquitecto percibe que el pincho le roza las costillas.

—Entonces ¿son mejores los de fresa que los de plátano? —dice el agresor.

La mujer se detiene junto a ellos.

—No encuentro los caldos caseros —proclama, enfadada.

—Eh, sí, los caldos... Espere que... Están por ahí, en el tercer pasillo a la derecha —contesta Pablo, aturdido.

—Lo estáis cambiando todo todos los días —refunfuña la clienta.

—¿Verdad que sí? Eso mismo pienso yo. Son unos gilipollas —dice el hombre haciéndose el simpático.

La señora, baja y recia, viste pantalones de chándal color rosa y una camiseta blanca con publicidad de aceite para motor. Mira al tipo con un ceñudo y airado gesto de «a mí no me engañas» y luego se da la vuelta sin decir palabra, desanda su camino y desaparece por la esquina de la góndola. Pablo contempla a su atacante: unos treinta años, apretada camiseta negra de manga corta, pantalones de corte militar, botas de pocero, sienes rapadas que dejan en lo alto de la cabeza un felpudo central y tatuajes que le suben por el cuello como lianas oscuras hasta enredarse en la base de las orejas. Es una de esas personas cuya mandíbula es más ancha que su frente, y además el tipo procura empeorar su cara de bruto apretando la boca y torciendo el gesto. Parece un actor malo que interpreta a un matón en una película barata. A Pablo no le extraña que la mujer no haya querido ni contestarle.

—¿Cómo que no puedes salir? Ahora mismo nos vamos. Arréglatelas —ruge, tan cerca de Pablo y con tanta vehemencia que le llena de perdigones de saliva.

—Vale. Vale —contemporiza el arquitecto.

Echan a andar hacia la salida. El hombre camina muy pegado a él y Pablo siente de cuando en cuando el roce del arma en su cintura.

—Tranquilo. Muy tranquilo y muy natural o te pincho un riñón como si fuera una aceituna... —le susurra.

Cuando llegan a su altura, el segundo colega se suma al grupo sin decir palabra. Es mucho más joven, quizá veinte años, todo vestido de ajados cueros negros que le quedan grandes, tal vez ropa de motorista de segunda mano. El chaleco deja ver una camiseta blanca de tirantes y unos brazos delgaditos y palidísimos. Bajo su cráneo perfectamente rasurado hay un rostro fino, delicado. Una cara inocente, casi amable.

—Por favor, avisa a García de que tengo que cogerme media hora por asuntos propios. Una cosa urgente... de familia. Una cosa urgente de salud y de familia que ha sucedido —le dice Pablo a Puri.

La cajera los mira, extrañada y un poco inquieta.

—¿Estás bien?

—Sí, sí. No te preocupes. Vuelvo enseguida.

Salen del Goliat y el hombre del felpudo le empuja hacia un Nissan Qashqai bastante sucio.

—Ahí hay un cajero —dice Pablo, señalando el dispensador automático situado a media distancia entre el Goliat y la estación de servicio.

—Sube y calla.

Le hace entrar en el asiento del copiloto; el tipo se instala detrás de él y, sacando el arma del bolsillo, se la coloca en el cuello. El más joven conduce; arranca y se pone en marcha. Cuando para en el stop a la salida del aparcamiento, mira brevemente a Pablo y le sonríe con afabilidad; pero en el dorso de su mano derecha, junto al pulgar, tiene el tatuaje de una pequeña cruz gamada, y en la primera falange de cada uno de sus dedos está escrita, letra a letra, la palabra odio. Cruzan Pozonegro; son más de las nueve, anochece, las calles se ven mortecinas y vacías, como casi siempre. Al fin se detienen delante del Iberobank, ahora cerrado. El cajero automático está en la fachada lateral, aún menos frecuentada. Se acercan y el más joven saca de un bolsillo un bote de pintura negra en espray, lo agita y cubre con una capa espesa y goteante el ojo de la cámara.

—Venga —ordena el cara bruto—: Sé que tienes cinco cuentas. Ordéñalas todas.

Es cierto. Tiene cinco cuentas. A mil euros, que es el máximo que puede sacar de cada una en veinticuatro horas, son cinco mil euros. Entrega los billetes al tipo sin poder evitar una sensación de irrealidad, como si estuvieran representando una ópera bufa.

—Al coche —dice el hombre.

—¿Para qué? Ya os he dado todo lo que puedo sacar.

—Cállate.

Entran de nuevo en el Nissan, arrancan. La inquietud de Pablo aumenta cuando ve que están saliendo de Pozonegro. ¿Quizá le llevan con Marcos?, se dice, y ese pensamiento sí que le aterra. Ahora ya no se siente dentro de una ópera bufa, sino de una tragedia. El coche abandona la carretera y coge un camino de tierra que se adentra por campos de labor. ¿Me van a matar?, piensa Pablo, atónito, mientras van dando tumbos por la pista llena de baches. No es posible, se dice con incredulidad. No es posible. Marcos no puede ser capaz de llegar a eso. ¿O quizá sí?

Minutos después el vehículo se detiene en medio de una nube de polvo. No se ve una sola luz alrededor.

—Tú te bajas aquí. Dame el móvil.

—No tengo.

—¿No?

El hombre le hace salir y le cachea.

—Vale. No tienes. Dame el reloj.

Pablo echa involuntariamente el brazo hacia atrás, el reloj no, por favor. El reloj no. Pero el hombre ya le ha agarrado del brazo y se lo está quitando. Lo observa un momento a la luz de los faros con expresión perpleja:

—¿Y esta mierda es de verdad tan cara? Hay que joderse, pero si parece la patata que llevaba mi abuelo...

Es un cronógrafo con las cifras en azul. Con su gastada correa de cuero y la caja de oro blanco, que podría ser acero, tiene un aspecto modesto. Pero es un bellísimo Lange & Söhne que le regaló Clara cuando él cumplió cuarenta años. Le debió de costar por lo menos cuarenta mil euros.

—En fin, Marcos sabrá —dice el matón, guardándose el reloj en uno de los múltiples bolsillos de los pantalones de faena—: Y ahora escucha, cabrón.

El hombre blande el índice en el aire delante de él, como un maestro advirtiendo a un niño.

—Escucha bien porque te voy a decir lo que queremos que hagas. Mañana vas a ir a tu banco y vas a arreglar las cosas de manera que puedas sacar cien mil euros en metálico sin llamar la atención. Te damos tres días para hacerlo. Y a partir de esos tres días volveremos a vernos. Vendré cuando menos te lo esperes a recoger la pasta. Y no se te ocurra hablar con la policía.

—Nunca lo he hecho.

—Pues espero por tu bien que sigas así.

Se mete en el coche y cierra de un portazo.

—Hasta pronto, pringado. Y no hagas tonterías: aunque tú no nos veas, nosotros siempre te estamos viendo —le dice antes de irse, asomando la cabeza por la ventanilla.

El chico joven, que no ha dicho ni una palabra en todo el encuentro, vuelve a dedicarle una sonrisa de espeluznante dulzura. A continuación arranca y dibuja un amplio semicírculo en el sembrado para cambiar el sentido.

Pablo mira cómo se aleja el coche, las luces rojas traseras saltando en los baches, el haz de los faros enturbiado por el remolino de polvo que levanta. Cuando desaparecen el resplandor y el ruido del motor, no queda nada. Un campo recalentado, una luna menguante, un cielo que permite ver pocas estrellas. El reloj de Clara. Le parece haber perdido una parte del brazo. Aunque quizá sea mejor así: no merecía tenerlo. Resopla y echa a caminar de regreso al pueblo, que brilla allá a lo lejos. El arma con la que le amenazaba ese tipo era una navaja de resorte y en el coche, detrás del piloto, había una silla para bebé, recuerda Pablo. Son ideas vagas, absurdas, que vienen y que van; es incapaz de centrar los pensamientos. En su cabeza vacía y entumecida retumba el crispante clamor de las chicharras.

No lo recuerdo bien, pero sé que el pijo se portó fatal. No lo recuerdo bien porque cuando bebo enseguida se me va la chola, que ésta es una putada que me pasa, una debilidad que tengo; pero cuando pienso en esa noche enseguida se me suben los ácidos del estómago a la boca, así que estoy seguro de que ese cabrón hizo algo malo. A ver, yo estaba sentado en los escalones del apeadero tan tranquilo y llegó el pijo y me insultó. O algo así. Me faltó al respeto, eso seguro, y al hijo de mi madre no le falta nadie al respeto sin consecuencias. Ya te digo. ¡Encima que le vendí el piso por dos perras! Agradecido me tenía que estar por esa ganga, el muy cabrón. Viene a mi pueblo, a mi casa, se aprovecha de mí y encima me desprecia. Pues mira, maricón, lo vas a pagar. Aunque sea lo último que haga, pero tú te enteras. Tengo que pensar cómo puedo joderle. No sólo sacarle la pasta: además, joderle. ¿Pues no ha cambiado la cerradura, el muy cabrón? Y yo que he estado esta tarde esperando durante horas hasta que el pijo se marchó a trabajar, porque se me había ocurrido volver a entrar al piso para enredar un poco, para asustarle, para revolverle las cuatro cosas que tiene y dejárselo todo tirado por el suelo, sin llevarme nada, eso no, que entonces lo mismo se va a la policía el muy cabrito, pero sí ponerlo todo patas arriba, a ver si así le entraba el canguis y se delataba, que ya no sé qué hacer para enterarme de quién le persigue, porque, eso sí, cada día estoy más seguro de que está huyendo de alguien, eso me lo apuesto por mis muertos. Y entonces se me ocurrió ese plan estupendo de revolver sus cosas, lo pensé de golpe, yo es que tengo mucha cabeza para esto, ya lo decía mi madre, Benito, Benito, si pusieras esa cabeza en las lecciones en vez de en hacer gamberradas. Y se me había ocurrido ese plan cojonudo y resulta que llego a la puta puerta y el muy mamón ha cambiado la cerradura. ¿Y por qué, digo yo? ¿Por qué la ha cambiado, si no es para ocultar algo? Así que me entró la rabia, me entró una cosa por dentro que no sé, como una desesperación o una pena, como si todo me saliera siempre mal, joder, que no me merezco esta mierda de vida, y estaba tan tocado que hasta tenía como ganas de morirme cuando, mientras bajaba las escaleras, se me ocurrió una idea todavía mejor. Y agarré a mi Pepa, que me ha salvado de tantos apuros, porque la mejor amiga de un hombre es su navaja; y agarré a mi Pepa y grabé con la punta un pedazo de cruz gamada de tres pares de cojones en la puerta de Raluca. A ver, fue un momento de inspiración, porque el pijo y la puta de la rumana están juntos todo el día, vamos, que me apuesto que el pijo ya ha mojado, y cuando vea ese pedazo de cruz lo mismo se mosquea, ¿no? Porque, a ver, ¿por qué tenía una cruz gamada en su cuaderno? ¿Será el pijo de los nazis o de los que escapan de los nazis?

Sea como sea, cuando vea la cruz se va a liar, ja. Es que eres un genio, Benito. Parece mentira que con esta cabeza no estés podrido de dinero. Qué injusticia.

Ha tardado tres horas en regresar a Pozonegro, porque los matones le dejaron a más de quince kilómetros del pueblo. Sin duda el Goliat ya estará cerrado: tendrá que pensar alguna excusa para contar mañana. Pablo arrastra los pies por las calles oscuras camino de su casa. Un cansancio infinito que no nace de la fatiga de los músculos sino de mucho más adentro le lastra las piernas, como si estuviera en una de esas pesadillas nocturnas en las que intentas correr delante de un toro o de un asesino pero apenas puedes moverte; tu corazón se desboca y el esfuerzo es tan grande que hasta te duele respirar, pero sólo consigues desplazarte unos centímetros, a cámara lenta, como a través de espesa gelatina. Pues bien, ahora Pablo se siente exactamente igual: ruge y galopa el miedo dentro de su pecho, pero él se encuentra paralizado. Atrapado. Qué estúpido fue al creer que podría ser otro y escapar de su vida.

Si te cae un alud encima, intenta mantenerte sobre la nieve agitando los brazos como si nadaras. Si quedas sepultado por completo, haz un pequeño agujero en la nieve y escupe en él; la saliva irá hacia abajo, ayudando a orientarte. Excava hacia arriba todo lo rápido que puedas.

Un gañido agudo de dolor o pavor atraviesa la noche y se le clava en las entrañas como un dardo.

Es un lamento escalofriante que no cesa. Pablo se para, estremecido, y mira alrededor. Está en la pequeña plaza triangular que queda cerca de su casa. En un lateral se encuentra cerrada la tienda de comestibles de Antonia; en el otro, la horrorosa iglesia de hormigón. No se ve a nadie, aunque a decir verdad resulta difícil ver nada porque el lugar está sumido en la penumbra: una de las dos farolas de la plaza está rota, quizá a pedradas, y no hay ni una sola luz en las ventanas. El gemido continúa, más espaciado pero igual de horrible. Viene del lado de la iglesia y, mientras mira en esa dirección, de pronto Pablo advierte que una sombra redonda más oscura parece moverse dentro de las sombras. Hay alguien allí.

Se le ha detenido la sangre en las venas, pero aun así Pablo siente la necesidad de aproximarse. Un paso hacia la negrura, y luego otro más, lentos pero irremediables, igual que los de esas personas aquejadas de vértigo que terminan arrojándose al precipicio. De cuando en cuando se oye ese chillido de insoportable sufrimiento que parece el grito de un bebé. Tal vez estemos genéticamente programados para socorrer a nuestras criaturas y por eso Pablo no puede dejar de responder a la llamada, aunque el terror le asfixia. Pero su miedo no es por él, sino por lo que le aguarda. Por lo que teme ver.

Dos metros de distancia hasta la sombra oscura, ahora ya sólo un metro y se da cuenta de que es alguien arrodillado, alguien inclinado sobre algo, y ese algo informe ¿qué es? El espanto le eriza el vello antes de que el ojo comprenda lo que ve: es una masa ensangrentada, una criatura convertida toda ella en una inmensa herida. Es un perro, un perro grande destrozado, y la sombra negra se inclina con avidez sobre él como un cuervo o como un vampiro, un monstruo carroñero salido del infierno que ahora ha percibido la presencia de Pablo a su espalda y está volviendo el rostro y le contempla.

Es la rara del pueblo, la adolescente gótica.

Estallido de horror.

Pero un momento, un momento. Conmocionado, Pablo intenta fijar su atención en los detalles. Hay algo que no cuadra. La gótica está llorando. Y el perro, ese pobre animal masacrado, está sin duda muerto. Entonces, ¿de dónde proviene el gañido?

—Son malos —susurra la chica. Tiene una voz de niña que contrasta con su aspecto tenebroso.

—¿Quiénes?

La gótica menea la cabeza con desesperanza:

—Todos.

Se pone en pie, se enjuga las lágrimas y los mocos con los mitones negros que, pese al calor, cubren sus manos, y se encara con él. En sus brazos sostiene un cachorro que gimotea, cada vez más bajito. Alarga el perro hacia Pablo con tal decisión que él se ve forzado a cogerlo. Es una bola caliente y agitada.

—Yo no puedo llevarla a casa. A mi casa. Quédatela tú. Si no, morirá —ordena.

Y, dando media vuelta, comienza a alejarse.

—Pero no, espera, de ninguna manera, yo no... —protesta Pablo.

La gótica se vuelve:

—No podemos hacer otra cosa. No podemos, ¿entiendes? La perrita está bien. La sangre es de la madre.

El arquitecto mira al cachorro: es de color miel, de pelo suave y corto. La barriga, rosada, redonda y con la tensa tersura de un tambor, tiene pegoteadas algunas manchas. Pero, en efecto, no parece haber ninguna herida. Coge una punta de su camiseta y limpia al animal. La sangre seca se desprende convertida en polvo, mientras la perrita gimotea. Cuando Pablo vuelve a alzar la vista, la rara del pueblo ya está lejos. Una sombra entre sombras.

Parece irremediable: tiene un perro a su cargo.

No soy ni capaz de cuidar de mí y ahora tengo que cuidar de esta cosa, piensa, estupefacto. Y también: mañana pediré ayuda a Raluca y buscaré una protectora donde dejarlo. No puede quedarse con un animal en la situación en la que está.

La perrita se enrosca entre sus brazos. Ya no llora, aunque suelta suspiros temblorosos. Sin atreverse a echar una segunda ojeada al cadáver de la madre, Pablo reemprende su camino a casa. En cinco minutos llega a su portal. Ese leve peso, ese olor tan tibio son turbadores. Abre la cerradura intentando no mover mucho a la cachorra, que parece haberse dormido, y empieza a subir con cuidado los escalones. Qué noche tan rara, piensa; primero los sicarios de Marcos, y luego esa perra a la que algún malnacido ha reventado. Un manto de maldad recubre el mundo. Y entonces, justo entonces, cuando se encuentra en su momento más bajo y aterido, sus ojos caen sobre la cruz gamada que alguien ha grabado en la puerta de la vecina.

—¡Hijos de puta! ¡Esto no, esto no! —exclama, desesperado.

Un torbellino de imágenes le vuela la cabeza. Le parece ver la navaja del neonazi que le secuestró rayando el contrachapado de la puerta hasta dibujar esa cruz de al menos tres palmos de diámetro, desigual, astillada, muy mal hecha, con profundas e irregulares cuchilladas que denotan furia. O aún peor: los matones de Marcos atosigando a Raluca, maltratándola con la misma perversidad con que alguien maltrató a esa perra, amenazándola, quizá manoseándola o incluso violándola, todo porque saben que es amiga suya y andan juntos, todo porque le vigilan y quieren asustarle para que obedezca. Es decir, todo por su culpa, como siempre. Pero Raluca no, por dios, Raluca no.

Pablo deja o más bien tira a la cachorra al suelo, que de inmediato rompe a llorar, y llama a la puerta de la mujer. Timbrazo, timbrazo, palmadas en la hoja, grandes gritos.

—¡Raluca! ¡Raluca, abre! ¡Soy Pablo! ¡Abre, por favor! ¡Abre! ¡Raluca!

Está aporreando la puerta con los nudillos, le pega puntapiés, sigue tocando el timbre, tiene un ataque de nervios.

—¡Por todos los santos, pero qué pasa! —exclama una Raluca atónita desde el umbral tras abrir de un tirón.

Está descalza y lleva una vieja y enorme camiseta blanca sin mangas que le llega hasta medio muslo.

En la pechera, un desteñido sol sonriente. Se está tapando el ojo izquierdo con una mano. Pablo se asusta.

—¿Qué te han hecho? ¿Estás bien?

—¡Es la una de la madrugada, me estaba acostando! ¿A qué viene este escándalo?

—¿Qué te pasa en la cara?

—¡Ayyyyyyyy! ¿Y esta cosita tan linda?

Hablan los dos a la vez sin escucharse, la perra llora, la luz se apaga y Pablo la vuelve a encender de un manotazo, es un instante caótico perfecto. Raluca se agacha sobre el animal, que se ovilla, asustado, y lo levanta cuidadosa y hábilmente con la mano libre.

—¡Pero qué cosa tan bonita! ¿De dónde lo has sacado?

—¿Qué te pasa en el ojo? Por dios, Raluca...

—¡Calla, hombre, no grites, que estamos despertando a todo el barrio! No me pasa nada, quédate tranquilo. ¿Qué me iba a pasar? Anda, entra y deja de hacer ruido.

Ya en la sala, la mujer se deja caer en el único sofá y coloca a la perrita en su regazo.

—¿Quieres un café, una cerveza?

—No.

—Siéntate —ordena ella, palmeando en el cojín a su lado.

—No. Estoy demasiado nervioso.

—¿Y por qué estás nervioso? ¿Dónde has encontrado a esta preciosidad?

—Es largo de contar. La madre ha muerto. ¿Por qué te estás tapando el ojo?

Ahora Pablo se da cuenta de que se trata del ojo perezoso, del adormilado, del que tiende a cerrarse en algunos momentos. Raluca le clava la otra pupila, una mirada intensa y cíclope que resulta un poco desconcertante. La frente de la mujer se frunce, pensativa o quizá disgustada. Transcurren dos o tres incómodos segundos.

—Jo, Pablo, es que uno no puede entrar así como así a la una de la madrugada en la casa de alguien. Llegas y te pones a aporrear. Eso es una falta de respeto, ¿no?

—Lo siento.

—Aporreas y aporreas y armas un ruido del demonio y no tengo más remedio que abrirte corriendo.

—Tienes razón, pero es que temía que...

—Me falta un ojo. Hala. Ya lo sabes. Me has pillado mientras lavaba el ojo de cristal. Lo tengo que hacer de cuando en cuando y da la puñetera casualidad de que me has pillado. ¿Estás satisfecho?

El silencio se extiende como una mancha de aceite. Un silencio sucio y pegajoso. Incluso la perra se ha callado.

—Perdona. Perdóname —dice al fin Pablo.

Raluca niega con la cabeza sin dejar de sostenerse la mano contra la cara.

—Bueno. No pasa nada. Antes o después te habrías enterado.

—Perdóname, Raluca, de verdad. Es que volviendo a casa vi la cruz gamada que te han grabado en la puerta... ¿Has visto que te la han rayado toda? Y me he asustado, pensé que podrían haberte hecho algo.

—Sí, he visto el estropicio, menudos hijos de puta, seguro que es cosa de los gamberros del barrio, tienen otras pintadas por aquí cerca. Ana Belén les abriría el portal sin preguntar, o Felipe, que ya le está fallando un poco la cabeza. ¿Pero por qué me iban a hacer algo? Son unos niñatos.

—No... Por nada. No sé. Me asusté. Una tontería, supongo.

Raluca vuelve a contemplarle con fijeza, pero ahora su único ojito se achina y destella y parece sonreír. Se asustó por mí, piensa la rumana. Y un calor delicioso enciende su pecho. Se levanta de un salto.

—Bueno, déjame que me ponga la prótesis que estoy harta de andar con la mano en la cara. Cuida a la peludita —dice mientras sale del cuarto.

Pablo se instala en el sofá junto a la cachorra, que se pega a él. Le mortifica y avergüenza haber descubierto el secreto de Raluca: qué torpe, qué brutal. Y por añadidura es un mentiroso. No le ha dicho nada. Y no se lo va a decir, aunque es probable que la mujer esté en peligro por su culpa. Pero saber la verdad ¿no sería aún peor para ella? Muy erguido en el asiento, Pablo contempla la decena de cuadros de la vecina que se aprietan unos contra otros en la pared de enfrente. Caballos y más caballos, a cual más horroroso. Y en el centro, ese espantoso marañón recortado contra un cielo imposible de color verde fosforito. Qué cuadro tan feo. ¿Cómo le pueden parecer estas pinturas un símbolo de libertad a Raluca? Para el arquitecto son claustrofóbicas. La desazón de su estómago se convierte en náusea.

Le he dicho que es un ojo de cristal, aunque en realidad es de polimetilmetacrilato, que no sé muy bien lo que es, pero desde luego cristal no, piensa Raluca mientras regresa al baño y cierra la puerta con el pasador. Tiene la toallita de microfibra (tiene que ser microfibra para que no suelte pelusas que se puedan adherir a la prótesis) extendida con pulcritud sobre la tapa de la cisterna, el único lugar plano lo bastante grande que hay en el minúsculo cuartito. En mitad de la toalla, el ojo reluce como la luna en la noche. Polimetilmetacrilato. Se lo sabe de memoria y lo dice de corrido sin trabarse. Aprenderlo todo sobre la prótesis, absolutamente todo, le sirvió de ayuda en los primeros momentos, cuando perdió el ojo. Por entonces los detalles le daban repelús, no soportaba verse la cuenca vacía y contemplar el órgano artificial fuera de su nido de carne le asqueaba un poco. Ahora, en cambio, mira con admiración la falsa esclerótica, una pieza blanca abombada y de forma más o menos redondeada, aunque no esférica, y bastante más grande de lo que uno puede imaginarse que es un ojo; y, en medio de esa suave loma, el iris primoroso, tan parecido al suyo verdadero, pintado a mano, un trabajo perfecto, porque Raluca echó la casa por la ventana y se fue a comprarlo a uno de los mejores ocularistas, un tal Domingo Castro de Madrid. Le costó mil doscientos euros, pero es una obra de arte, y por fortuna la Seguridad Social le devolvió el sesenta por ciento seis meses más tarde. Sí, es un hermoso iris de color chocolate con chispazos de oro, Raluca siempre se ha sentido muy orgullosa de sus llamativos, originales ojos, y ahora además está encantada porque, al ir oscureciéndose hacia el centro, se disimula muy bien el hecho de que la pupila artificial no se dilata. Pero qué suerte tienes, Raluca.

Suspira la rumana, vuelve a lavarse las manos concienzudamente y se las seca con otra toallita de microfibra. Para cuando la interrumpieron los aporreos de Pablo ya había limpiado la cuenca del ojo con solución salina y la prótesis con jabón para niños, así que ahora lo único que hace es coger con delicadeza el ojo, que guarda un vago parecido a un pequeño pero abultado huevo frito, y volverlo a bañar con el líquido salino para facilitar la colocación. Levanta el párpado superior, introduce el extremo del huevo por debajo de la carne, empuja la prótesis hacia dentro mientras estira el párpado inferior, pestañea unas cuantas veces y, hale hop, ya está la cosa en su sitio. Es fácil. A Raluca se le da tan bien ponérselo y quitárselo que ni siquiera usa la pequeña ventosa que le dieron. Se mira al espejo: así, de frente, está perfecto. No se nota nada. Pero la mujer es consciente de que se le está empezando a cerrar el ojo, de que ya no tiene la misma movilidad del principio. Lleva cuatro años con la prótesis, y muchos se la cambian cada tres. Necesita hacerse una nueva. Sale caro tener un ojo artificial; la solución salina sólo son seis euros al mes, pero luego están las gotas lubricantes, nueve euros cada quince días. El jabón Johnson's para niños vale 2,99 el medio litro y dura muchísimo, así que eso no cuenta, pero cada seis meses hay que ir al ocularista a que te haga una limpieza profunda con microondas, y es una pasta:

ochenta euros la sesión y no te los cubre la Seguridad Social. Sí: tener un ojo artificial te sale por un ojo de la cara, se dice Raluca, rumiando un viejo chiste que en realidad nunca le ha hecho ni pizca de gracia. Tampoco le entusiasma que Pablo haya tenido que atinar justamente con su rito mensual. Porque Raluca se limpia todos los días por fuera con un algodón empapado en solución salina, pero sólo se saca el ojo una vez al mes. Y el muy maldito ha tenido que venir justo en este momento a aporrearle la puerta. La ha pillado en lo peor de lo peor porque estaba a punto de acostarse, con esta camiseta descolorida y horrible que hace las veces de camisón, la cara lavada, ni una pizca de colorete, ni un brillo en los labios y el ojo puesto encima de una toalla. Dicho así hasta tiene su gracia, piensa Raluca con un revoloteo de sonrisa. Mira, es el destino, quizá sea lo mejor. Ahora la mujer sabe que Pablo la conoce de verdad, en todo lo que es y lo que no es. Hasta se diría que siente cierto alivio.

Regresa a la sala y casi se le escapa una carcajada: Pablo está sentado en el sofá como un pasmarote, las manos sobre las rodillas, el cuerpo inclinado hacia delante, el rostro del color de la ceniza y una mirada turbia clavada en la pared de enfrente. Parece mucho más bajo de lo que es, como si hubiera encogido, y tiene una expresión de niño aterrado.

—Pero Pablo, criatura, cualquiera diría que has visto un fantasma —ríe Raluca, dejándose caer en el sofá junto a él.

Mira a la cachorra, que duerme pegada al muslo del arquitecto.

—No me has explicado lo de la perra.

—No hay mucho que explicar... Unos desgraciados mataron a la madre... La encontré en la plaza de la iglesia. Mañana le buscaré una protectora.

El animal menea las patitas y mueve la boca como si succionara.

—¡Pobrecita! Sueña que está mamando. Voy a darle algo de leche... —dice Raluca.

Pero no se mueve. Es la una y media de la madrugada, están sentados muy juntos y Pablo se preocupa por ella. Se miran en silencio, mientras Raluca piensa que la noche es hermosa.

—No se te nota nada —dice él.

—¡Venga! Sí que se nota.

—Bueno, sí. O sea... Ese párpado a veces se te cierra un poco, sobre todo cuando estás cansada. Pero nunca se me hubiera ocurrido que te faltaba un ojo. Parece algo muscular, más bien. Y es muy leve. No te afea nada. Tienes unos ojos preciosos. O sea, tu ojo... y el otro también, claro. Vamos, que eres muy guapa... —dice, aturullándose.

La mujer ríe, feliz.

—¡Muchas gracias! Sí, la prótesis está muy bien hecha y al principio es verdad que no se notaba nada, pero ahora está vieja, debería hacerme una nueva. Es una pasta, porque además tengo que irme a Madrid.

—¿Qué te pasó? Si no te importa contármelo...

—Fue hace cuatro años. Por entonces yo estaba con un tío, Moka, que es un puto mierda. Cuando lo conocí me enamoré de él como una idiota, porque desde luego soy una idiota. Es muy guapo y cuando quiere gracioso y parecía que me quería y que se comía el mundo, pero enseguida fue enseñando la patita y dejando ver cómo era de verdad. Y es un drogota, un camello, un vago y sobre todo un bruto.

Pablo se inclina hacia ella, sobrecogido:

—No me digas que perdiste el ojo por una paliza...

La mujer ríe:

—¿Pegarme ese inútil? Vamos, anda. Bueno, una vez me agarró fuerte del pelo y le arreé tal bofetón que no le quedaron ganas de volver a levantarme la mano. No; desde luego me amargó la vida, pero porque yo me la dejé amargar... ¡Porque yo le quería! ¿Puedes imaginar tontería más grande? Ahora miro para atrás y es que no comprendo cómo pudo gustarme... Creo que tenía tantas ganas de enamorarme que me empeñé en pensar que le quería, no sé si me entiendes...

—Amar el amor.

—¿Cómo?

—Sí te entiendo. San Agustín decía que la pasión consiste en amar el amor... Es decir, lo que amabas era la sensación de sentirte enamorada.

Raluca le mira con arrobamiento. Pero qué inteligente es. De éste sí que se está enamorando de verdad y no como decía san Agustín.

—¡Qué inteligente eres! Era exactamente así.

Pablo amaga una leve sonrisa, apenas una mueca, a medias halagado, a medias turbado.

—Bueno, es una frase bastante conocida...

Raluca, advierte Pablo ahora, está desnuda debajo de la amplia camiseta. Al menos no lleva sujetador, eso es seguro; los tirantes de la prenda se deslizan sin trabas por sus hombros redondos, dejando ver la carne lisa y blanca. Además, los pechos, pequeños y aún bastante altos, se mueven con blanda libertad bajo el tejido de algodón. Y si no lleva sujetador, quizá tampoco lleve... Los ojos de Pablo descienden sin querer hasta el regazo de la chica, de donde se esfuerza en arrancarlos. Una explosión de imágenes carnales inunda su cabeza; aunque más que imágenes son sensaciones, curvas que se adaptan a su mano, un revuelo de muslos y oquedades, olor a mares borrascosos y un regusto a sal. El sexo del arquitecto reacciona con una autonomía veloz e inesperada, dispuesto a surcar las tempestades. Pablo intenta reacomodarse el miembro disimuladamente en la pernera del pantalón y se inclina hacia delante para ocultar la erección. Está casi seguro de que Raluca no ha advertido este fallo juvenil y embarazoso, pero la posición de camuflaje aún le deja más cerca de la rumana. Huele tan bien, Raluca.

—Pues lo que te decía: Moka me amargó la vida. Bebía mucho, se drogaba mucho, iba con malas compañías, pasaba noches fuera, a veces desaparecía durante un par de días... Le tuve que traer a casa en más de una ocasión más ciego que un piojo. Y lo de la prótesis, que era eso lo que te iba a contar, que luego me enrollo y me voy por las ramas. Pues eso fue el día de mi cumpleaños, yo cumplía treinta y cinco y Moka me invitó a cenar a un buen restaurante de Ciudad Real, estuvo casi encantador, estaba siendo una buena noche, pero cuando terminamos se fue al baño y ya volvió torcido. Con todo el alcohol que llevaba dentro se metió un KitKat, o sea, esa mierda de la ketamina... Yo no me acuerdo de nada a partir de nuestra salida del restaurante, ni siquiera del momento en que cogimos el coche, dicen los médicos que es amnesia traumática. Mi primer recuerdo ya es en el hospital y después de que me hubieran operado. Por lo visto, en el accidente se rompió el cristal delantero y uno de los limpiaparabrisas se dobló y se me metió en el ojo. Y al cabrón de Moka no le pasó nada, unos pocos puntos en la frente y ya está, y eso a pesar de que no saltaron los airbags, su coche era una pena. Eso sí, yo estuve inconsciente todo el rato, según me contaron. ¡Qué maravilla!, ¿no? Imagínate que me hubiera enterado de todo, imagínate que me hubiera dado cuenta de que se me había clavado ese hierro en el ojo, qué horror tan horrible, ¡se me ponen los pelos de punta de sólo pensarlo! Pero en vez de eso me desmayé, y cuando desperté ya me habían vaciado la cuenca y habían hecho todo lo que tenían que hacer. ¡Qué suerte! Yo es que siempre he tenido muy buena suerte, ¿sabes? Y menos mal que soy así de afortunada, porque, si no, con la vida que he tenido, no sé qué hubiera sido de mí.

Raluca es un planeta, Raluca es la Tierra flotando en el espacio, azul y verde y blanca por la nata batida de las nubes, una bola soleada y fulgurante, tan bella como la más bella joya en la solitaria negrura del cosmos, y Pablo es un meteorito que cae desenfrenado hacia ella, atrapado por la inexorable ley de la gravedad. El arquitecto ni siquiera es capaz de plantearse la conveniencia de lo que está a punto de suceder, puesto que los pedazos de roca llameantes sólo albergan la conciencia de su destino, que consiste en hundirse en el planeta. Alarga Pablo la mano porque no puede hacer otra cosa y la coloca con suavidad en el cuello de la mujer, sus dedos siguiendo la delicada curva, la palma completamente acoplada a la superficie, piel con piel y carne con carne sin dejar ni un milímetro de ausencia. Se están mirando a los ojos o al ojo, en los iris de Raluca destellan briznas de oro, bailan relámpagos. Pero ahora Pablo está contemplando otras cosas, los labios de la rumana que se han entreabierto, tiemblan un poco esos labios y son una promesa de humedades; y aún mira el hombre algo más abajo, a unos pezones de repente visibles y durísimos que parecen querer perforar el tejido de algodón. Alguien jadea en el silencio, quizá ella, quizá él, tal vez los dos. Pablo mete la otra mano por debajo del ruedo de la camiseta y se topa con una cadera cálida y desnuda: en efecto, no lleva ropa interior. Centímetro a centímetro recorre el territorio, la nalga redonda y musculosa, el desfiladero que se abisma, ahí abajo, en la cueva de la vida. Inundada cueva que él tantea. A estas alturas, Pablo se descubre pegado a Raluca. No sabe ni cómo ha llegado hasta aquí pero tiene su lengua enredada en la de ella y los pezones de la vecina le arañan el pecho. Un pecho musculoso y caliente de varón que la mujer necesita hacer del todo suyo, de manera que Raluca empuja a Pablo hasta desengancharlo de su boca y hacerle sacar los dedos de su empapado sexo; entonces le arranca con furiosa habilidad la camiseta negra y a continuación se despoja ella misma de la suya con un par de tirones. Raluca se encuentra tumbada boca arriba en el sofá, Pablo está entre sus piernas, arrodillado y erguido. Hay un momento de exquisita, incandescente quietud, mientras se observan sin tocarse y disfrutan por primera vez del regalo de sus desnudeces. Muy lentamente, el arquitecto se quita el cinturón, se desabrocha con dificultad el vaquero a causa de la erección, se baja los pantalones y los calzoncillos hasta las rodillas. Ese torso delgado y longilíneo, sin apenas vello; esos hombros anchos y fuertes, pese a la ligereza general; esas caderas breves de bailarín y el sexo alborotado y hambriento. Raluca se estremece de anticipación y siente que su carne se abre y se prepara para recibir al hombre. Agarra a Pablo por la cintura, ahora por las nalgas, una en cada mano, redondas, pequeñas, y lo atrae hacia ella. Y él obedece, meteorito en llamas dispuesto a embestir el planetario cuerpo de Raluca hasta desintegrarse.

No debe. No puede. No sabe.

Pablo ha salido huyendo de la cama de Raluca en cuanto la mujer se durmió. Lo hizo abrazada a él, con la cabeza enterrada en el hueco del cuello, las manos entrelazadas en torno a su cintura. De modo que ha sido un difícil y elaborado acto de escapismo. Milímetro a milímetro fue zafando el cuerpo el arquitecto; cuando la vecina se rebullía, detenía su avance durante unos segundos hasta lograr que la durmiente volviera a sumergirse en las aguas profundas del sueño. Fue colocando almohadas allí donde él faltaba: debajo de la cabeza de la chica y entre los brazos. Tardó largos minutos en liberarse, y cuando por fin se vio de pie junto a la cama y la observó dormida y adorable, sintió el agudo deseo de volver junto a ella, de abrir con las manos ese cuerpo muelle y oloroso y enterrarse de nuevo y para siempre en él. Pero no debía, no podía, no sabía. Superado el instante de debilidad, ha agarrado sus ropas y salido del cuarto sin calzarse para no hacer ruido. En el pasillo pisó algo blando y resbaloso: horror, una caca de perro. Lo último que ha visto antes de cerrar la puerta fue precisamente a la cachorra, sentada en el umbral de la sala gimoteando bajito.

Tendré que buscar una protectora que se haga cargo de ella, piensa Pablo, ya en su casa, mientras mete el pie en la ducha y se lo refrota vigorosamente para librarse de la apestosa mierda del animal. Después se fricciona las manos y repasa el pie ya limpio con las toallitas desinfectantes, y a continuación restriega con nuevas toallitas las partes del suelo que ha podido manchar con el pie cagado. Le lleva cierto tiempo alcanzar un nivel de higiene satisfactorio, pero al fin da el incidente por cerrado. Entonces se hace un café bien fuerte y va a bebérselo al pequeño balcón frente a las vías. Como le han robado el reloj (el reloj de Clara, esos cabrones) no sabe qué hora es, pero amanece en torno a las siete y media de la mañana y ahora todavía es muy de noche: ¿las seis y media, quizá? En el aire flota un remedo de frescor que no logra disipar el pesado bochorno: será otro día tórrido, sin duda. La absoluta quietud del pueblo le resulta no sólo deprimente, sino también amenazadora: más que dormido, Pozonegro parece estar agazapado. Es un depredador, un enemigo. Un lugar en donde pueden secuestrarte unos neonazis y en donde torturan animales. El apeadero está iluminado, lo mantienen encendido toda la noche, pero también se encuentra vacío: el primer tren pasará un poco antes de las ocho. Qué sucio está el balcón, advierte el arquitecto mientras intenta no rozarlo con ninguna parte del cuerpo: la porquería acumulada durante años se ha petrificado en capas geológicas. La arcaica bombona de butano está picada; casi duele ver ese metal herido y lleno de llagas.

Qué pena, Raluca. Qué pena no deber, no poder, no saber. ¿Qué has hecho, desgraciado?, se increpa Pablo, sin saber muy bien cuál de todas sus infinitas culpas le está escociendo más ahora. Su cuerpo aún huele a sexo. Su cuerpo aún recuerda y agradece y celebra. Pero su interior es un paisaje quemado. Le angustia pensar en el disgusto que sentirá la mujer al despertarse sola, y aun así sabe que cualquier otra opción sería peor. No sólo la está poniendo en peligro con los neonazis, sino que además él ya es en sí mismo un riesgo cierto, una promesa segura de fracaso. Qué insensato ha sido al acostarse con Raluca.

La fealdad del mundo es su castigo.

El timbre de la puerta le sobresalta. Seguro que es ella. Aunque quizá se trate de los matones de Marcos. Arrastra acongojado los pies hasta la entrada, rogando mentalmente que sean los neonazis. Pero no. Es Raluca.

Está plantada ante la puerta, descalza y vestida con la misma amplia camiseta, una prenda que en estos momentos le parece a Pablo tan inexpugnable como una cota de malla medieval. Entre los brazos, el nudo enroscado de la perrita. A la rumana no se la ve muy feliz. Frunce el ceño y el ojo artificial se le cierra bastante. Mira al hombre unos segundos sin decir palabra, como esperando a que hable. Como no lo hace, al fin abre la boca.

—Te has ido.

—Sí... es que... No sé, pensé que... Quizá no deberíamos...

Raluca corta sus balbuceos entregándole taxativamente a la cachorra.

—Es tuya. Hazte cargo de ella. Y de tu vida —dice.

Y, dando media vuelta, baja corriendo por las escaleras. Su puerta retumba al cerrarse de golpe.

El animal se remueve en las manos de Pablo, una bolita suave y cálida que huele fatal. Debe de haberse rebozado en sus pises. Tendrá que volver a limpiarlo todo, no sabe si le quedan suficientes toallitas. Entra con el animal en casa y le prepara un plato de migas de pan y leche rebajada con agua, como hizo Raluca antes de que se fueran a la cama. Mira a la cachorra comer: tan concentrada en chupar y sorber, tan intensamente feliz, tan instalada en el presente que vive. Debería llevarla al veterinario y comprarle pienso, para poder tirar hasta que le encuentre una protectora. Y ahora lavarla un poco para quitarle esa peste.

La remoja con agua tibia en el lavabo mientras la perra le lame las manos, obsequiosa. La naturaleza hace que los cachorros nos parezcan seres deliciosos porque así están más protegidos. ¿Pero quién nos protege a nosotros de la necesidad de los cachorros? El amor, decía Nietzsche, no es más que un truco, un espejismo, un engaño de los genes para conseguir reproducirse. ¿Y quién le protege a él del amor necesitado de Raluca?

Una hora más tarde, tras secar al animal, ducharse y vestirse, Pablo sale de su casa y camina hasta el banco, evitando pasar por la plaza de la iglesia por si el cadáver de la perra aún sigue ahí. En cuanto entra en la sucursal, recién abierta, el director sale a su encuentro y le invita a pasar a su pecera, tan obsequioso como la cachorra sólo que sin lamerle.

—Pues usted me dirá, señor Hernando —dice al fin, repantingándose en el asiento y sin poder disimular su ávido interés.

—Voy a necesitar dinero en metálico de aquí a dos días.

—Por supuesto, ahora mismo...

—Es bastante cantidad. Cien mil. Y lo quiero sacar de fondos distintos y de diversas cuentas.

El director parpadea, asiente, le ayuda a rellenar los papeles, a firmar las órdenes. Tendrá todo el dinero en cuenta en el plazo requerido.

—¿Me permite...? ¿Le puedo preguntar algo, señor Hernando? Disculpe la curiosidad, pero... Es que no se entiende que un arquitecto de su prestigio se haya venido a vivir aquí y a trabajar en el Goliat... ¿Es una cámara oculta, está haciendo un estudio, un experimento?

Pablo le observa con fijeza durante tanto rato que el hombre, un cuarentón de aire esforzadamente mundano y juvenil que piensa que la sucursal de Pozonegro está muy por debajo de sus merecimientos, empieza a encogerse en el asiento.

—Ay, lo siento, perdone, ha sido una indiscreción terrible por mi parte, disculpe, olvide la pregunta... —balbucea.

—Tengo un hijo —dice Pablo, con voz átona y tranquila—: Tengo un hijo de veinte años. Siempre tuvo, digamos, algunos problemas. De adolescente fue con malas compañías y tomó drogas. Parece que eso empeoró las cosas. Lo llevé a psiquiatras, a terapeutas, pero yo no le presté mucha atención. Creo que mi hijo no me caía bien. Además, por entonces yo viajaba todo el tiempo. Una de las veces que yo estaba fuera se intentó suicidar. Lo hizo con pastillas, pero había puesto velas junto a la cama. No sé si las velas se volcaron o qué, el caso es que todo empezó a arder. Lo rescataron con vida, abrasado en un ochenta por ciento. Sigue en el hospital. Lleva seis meses. Además se quemó el edificio. No hubo más muertes, por fortuna, pero me piden una indemnización millonarísima. Quién sabe, quizá todo lo que me acabe quedando sea este piso en Pozonegro y el trabajo en el Goliat.

El director está con la boca abierta. Con un claro esfuerzo de voluntad, la cierra, traga saliva y dice:

—Cuánto lo siento.

Ese cuerpo achicharrado, los pulmones destrozados, la condena a un respirador artificial de por vida. Si es que vive. La piel ennegreciéndose, rompiéndose, rizándose en duras escamas. La grasa de la carne hirviendo y haciendo burbujas. Un dolor tan indecible. Un horror tan imposible de soportar. Yo lo siento aún más, piensa Pablo mientras se clava con ferocidad las uñas en las palmas. Alivia.

Jiménez observa con resignado tedio al nuevo mando de la Brigada Provincial de Información, Eduardo Nanclares. Es un inspector bastante joven de carrera meteórica, hijo de alto cargo policial, con master en el MIT, elevado nivel de narcisismo y cero empatía. Si a eso añadimos que mide poco más de uno sesenta, carece de barbilla, es feo como un demonio y parece odiar a la humanidad, tenemos el perfecto retrato robot del criminal psicópata. Pero resulta que es el jefe de los buenos. Jiménez no se imaginaba que pudiera echar de menos al cabestro del inspector Andueza, pero es así.

—La verdad, no acabo de entender qué está haciendo usted en Pozollano desde hace...

—Pozonegro. Es Puertollano y Pozonegro —aclara pacientemente Jiménez.

—Da igual, eso mismo digo, y a ser posible me gustaría no ser interrumpido. Lleva en ese sitio dos meses, costando un dineral a la sociedad, porque a nosotros nos paga la sociedad, no sé si lo recuerda, y total ¿para qué, puede decirme?

—¿Es una pregunta retórica?

—No me venga con guasas, Jiménez. Le diré que no está en condiciones de hacer ni media broma.

—Lo siento. No sabía si buscaba una respuesta. No quería volver a interrumpirle.

Nanclares observa con mirada venenosa a Jiménez, intentando dilucidar hasta qué punto puede fiarse de su expresión de inocente seriedad.

—Dígame una razón, una sola razón, para que no cancele inmediatamente este operativo —gruñe al fin.

Lo cierto es que Jiménez está hasta la coronilla de su maldita vida ficticia en Pozonegro, del asqueroso pueblo y de sus gentes, de la vigilancia y de los vigilados, y regresar a Madrid le parecería fenomenal; pero los restos de su antigua rebeldía adolescente, que fue lo que le hizo entrar en la policía contra la voluntad paterna, decantan su respuesta hacia la confrontación con el imbécil de Nanclares. Además, hay que reconocer que por fin parecen estar moviéndose las cosas.

—Tiene usted razón, llevamos dos meses sin conseguir nada. En estos operativos, si me permite decirlo, sucede mucho. Nos infiltramos, esperamos. Usted tiene unos conocimientos de los que yo desde luego carezco, pero llevo en esta brigada desde 1986. ¿Sabe cuál es el tiempo medio de espera antes de comenzar a recibir datos fiables? Más de cinco meses. Eso por un lado. Por otro, se trata de encontrar a Marcos Soto, un peligroso criminal fugado, líder de una banda de neonazis y autor de terribles actos violentos con víctimas. Me parece un objetivo importante. Por último, da la casualidad de que hemos empezado a obtener resultados. Verá, Pablo Hernando, el sujeto observado, sacó dinero del banco en la noche del 17 de agosto. Todo lo que podía sacar del cajero: en total, cinco mil euros de cinco cuentas. Creemos que es muy posible que se lo entregara a Marcos o a enviados de Marcos, aunque no pudimos comprobarlo.

—Y dígame, Jiménez, ese plural que usa ¿es mayestático? ¿A quién se le escapó la entrega del dinero?

—A mí, señor. Tiene razón de nuevo. Pero verá, disponemos de otra oportunidad. Hernando ha pedido que le pasen varias cantidades de diversos fondos a una de sus cuentas corrientes. Cien mil euros. Pensamos, es decir, pienso que va a haber otra entrega. Y es inminente. De hecho he venido a Madrid para pedirle más efectivos.

Nanclares sonríe con feliz petulancia: le encanta estar en la posición del hombre a quien la gente pide cosas, ser el jefe que otorga y que deniega, piensa Jiménez anotando mentalmente este nuevo rasgo. Hay que conocer lo mejor posible al enemigo.

—Ya... Más efectivos. Mmmm... ¿Sabe lo que me dijo Andueza de usted, Jiménez? Pues me dijo que no era de fiar. Y no me fío. Está bien. Puede duplicar la dotación. Durante una semana. Siete días exactos. Y si no consigue nada, se acabó. Y cuando digo se acabó no me refiero sólo a Pozonegro, se lo aseguro.

Dicho lo cual, Nanclares alza el brazo y ejecuta con su mano un movimiento de abanico, como si estuviera barriendo el aire; es el mismo gesto despectivo con el que el sahib colonial echaría de su presencia a un sirviente. Jiménez sale del despacho intentando que la pequeña humillación le resbale por encima del lomo: ya son muchos años creando la coraza. Piensa en su cada vez más próxima jubilación; en irse a su modesta pero acogedora casa en Segovia, en hacer la ruta del Arcipreste con su perro Manolo, en leer a Patricia Highsmith junto al fuego. También piensa: te vas a enterar, maldito Pablo Hernando.

Felipe tenía un plan. Era un buen plan. Enterró a su casi centenario padre tras una década de demencia y deterioro. Aquel hombre duro y recio que había sobrevivido a las hambrunas de la infancia, los trabajos extenuantes, la carnicería bélica del Rif, la violencia social y laboral, la guerra civil y la represión de la posguerra había sido devorado con toda facilidad por el alzhéimer. Estuvo casi diez años en una residencia pública mientras la enfermedad se lo zampaba, aparcado en su silla de ruedas en cualquier pasillo, las piernas hinchadas, amoratadas, ulceradas; la boca siempre abierta como si ya no le cupieran bien los dientes postizos; el cuerpo descarnado y la piel más fina que un celofán, toda llena de heridas; el rostro dejando transparentar la calavera, sin una brizna de grasa, puro pellejo mal adherido al hueso. Y dentro de su cráneo, la oscuridad. Felipe se pasaba las horas de visita frente a él, enderezándole de cuando en cuando porque se escoraba hacia la derecha, sin poder comunicarse con su padre, simplemente observando el destrozo. Que era comparable al del resto de viejos y viejas que le rodeaban en la residencia, varias decenas de muertos sin acabar de morirse. Felipe se decía: para qué, por qué, cómo es posible que duremos tanto, que nos sobrevivamos tanto a nosotros mismos, que contravengamos todas las leyes de la naturaleza, de la razón y de la piedad más elemental. La decadencia orgánica puede llegar a alcanzar un nivel obsceno. Así que, cuando por fin el hombre se murió de manera oficial, al regresar del cementerio Felipe decidió que él nunca iba a pasar por semejante indignidad; y que para ello tenía que ser capaz de matarse cuando aún estuviera bien, suicidarse muy vivo, un suicidio que formara parte de la vida y no de la muerte, porque Felipe sabía que, si esperaba hasta estar enfermo, entonces su cuerpo tomaría el mando, y el cuerpo, dejado a su albedrío, siempre quiere seguir siendo. Las células se empeñan ferozmente en vivir.

Por consiguiente, el plan que Felipe concibió fue suicidarse a los ochenta y dos años, una edad que él calculó por entonces (cuando su padre murió él tenía sesenta y nueve) echando cuentas de la longevidad de su familia y de su propio estado físico: acababan de diagnosticarle el enfisema, pero fuera de eso tenía una salud de las llamadas de hierro. Y resultó que, en efecto, llegó a los ochenta y dos tal y como había previsto, con pleno dominio de su vida y su mente, aunque ya estaba obligado a ponerse oxígeno muchas horas al día. Y transcurrieron los meses de su año final y Felipe no encontraba el día para matarse, unas veces porque estaba cansado, otras porque estaba resfriado y otras porque se sentía más o menos a gusto. Y así, tontamente, se le fue pasando el tiempo, y cumplió ochenta y tres, y luego ochenta y cuatro, y ahora ya tiene ochenta y cinco y aquí sigue pataleando, sin fuerzas para asumir la decisión final, aunque a estas alturas depende por completo de las bombonas de oxígeno y ya ha sido secuestrado por un anciano al que no reconoce. Porque envejecer es ser ocupado por un extraño: estas piernecillas descarnadas cubiertas por un endeble y plisado pellejo ¿de quién son?, se pregunta el antiguo minero, turulato. Pues bien, ni con ésas es capaz Felipe de matarse. Demasiada cobardía y demasiada curiosidad. Y el embeleso de esta vida tan áspera y tan bella.

Como siempre ha sido un hombre práctico y honesto, Felipe ha cambiado de plan. Ahora piensa emplear el puñado de dinero que posee, los ahorros de toda su vida, en pagar una residencia privada cuando ya no consiga vivir solo. Que al paso que va será dentro de poco. No soporta la idea de acabar aparcado como su padre en un oscuro rincón, pero ha encontrado un hogar concertado en Ciudad Real que, por supuesto, es horrible como todos los asilos de ancianos, pero un poco menos. Con jardín. Con flores. Con gatos que se pasean entre las flores. Y pájaros que cantan. Allí se irá cuando no consiga valerse por sí mismo.

Sin embargo, por ahora, con ayuda del ángel de Raluca, puede seguir aquí. En su casa. Intentando no pensar en la salida, cada vez más cercana. La muerte como estación final irremediable. Qué muerte. Cuándo. Cómo. Estas angustiosas preguntas son las que su plan primero contestaba, esa digna salida de la vida por tu propia decisión y por todo lo alto. Pero no va a hacerlo, Felipe lo ha asumido: no es capaz de matarse. Una pena, porque era un plan estupendo.

Pero claro, se dice el anciano, es que es difícil morir cuando tu existencia no te parece satisfactoria. Porque para encontrarle un sentido a la muerte hay que encontrarle antes un sentido a la vida. Y su vida ha sido tan pequeña... Hubo un tiempo que ya casi no recuerda, en su juventud, en el que creyó que el futuro era un tesoro por descubrir, una aventura magnífica. Como le sucede a todo el mundo, vaya: todos fuimos alguna vez un adolescente lleno de sueños y de ganas. Trabajó en la Titana desde muy joven y durante años ardió con un relato de heroicidad minera que circulaba clandestinamente entre los hombres. Había sucedido durante los primeros meses de posguerra; un grupo de matones falangistas bajaba de cuando en cuando a una de las mayores minas de Asturias y obligaban a los presos republicanos que trabajaban allí a formarse y numerarse; después señalaban a uno y le hacían decir un número; y el pobre desgraciado que coincidía con ese número era sacado de la fila y fusilado ahí mismo. Pues bien, aquí viene lo hermoso: muchas veces, el preso señalado daba su propio número, condenándose de modo irremisible a la ejecución. Cómo le enardecía al Felipe adolescente esa nobleza; sentía que se le esponjaba el corazón en el pecho, y estaba seguro de que él hubiera sido de los que daban su propio número, y se sentía llamado a un destino de gloria. Pero después fueron pasando los años, tan deprisa, y Felipe fue acumulando la vida a sus espaldas, rutinaria y estrecha. Desarrolló cierta actividad antifranquista, le pegaron unas pocas palizas en comisaría, estuvo detenido un par de veces. Cerraron la Titana cuando apenas tenía treinta y un años y tuvo que reconvertirse en fontanero. Trabajó y trabajó y siguió trabajando, arreglando desagües e instalando retretes. No tiene hijos, al menos que él sepa, y es un solterón. Salió formalmente con dos o tres chicas, pero las cosas no cuajaron. El amor de su vida fue la farmacéutica y estaba casada. Durante dieciocho años fueron amantes esporádicos y clandestinos; cuando la mujer murió, de un cáncer de mama, ni siquiera pudo despedirse de ella. Fuera de Pozonegro, Puertollano, Ciudad Real y Córdoba, sólo conoce Madrid, Barcelona y París, ciudad a la que fue en un viaje del Imserso. Mira ahora Felipe hacia atrás y se pregunta qué ha hecho con su vida. Todo este pataleo sobre la Tierra, para qué. Qué injusto que los humanos estemos tan llenos de grandiosos afanes y que luego la realidad sea tan chiquita.

Por lo menos, piensa, he sido buena gente: eso consuela. Por lo menos cuidé de mi padre. Por lo menos he leído bastante, he intentado instruirme y tener cierta cultura. Por lo menos amé mucho y aún amo.

Y es que también resulta difícil matarse cuando tu corazón todavía se alegra de latir. Cuando el mundo se ilumina al ver llegar a Raluca. Felipe está enamorado de la vecina, sin esperanza y sin desesperación, muy consciente de que ambos se encuentran en dimensiones distintas. Los años no te inmunizan contra el amor, desde luego a él no: siempre fue apasionado y romántico. Pero además él no es una excepción: tampoco se han desactivado todos esos otros viejos y viejas a los que Felipe ve en el ambulatorio y que se enamoran como niños (exacto, como niños, ése es el sentimiento) de las doctoras o de los enfermeros. El amor no caduca aunque ya no se pueda culminar, y eso a Felipe no le parece patético, sino hermoso. Por lo menos eso no le va a quitar el secuestrador: morirá amando. Polvo será, mas polvo enamorado.

No sabía que los perros caminaran de lado, se dice Pablo con divertida curiosidad, observando a la cachorra que, desenfrenada, tira y tira de la correa para ir a cualquier parte menos en la dirección en la que el arquitecto la lleva, de ahí que termine avanzando de perfil como en los bajorrelieves de los antiguos egipcios o de los hititas. Pablo nunca ha tenido animales domésticos; primero no tuvo tiempo ni ganas ni interés, y después se añadió aquel inquietante problema con su hijo. Por eso ahora todo le parece nuevo y sorprendente, y ha empezado a mirar alrededor a ver si ve otros perros para comprobar si también caminan escorados. Pero en Pozonegro parece que hay muy pocos animales, como tampoco hay niños. Tal vez sea mejor así, reflexiona Pablo con desaliento, recordando a la madre de la cachorra.

Acaba de salir del veterinario, la única clínica de esta índole en todo el pueblo, diminuta y sombría. Por lo visto la bolita peluda tiene unos tres meses y está bien de salud. Le han puesto unas vacunas y le han dado una cartilla. Le pidieron el nombre del bicho y, como no quiere quedárselo, ha dicho «perra». La mujer le ha mirado un poco raro pero ha apuntado Perra en los papeles. Además ha comprado pienso, un cacharro para la comida, otro para el agua, un collar y una correa, porque quizá tarde un par de días en poder acercarse a la protectora de animales (primero ha de localizar una por la zona) y la criatura tendrá que comer algo mientras tanto. Ahora va de regreso a casa pero dando un rodeo, a ver si la perra se digna hacer algo, tendrá que dejarla en el piso durante las largas horas de su turno en el Goliat y teme que a su vuelta todo esté lleno de pises y excrementos. La otra opción sería pedirle ayuda a Raluca, pero no hoy, no en este momento de riesgo y confusión, lo mejor es mantenerse alejado. Encerraré en el baño a la cachorra, decide. Con agua y con comida y con la luz encendida. Por lo menos conseguirá minimizar los daños.

—No te vuelvas. Disimula y sigue mirando hacia delante —susurra una voz junto a él.

Pablo da un respingo y contiene el impulso de girar la cabeza. Se encuentra parado en una esquina, mientras la perrita olisquea el suelo. Adivina a su lado el bulto de un hombre. Moviendo ligeramente el cuerpo, percibe por el rabillo del ojo la figura de un tipo que parece estar mirando el escaparate de la tienda de comestibles, a cosa de un metro de distancia.

—¡He dicho que no te vuelvas! Ponte a andar y entra en la iglesia.

Están en la maldita plaza triangular. Un lugar desde luego funesto.

—¿Cómo voy a entrar ahí? Tengo un perro.

—Átalo a la farola, imbécil. Átalo o te lo destripo de una patada. Finge naturalidad y entra en la puta iglesia. Siéntate en un banco cerca de la puerta y espera.

Pablo inspira hondo. Las manos le sudan y el corazón está haciendo un solo de tambor en el pecho. Echa a caminar hacia la desangelada mole de hormigón arrastrando a la perra, que de pronto se ha empeñado en procesar olfativamente cada centímetro cuadrado del pavimento. En mitad de la plaza, la ata con dedos temblorosos a una de las farolas. La cachorra lo contempla con expresión de herida incredulidad y se pone a chillar. No es un buen sitio para dejar a un animal, el sol cae a plomo, el hierro de la farola abrasa. Por un instante piensa: y si me secuestran, y si me matan, qué será de Perra. Qué idea tan estúpida, qué tontería preocuparse de eso ahora. La puerta abierta de la iglesia es un agujero negro en la solana que parece absorber toda la luz. Una boca que grita en el feo rostro de hormigón del edificio.

Sube los escalones y atraviesa el umbral, mientras la cachorra se desgañita a su espalda. Es como zambullirse en otro mundo, una negrura cegadora y un frescor reconfortante pero mohoso. Sus deslumbrados ojos van adaptándose a las sombras y empieza a atisbar los perfiles de la nave: falsas nervaduras góticas, santos baratos de desconchada escayola, flores de plástico que el polvo ennegrece. El lugar parece aún más feo por dentro que por fuera, si es que eso es posible. La iglesia está vacía. Una lamparilla titila al fondo, sobre el altar. Lo que indica, si Pablo no recuerda mal su infancia cristiana, que el Señor está en el sagrario. En cualquier caso, no se le ve. Hace mucho que no debe de haberse visto a Dios en Pozonegro.

El arquitecto avanza hasta la segunda fila de bancos, entra en el lateral derecho y se sienta hacia la mitad. La madera cruje. El listón del reclinatorio está roto y astillado, como si alguien lo hubiera partido a martillazos. Pablo se remueve en el duro asiento y se dispone a esperar. Pasan cinco minutos, o quizá diez, o puede que sólo dos, sigue sin tener reloj y el tiempo se dilata y encoge caprichosamente en los momentos de tensión. Al fin escucha pasos en la entrada y se vuelve a mirar. Es, en efecto, el hombre que le ha hablado. Se ha detenido en el umbral, cegado por el cambio de luz, y Pablo aprovecha para observarle. Es el mismo tipo que le asaltó en el Goliat, el energúmeno del cepillo de pelo en lo alto de la cabeza, sólo que ahora lleva calada una gorra de béisbol, lo que le hace pasar más inadvertido. También tiene una kufiyya palestina enrollada al cuello, tal vez para ocultar los tatuajes, aunque resulta llamativo llevar un pañuelo con este calor. Además va discretamente vestido con camisa y pantalones vaqueros, de modo que ahora no hay nada en su aspecto que lo distinga como el neonazi que es, más bien parece de una tribu urbana opuesta. Pero su mandíbula sigue siendo más ancha que su frente y su cara de bruto resulta inconfundible. Hay algo ridículo en este matón de guardarropía que tan pronto se disfraza de neonazi como de perroflauta, piensa Pablo; si no fuera por Marcos, hasta resultaría chistoso. El tipo ya parece haber adaptado su visión a la penumbra; entra en la fila de detrás del arquitecto y se sienta a poca distancia de él.

—¿Tienes el dinero?

—Sí. Lo tengo en casa. Podemos ir a buscarlo, si quieres.

Pablo escucha a su espalda un sonido que quizá pretende ser una risa burlona, pero que en realidad suena a ronquido de cerdo.

—Pero qué listo eres, arquitecto. Se nota que eres todo un señor arquitecto. Nos ha jodido el tío. Eso querrías. Que fuéramos a tu casa y me pillaran, ¿eh? Sabemos que te vigilan, pringao.

—¿Me vigilan? —se inquieta Pablo—. ¿Quiénes?

—Menos coñas, arquitectillo. Escucha bien: aquí te dejo un móvil. Tenlo siempre contigo y llévalo siempre encendido, ¿entendiste, don arquitecto de mierda? —dice el energúmeno: está orgulloso de su empleo sarcástico de la palabra arquitecto y por eso se deleita en repetirla—. Recibirás instrucciones.

El sicario se pone en pie dispuesto a irse, pero Pablo se vuelve y lo encara:

—Sólo una cosa: a Raluca ni tocarla.

El otro frunce el ceño:

—¿Qué?

—Raluca. Mi vecina. La cruz gamada que grabasteis en su puerta. Si no la dejáis en paz no os daré el dinero.

El energúmeno lo mira con expresión incierta, a medio camino entre la sorpresa y la indignación. Gana la indignación.

—Pero qué cruz gamada ni qué hostias...

Agarra de la pechera de la camiseta a Pablo y medio le levanta del asiento:

—No te hagas el listillo, arquitectillo, no intentes hacer trampas, o te vamos a grabar una cruz gamada donde yo te diga... Venga, a ser obediente, arquitectillo...

Palmea cuatro veces la mejilla de Pablo con impulso creciente, hasta que termina sonando a bofetón. Luego da media vuelta y se va, soltando sus risotadas de gorrino. Pablo toma aire, exhala, inspira y espira empeñosamente durante unos segundos hasta calmarse un poco. Se levanta. En el banco posterior hay un móvil barato de prepago con su cable enroscado alrededor. Lo coge. Está encendido y cargado. Se lo guarda en el bolsillo del vaquero y sale a la plaza, donde es recibido por un golpe de luz y de calor. La perrita sigue chillando. Ha debido de gritar tanto que, mientras la desata, Pablo advierte que se ha quedado ronca. La cachorra le lame, brinca, se enrolla en la correa de puro nerviosismo y luego vuelve a tirar como una posesa hacia cualquier lado. Viéndola hititear con sus felices brincos de perfil, Pablo se admira de la velocidad a la que recupera la alegría, de su vertiginosa capacidad para olvidar el daño. Quién fuera perra, incluso abandonada.

Raluca tenía diecinueve años cuando vio un eclipse total de Sol. Sucedió a las once de la mañana del 11 de agosto de 1999 y en realidad no fue total, porque España no caía dentro de la zona de cobertura absoluta; pero, aun así, una inquietante penumbra enfrió el tórrido y luminoso día. Un velo de desaliento cubrió el mundo y los objetos perdieron sus sombras. Algo muy malo parecía haber ocurrido, algo que repugnaba a la razón y a lo que los ojos no querían dar crédito. Los pájaros dejaron de cantar y ella, aun sabiendo lo que sucedía, casi dejó de respirar.

Pues bien, ahora siente lo mismo. Le parece que el cielo ha apagado su brillo y que la luz es pobre y gris, como si sus ojos estuvieran de luto. Parpadea Raluca una y otra vez intentando disipar las sombras, pero la tristeza sigue pegada a las cosas. Incluso el láser lector del código de barras ha palidecido: ya no es rojo brasa sino rosa aguado. Pip, pita el lector al pasarlo por la bandeja de champiñones. De repente, Raluca odia esa bandeja de champiñones. Y el racimo de plátanos que hay al lado. Y los rollos de papel de cocina. No soporta tener que seguir cobrando la compra de esa señora tan fea. Pero lo hace. Pip pip pip. Treinta y dos euros con sesenta céntimos. Se va la clienta, pero viene otra. Una parroquiana vagamente conocida, pero que ahora le parece tan inhumana y tan ajena a ella como una señal de tráfico o una piedra.

Insoportable vida.

Al fondo, junto a la puerta, hablando con el *boss,* otra maldita piedra: la supervisora. Brilla su pelo blanco como un merengue recién horneado. Por culpa de esa mala bruja va a perder el trabajo, piensa la rumana en un repentino espasmo de clarividencia. Raluca se aterroriza: la echarán, está segura. La supervisora la espía, habla mal de ella a sus espaldas, la odia, la desprecia. No parará hasta conseguir que la despidan. Este color tan gris del mundo anuncia catástrofes.

Pero la mayor catástrofe ya ha sido, masculla, apretando los dientes para no gemir: Pablo también la odia y la desprecia. Ésa es la única explicación que ella le encuentra a su comportamiento incomprensible. La rehúye. Desde que se acostaron, Pablo huye de ella. ¿Qué hiciste, Raluca?, se pregunta la mujer, acongojada: algo tuviste que hacer mal. Aunque puede que haya sido por el ojo. Quizá le dé asco su ojo falso. Qué estúpida: y pensar que al principio creyó que esas horas que compartieron habían sido hermosas. Una noche de amor. El comienzo de algo. Pero se equivocó. No ha cambiado nada. Todo es como siempre. Incluyendo su manera de ponerse en evidencia. Raluca persiguiendo a Pablo en el trabajo. Raluca intentando hablar con él. Raluca horneando un bizcocho y subiéndoselo de regalo a su vecino. Llamó y llamó a la puerta pero Pablo no abrió, aunque la mujer está convencida de que estaba dentro. Siempre perdiendo los papeles y haciendo de ti misma una vergüenza, Raluca.

Un dolor de quemadura en el centro del pecho. Casi le parece sentir el agujero, la pena comiéndole el corazón como un gusano de fuego.

Y ahora llega Benito a la caja. Sólo faltaba esto.

—Hola, Raluca... Creo que te han grabado una cruz gamada en la puerta de casa... —chulea, sonriendo.

Una intuición hiere a la mujer como un rayo y de pronto ve rojo. ¿Entonces fue él? ¿Ha sido este mierda el que la ha grabado? ¿Y si eso tiene que ver con el comportamiento inexplicable de Pablo? De hecho, ¿no se había puesto el arquitecto muy nervioso al verla?

—¿Entonces fuiste tú? ¿Fuiste tú quien lo hizo, cabrón?

Benito se sorprende del borbotón de agresividad de la chica.

—Oye, tía, no, que a mí me lo contaron, tú qué dices, de qué vas...

—¡Quién te lo va a contar, chulo, que eres un chulo! ¡Fuiste tú! ¿Y por qué? ¿Lo hiciste para asustar a Pablo?

—¿Se asustó?

—¡Te voy a denunciar!

—¡Pero qué dices, tía, estás chiflada, estás paranoica, estás montando un número, loca, más que loca!

Raluca siente que los insultos suben a su boca como espumarajos, pero mira hacia el fondo del local y ve que el *boss* y la supervisora la están observando, el cuello estirado, las espaldas erguidas, atentos al escándalo. Se reprime con dificultad, coge el paquete de cuatro baterías que Benito ha dejado sobre la cinta, una mísera compra, una pobre excusa, lo pasa por el lector y le cobra.

—Lárgate.

Le mira alejarse, acongojada. Ha perdido los nervios, cosa que le asusta. Paranoica. Es posible que esté paranoica. Raluca sabe bien que a veces se obsesiona y se imagina cosas. Cosas tristes y feas. Loca, más que loca. Drogada, atada. Suspira, sintiendo cómo se aprieta el nudo de la angustia en su garganta hasta casi asfixiarla. Este color tan gris del mundo presagia lágrimas.

Hace tiempo que Pablo no pensaba en ello, de hecho hace tiempo que no piensa en casi nada e intenta transmutarse en corcho, en rama, en piedra, en algo quieto y tranquilo concentrado en el estar y no en el ser. Pero desde que se acostó con Raluca (¿por qué lo hizo, por qué?) han empezado a agitarse las cosas y ha vuelto a recordar los últimos momentos de la vida de Clara. Una memoria dolorosa y tan recurrente como el paludismo, que vuelve a encender un brote de fiebre cuando ya crees haberlo superado. Pablo sufre una malaria sentimental. Y así, revive otra vez en su cabeza, sin poderlo evitar, esos días finales de la enfermedad, cuando el moribundo ya no sufre, cuando ya todo el mundo, agonizante y deudos, se instala en la lenta y sosegada casa de la Muerte, una anfitriona fría que pasea sin ruido por las habitaciones y va acariciando nucas con sus dedos de hielo. Es un tiempo impreciso que está fuera del tiempo y de la ley humana, horas de algodón y de silencio en las que no puedes hacer nada, salvo esperar. Salvo navegar con la mayor calma posible las aguas de esa noche, porque todas las agonías parecen suceder de noche, aunque tu muerto muera en pleno día. Cae cada minuto sobre ti como un grano de arena, como la tierra que acabará enterrándote cuando llegue tu turno; pero es un peso leve, porque aún no te toca. De modo que aguardas dócilmente y susurras para no molestar a la altiva Muerte, que se afana de acá para allá ultimando al próximo difunto. La partera de cadáveres suele tomárselo con calma.

Para cuando llegó ese momento ya todo estaba hecho. Pablo no logró encontrar la manera de hablar con Clara mientras ambos pudieron, y cuando entras en la casa de la Muerte ya no quedan palabras. Ahora siente que esas palabras no dichas son plomos en sus pies, grilletes, cadenas. Con Clara tuvo la oportunidad de amar, pero no supo hacerlo. Ella tampoco. Ninguno de los dos sabía tagalo. Ese agujero irrellenable de la ausencia de Clara, de la ocasión perdida; esos hierros de dolor que le traban la vida le dejaron desarbolado para siempre. Hasta entonces, hasta la enfermedad de su mujer, Pablo se creía de algún modo intocable, poderoso, omnipotente. Había sobrevivido a su padre, trabajaba en lo que le gustaba, tenía éxito. Sí, había muchas cosas que no acababan de funcionar, como su relación con Clara; pero sentía que el futuro le pertenecía, que era un capital inagotable, que habría mil oportunidades de enderezar lo torcido. Y de pronto cayó sobre ellos el dolor como el hacha del verdugo. Un sufrimiento no sólo de un nivel desconocido, sino, por primera vez en su vida, irremediable. Cuando Pablo escapó de su infancia y de su padre, el futuro se abrió ante él como un hermoso regalo de Navidad, todo papel charol y lazos dorados. Pero, al enviudar, el mundo se desmoronó y se marchitó. No sólo había perdido a la mujer más importante de su vida, sino que además había desperdiciado el tiempo sin aprender a amarla. Se sintió viejo, mutilado, fracasado, culpable. Creyó que la muerte de Clara sería el mayor dolor que podría experimentar en toda su existencia. Y también en eso se equivocó.

Por eso ahora, cuando advierte que el recuerdo de Raluca le emborracha, que las yemas de los dedos le duelen de ganas de acariciar esa piel gloriosa, que su cuerpo se enciende y se desboca, ansioso de enterrarse en la rumana hasta llegar a ensartar su corazón, ahora, en fin, tan muerto de deseo como de miedo, Pablo se reprime, aprieta los glúteos y los puños, se niega a ceder a la pasión (¿y por qué no hacerlo, por qué no?).

El arquitecto se remueve inquieto entre el gurruño de sábanas. Está desnudo sobre el colchón y por la ventana abierta no entra ni un rizo de aire. Otra noche tórrida e insufrible. Su oído capta, a lo lejos, el conocido y casi inaudible rumor, un siseo remoto que enseguida aumenta en intensidad y empieza a adquirir volumen, agitación y fuerza. Ahora ya ha alcanzado su habitual tronar vertiginoso, berrea y trepida el tren al pasar por delante agujereando la oscuridad, pobre fiera metálica con toda su potencia atada a los raíles. Uammmmm, el monstruo zumba y luego desaparece en la distancia, llevándose parte del aire caliente de la noche adherido a la chapa, como un sudor ferroso. Es el último convoy. Deben de ser las 23:40.

Hoy el arquitecto se ha acostado pronto. Lo hizo poco después de llegar del Goliat, tras limpiar someramente los pises de la cachorra, desinfectar el suelo, sacar a Perra a la calle y darle el pienso. Ni siquiera se ha molestado en cenar algo. No tiene hambre. Tampoco tiene sueño, pero este colchón recalentado es su único refugio. Piensa por un momento en masturbarse, pero no se atreve porque está seguro de que su cuerpo recordará a Raluca. Y no quiere hacerlo. La rumana vino a hablarle en el trabajo y él puso una excusa. Llamó tres veces a su puerta y no le abrió. Miedo a ponerla en riesgo y a hacerle daño. Aunque también miedo a sentir. A dejar de ser una rama, un corcho, una piedra. A fallar otra vez. Y sufrir.

El timbre le sobresalta, es agudo, estridente y molesto, no lo había escuchado nunca antes pero enseguida comprende de qué se trata: es el teléfono de prepago que le ha dado el neonazi. Se levanta de un brinco para alcanzar las ropas que tiene dobladas sobre su única silla y manotea el vaquero hasta encontrar el móvil.

—¡Sí! —grita al fin.

Tras un breve silencio al otro lado, la llamada se corta. Quizá lo he cogido demasiado tarde, se dice con inquietud. Enciende la luz del cuarto y, sosteniendo el teléfono sobre la palma bien abierta, como si fuera un bicho un poco peligroso, se lo queda mirando fijamente, con la esperanza de que vuelva a sonar. Pero no. Pasan dos minutos, cuatro, diez. Pablo resopla y se resigna. Busca el cable, enchufa el móvil y lo deja en el suelo, cerca del colchón. Apaga la luz y se vuelve a tumbar. Escucha unos gruñidos y unos roces: es Perra, que también ha subido al colchón y, tras reptar hasta llegar junto a él, se aprieta contra su cintura hecha un ovillo. Es una bola hirviente de pelo, una bomba calorífera en la noche tórrida. Es como estar en pleno agosto con una manta eléctrica pegada a los riñones. Y, además, debe de estar plagada de gérmenes. Aun así, Pablo no se decide a echar a la cachorra. Es lo que debería hacer, se siente avergonzado de permitir que semejante bicho apestoso duerma a su lado, pero le asombra que esa pequeña pizca de carne y piel y huesos y apenas un puñado de neuronas sea capaz de mostrar tanta determinación en la búsqueda del contacto, o quizá del afecto. Le asombra y le enternece. Qué demonios le está sucediendo, se dice Pablo con desasosiego: está perdiendo los papeles, se está reblandeciendo, no es ni piedra ni rama, más bien es un trapo. Si no consigue volver a controlar las malditas emociones, se debilitará hasta hacerse pedazos. Pega un empujón a Perra y la saca de la cama. El animal gimotea y se queda al borde del colchón, mirándole con ojos pedigüeños y chantajistas. Pablo le da la espalda, pero sigue oyendo sus gañidos. Mañana sin falta tengo que buscar una protectora.

Entonces escucha otra cosa. Algo peor: los golpes de siempre en el piso de arriba. Maldita sea, ¡pero si son las doce de la noche! ¿Está la niña despierta a estas horas? ¿Cómo es posible que se estén peleando también ahora? Se vuelve boca arriba en el colchón y clava los ojos en el oscuro techo, como si eso le permitiera oír mejor. Perra aprovecha la oportunidad para regresar a la cama y tumbarse bien apretada a su lado, pero Pablo ni siquiera advierte al animal: está concentrado en la batalla de arriba, el barullo habitual o incluso un poco más, carreras de un lado a otro, chirrido de muebles al ser movidos, de pronto un cristal roto y un bramido de furia que da miedo. Golpes. Golpes repetidos.

—¡No me pegues más, mamá, no me pegues más, por favor, no me pegues más!

La vocecita aguda y llorosa de la niña ha atravesado las paredes y ha caído sobre Pablo como aceite hirviendo. El hombre se levanta de un salto, enciende la luz de un manotazo, se mete los pantalones con tanto nerviosismo que está a punto de caer, trabado en las perneras. Echa a correr, descalzo, mientras se cierra la cremallera con torpísimos dedos. En dos zancadas ha salido al descansillo y en cuatro saltos ha subido hasta el piso de Ana Belén, en donde siguen escuchándose golpes y gritos. Pablo estrella la mano abierta contra la puerta de la vecina.

—¡Basta ya! ¡Abra! ¡Qué está pasando!

Silencio. Un silencio tan absoluto y repentino que ensordece. El arquitecto sigue golpeando el contrachapado con todas sus fuerzas.

—¡Abra! ¡Ana Belén! ¡Sé que está ahí!

Ahora es él el causante de la violencia y del escándalo. La luz de la escalera se apaga y Pablo la enciende. Le duele la mano. Escucha un instante: ni un susurro. Nada. Imagina a su vecina tapando la boca de su hija. Es un pensamiento angustioso.

—¡Deje de pegar a la niña! ¿Me ha oído? ¡Hablo muy en serio! ¡Si vuelvo a escuchar algo, llamo a la policía!

Completa quietud al otro lado. El hombre da tres o cuatro palmadas en la puerta, más ligeras y con la otra mano, porque teme haberse lesionado la derecha. Sin respuesta. Ana Belén no le abre, de la misma manera que él no abrió a Raluca. Baja las escaleras y regresa a su piso, seguido todo el tiempo por la inquieta Perra. Se tumban los dos en el colchón, Pablo con los pantalones aún puestos. Por si tiene que volver a salir corriendo. Respira agitado: el corazón galopa en su pecho. El pesado, sólido silencio de arriba es una presencia. Una amenaza. Hay silencios que matan y atormentan.

Davinia Muñoz tampoco abrió a los servicios sociales cuando fueron a aporrear su puerta. Davinia, hija de rumano, era militar y vivía en Valladolid. Con su pareja, también rumano, tuvo dos hijas. La pequeña, Sara, tenía cuatro años aquel mes de julio de 2017. El padre de las niñas había regresado a Rumanía y Davinia se echó un novio nuevo, el español Roberto Hernández, exmilitar y mecánico de helicópteros. Enseguida la pequeña comenzó a mostrar heridas, cardenales, incluso quemaduras. El 11 de julio la madre llevó a Sara al Hospital Campo Grande por un tremendo hematoma en la boca. Los médicos se asustaron al ver el estado del cuerpo de la niña: estaba llena de golpes y tenía el culo negro de los moretones. Activaron el protocolo de malos tratos, pero la denuncia tardó quince días en llegar por correo ordinario a los servicios sociales. Y entonces la madre empezó a darles largas, a impedirles ver a la niña, a no abrirles la puerta. El 2 de agosto, la pequeña ingresó agonizante en el Hospital Clínico Universitario. Sufría traumatismo craneoencefálico a causa de la brutal paliza que le habían dado antes de violarla vaginal y analmente. Murió al día siguiente. Tenía las uñas medio arrancadas y mostraban restos de la piel de Roberto: aunque sólo tenía cuatro años, había intentado defenderse. El antiguo mecánico había estado obsesionado por la niña: «Sara es mía», decía. Al parecer Roberto era simpatizante del grupo neonazi Juventud Nacional Revolucionaria y detestaba a las personas de origen rumano: a Sara la llamaba *rumanilla* despectivamente. En junio de 2019, Roberto Hernández fue condenado a prisión permanente, y Davinia Muñoz, a veintiocho años de cárcel, más tarde rebajados a trece años por el Tribunal Superior de Justicia. En sus últimas fotos, Sara mostraba una expresión de abrumadora tristeza. Todo esto lo leyó Pablo en los periódicos. Solemos creer que estos horrores son sucesos extraordinarios y remotos, algo tan ajeno a nuestras vidas como el estallido de una supernova. Pero no: el infierno está aquí, somos nosotros. El arquitecto se pregunta cuántos vecinos ignoraron los golpes y los gritos, como él hasta ahora. Y cuántos se rindieron y no perseveraron delante de la puerta que Davinia no abría.

Ni el menor crujido en el piso de arriba.

Una pena infinita cae sobre el arquitecto como un velo, es una tristeza inesperada y tan profunda que súbitamente el hombre siente frío. Se le han escarchado las entrañas porque le ha parecido ver, en un cegador instante, la realidad del mundo: tantísimo sufrimiento sin sentido, el pataleo de hormigas de los humanos, el oscuro vacío de la vida. Cuelga por un segundo Pablo sobre el abismo y está a punto de caer y perderse para siempre. Pero luego, por fortuna, se cierra su visión aterradora y vuelve a encontrarse en su cama sudada, en el calor. En la plenitud feliz de la cachorra, que apoya sus patitas en la cadera de Pablo. Pequeñas uñas que rascan.

Si el corazón pudiera pensar, se pararía, decía Fernando Pessoa.

—No puede ser —dice Raluca—: No puede ser. No puede ser.

Felipe se retuerce literalmente las manos, compungido. Ahora casi se arrepiente de haberle dicho nada. Pero no, es mejor así. No podía dejarla en esa ignorancia. Quién sabe qué se propone este tipejo.

—No puede ser. No puede ser.

La mujer sigue repitiendo lo mismo en tono monocorde, ni siquiera desesperado sino aturdido, como quien recita una letanía o reza los misterios del rosario. Tiene el ojo malo a media asta, el párpado casi cerrado, una pésima señal, el minero lo sabe.

—Raluca, no te pongas así, por favor. No quería entristecerte y a lo mejor hasta tiene una explicación, pero me parece por lo menos muy raro y creí que debías saberlo...

—No puede ser.

La rumana empieza a preocuparle en serio. Qué torpe, qué estúpido, debería haber hablado primero con el arquitecto, haberlo enfrentado a sus mentiras y ver qué decía, cómo puedes ser tan inútil, Felipe, se increpa el viejo, asustado por el terremoto que ha originado. Se desconecta del oxígeno y va arrastrando los pies hasta la cocina. Regresa demasiado deprisa y sin aliento con un vaso de agua y una botella mediada de vino.

—Toma, bebe un poco de agua —resopla mientras se vuelve a meter los tubos en la nariz.

Raluca se ha callado, pero sigue mirando al frente con ojos vacíos. El viejo tiene que insistir para que coja el vaso, de hecho hasta se lo coloca entre los dedos. La mujer lo agarra y lo mantiene en el aire. Tiembla su mano y el líquido se agita, ínfima tormenta en diminuto mar.

—Entonces a ti te dijo... —murmura Raluca con voz átona.

—A mí me contó que su hijo se había muerto ahogado. Que tenía doce años y él se había empeñado en salir a navegar, porque tenía un barco deportivo. Y que se puso chulo y salió un día de mal tiempo con el puerto cerrado, y vino la tormenta y naufragaron, y él agarró al niño durante horas, pero cuando se agotó, lo soltó. En vez de ahogarse con él, soltó al niño y él se salvó. Y el niño murió. Una historia terrible. No te conté nada porque me dejó impresionado. Pensé que tenía que respetar su confidencia, ¿entiendes?

La rumana mueve lentamente la cabeza arriba y abajo. De repente parece darse cuenta de que tiene un vaso en la mano.

—No quiero esto —dice devolviéndoselo al viejo.

—¿Prefieres un poco de vino? Te vendría bien.

—¿Y el del banco te dijo...?

—Ése es el problema, que el otro día fui al banco y el imbécil del director salió corriendo a pegar la hebra y cotillear sobre ese vecino tan raro que tienes, como dice él. Y ahí fue cuando me lo contó todo.

—Qué te contó.

—Ya te lo he dicho.

—Repítelo.

—Que su hijo no ha muerto, que tiene veinte años, que se dio a las drogas, que se quiso suicidar y prendió fuego al edificio sin querer, que está totalmente abrasado y sigue en el hospital y que la culpa era de él, o sea, de Pablo, porque no le había hecho ningún caso de niño. Ah, sí, y que está arruinado porque le piden que pague los daños de todo el edificio.

Raluca estira el brazo, coge la botella de tinto y bebe directamente del gollete un par de tragos. Un poco de vino cae sobre su falda. Una mancha sangrienta en el tejido blanco.

—A mí... A mí me contó que iba con su hijo de doce años en el coche. Y que él estaba muy borracho. Y por eso tuvo un accidente. Y el niño se mató. Eso me dijo —explica en un tono lineal, sin inflexiones.

Felipe se lleva las manos a la boca, como en una caricatura del asombro. Y es cierto, está pasmado.

—¡Rediós! Entonces todavía es peor de lo que pensaba.

—¿Qué pensabas? —pregunta Raluca con esa frialdad espeluznante, tan ajena a ella, en realidad.

—No sé, no pensaba nada, es una manera de hablar. Quiero decir que todavía es más raro, ¿no? ¿Por qué miente tanto? ¿Por qué nos cuenta historias distintas a cada uno? ¿Quiere que le tengamos compasión, quiere que nos hagamos sus amigos? Después de lo que me contó, le tuve mucho más afecto, o sea que funciona. ¿Es un estafador? O si no, es que está loco.

—Yo también estoy loca.

—No lo estás, Raluca, y además es distinto. Bueno, perdona mis palabras, es que no sé, no sé qué pensar ni qué decir, pero no me parece un tipo recomendable.

La rumana cierra un instante los ojos. Sus temblorosas manos reposan sobre las rodillas de una manera blanda y descuidada, como algas que la marea ha arrastrado sobre la playa.

—Habrá una explicación. Lo sé. Tendrá una explicación —dice al fin.

Se levanta con dificultad e, ignorando las preguntas del viejo (¿pero te vas a ir?), camina con pasos agarrotados hasta la puerta y se marcha sin añadir palabra. Quiere seguir creyendo en él, quiere seguir justificándolo, se dice Felipe, desesperado. ¿Cómo es posible? No hay quien entienda a las mujeres.

¿Pues no se puso a gritarme la zorra esa? La puta zorra loca de la rumana. Todas esas chorradas de que yo le había rayado la cruz gamada en la puerta y no sé qué más... Que sí, la cruz es mía, pero ¿y ella qué puta mierda sabía? ¿Cómo se atrevió la muy zorra a gritarme en público? Yo que había ido ahí con la mejor voluntad, como una seda, la mar de simpático, que compré las pilas para disimular y tan sólo quería pegar un poco la hebra y ver cómo estaba el patio. ¡Y va y se pone como una energúmena! Pues te van a joder, Raluquita de los cojones, porque ya estoy harto. Harto de esperar a que el pijo este meta la pata, harto de vigilarle, harto de no salir de pobre, que ya está bien de tanta injusticia social, hostias. Y además, lo mismo el tío se va. Cualquier día se pira, con ese montón de dinero que ha sacado del banco. Que a saber cuánto será exactamente, pero seguro que un pastón, eso ha dado a entender el bocón de Rafael, mira que es imbécil y bocón, un director de banco que anda cotilleando los movimientos de sus clientes, así está en esta sucursal de mala muerte. ¿Y para qué puede haber sacado el pijo toda esa pasta? Pues para marcharse. O peor, para regalársela a la cabrona de la Raluca, que se las da de buena pero luego es una zorra como todas, venga a ordeñar a los tíos a ver qué les sacan. Como que me vas a engañar tú a mí, guarrilla. A mí, que ya estoy de vuelta cuando tú aún no has ido. Tú lo que has hecho es camelarte al pijo y metértelo en la cama para sacarle la pasta. Pues mira qué bien, me has ahorrado el trabajo. Tú lo has juntado y yo te lo quito, fíjate qué risa me va a dar. Porque además es que todo ha coincidido, pero todo, que cuando me encontré al Moka en el Satélite es que no me lo podía creer, yo que pensaba que seguía en chirona y de pronto me lo encuentro tomándose una copa. Y no es que yo haya tenido mucho trato con él, pero vamos, algún *bisnes* de refilón ya hemos compartido. Así que en cuanto lo vi me fui en derechura porque me pareció una señal del cielo. Y él venga blablablá, que si ha salido hace un par de semanas, que si ahora está viviendo ahí, en Ciudad Real... Y entonces fue cuando le dije: tío, quiero proponerte una cosilla porque eres una puta señal del cielo. Y enseguida se me ocurrió la idea, porque cuando estás en tu momento, es que estás de verdad en tu momento. Por eso me salió así de bien la charla, toda pimpán pimpán: tú dejaste cosas en casa de Raluca, ¿verdad?, y el otro, sí. Pues te las ha tirado, que me lo ha dicho. Y el otro: no importa, eran cosas viejas. ¿Cómo que no importa? Vamos a ir y le vas a decir que te ha tirado un kilo de heroína pura que tenías metido en los dobladillos o en una bolsa o empapada en la ropa o donde coño sea. Que contabas con eso para tu salida de la trena. O que tu socio te va a matar. Y le dije: nos vamos a verla, le metemos un susto y la obligamos a que nos dé la pasta. ¿Que no tiene dinero, dices? Y ahí fue cuando rematé la faena: so atontao, nos llevamos la pasta de su novio que es un pijo, uno de esos ricos forrados y asquerosos. Y el Moka se convenció enseguida, cosa que no me extraña, con mi labia. Además, yo creo que hasta le hace gracia volver a ver a Raluca, no sé si porque todavía le gusta o para fastidiarla, o a lo mejor las dos cosas, a saber. Y enseguida empezó a hablar el muy pringado de *fifti-fifti,* como si fuéramos a ir a medias en el negocio, cuando la idea es mía y la información es mía y todo es mío y él sólo forma parte del decorado. Pero yo le dejé que se hiciera ilusiones, no le dije que sí pero tampoco que no y como es un imbécil no se dio cuenta de nada. Ya vendrá luego el tío Paco con las rebajas. ¡Nos ha jodido mayo con las flores! Pero si él es un maldito pringado y yo tengo una cabeza privilegiada, que lo del socio asesino, por ejemplo, es un detalle genial. Siempre se me ha dado bien la parte de pensar, organizar los planes, soy el puto cerebro, el puto amo. Los vamos a asustar con lo del socio malo y van a caer como conejos. Este *bisnes* es cosa del destino, estoy seguro de que es una racha de buena suerte. O si no ¿de qué va a pasar todo a la vez? Que el bocón de Rafael soltara lo del dinero, y encontrarme de sopetón al Moka, y que se me encendiera la cabeza. Y así mato todos los pájaros de un tiro: le saco la pasta al cabrón del pijo, por estafarme cuando me compró el piso, y dejo con dos palmos de narices a la zorra puta loca de la rumana. Fíjate lo que me voy a reír.

Basta ya. Para la cabeza, para para. Salte de la rueda de hámster, como decía el psiquiatra. Uno dos tres cuatro cinco seis siete. Drogada, atada. Diez once doce trece. No pienses en él. No sigas pensando en él. Pablo. Maldito Pablo, puñetero Pablo, Pablo mi amor. No no no no. Duele demasiado. Por qué te ha engañado. Por qué no quiere verte. No pienses en eso ahora. Piensa en cosas bonitas. Estás en la piscina, mira qué bien. Has hecho el esfuerzo de coger el bañador y la toalla y venirte a la piscina para no quedarte todo tu día libre comiéndote el coco. Bien por ti, Raluca, eso sí que es salir de la rueda. Huyendo del dolor, ay ese dolor, ese desencanto. Otro fracaso más. Dieciocho diecinueve veinte veintiuno, hay que llenar la cabeza de otras cosas. Ese cristalito roooto yo sentí cómo crujíaaa antes de caerse al suelooo ya sabía que se rompíaaa... Treinta y nueve años. Ya no tendré un hijo. Y me moriré sin conocer el amor que yo quiero. Duele tanto que me escuece todo el cuerpo como si me hubieran despellejado. Para ya, Raluca, esto no te hace nada de bien. Mira qué buen día te vas a pasar en la piscina. Tú sola y qué más da. Mejor sola que mal acompañada. Ahora te vas a dar la vuelta para tostarte por arriba. Y para qué tostarme, qué importa estar morena, este cuerpo inútil que nadie desea. Ah, por dios, para ya. Drogada, atada. Malamente sí sí malamente tra tra malamente así es mal muy mal muy mal muy mal... Vaya, qué chapuzón más estúpido le han dado a ese niño. Maldita la gracia que tienen esas bromas. Ah. Mira qué chistoso: y ahora el hijoputa insiste. ¿Pues no le ha vuelto a tirar? Ya podrás, cabrón. ¿Qué tendrá, veintiuno, veintidós años? ¿Y el niño, doce? ¿Así de flaquito? ¿Qué es, su primo? ¿El hermano de un amigo? ¡No te jode! ¡Que le ha vuelto a tirar al agua! Pero qué cretino... El niño no quiere, ¡no lo ves! El pobre está intentando salir de la piscina y el muy cabrón del grandullón está empeñado en machacarlo. Ohhhhh, no soporto el abuso del mundo con los débiles. ¿Pero no se da cuenta de que lo está humillando? Claro que se da cuenta. Es lo que le pone a ese puto imbécil. Mira cómo se ríe. Cómo se burla del niño. Cómo disfruta maltratándolo. Ay no... no no no... no me lo puedo creer... ahí va de nuevo. ¡Le ha tirado otra vez! ¿Y van cuántas? ¿Cinco, seis? Esto no puede ser... ¿Y nadie dice nada? ¿Dónde están los padres, por qué no le protegen? Eh, ¿pero no ves que el niño no quiere? ¿No ves que lo está pasando mal? Sí, sí te estoy hablando a ti. Estoy hablando de lo que estás haciendo. Que está mal. Deja al niño en paz. ¿Que a ti qué te cuento? Pues mira, te cuento que eres un desgraciado, un maltratador... Me importa un cuerno que sea tu hermano, como si es tu hijo o tu abuelo, ¿no te das cuenta de que lo estás humillando? No, claro que no puedes hacer lo que te dé la gana si lo que haces es abusar de alguien de ese modo. ¿Me vas a insultar tú a mí? ¿Me vas a amenazar? Mira que yo no soy una criaturita indefensa… Ah, eso sí que no, suelta al niño. ¿Te crees que voy a dejar que lo tires otra vez? Suelta al niño, cabrón. Es la última vez que te lo digo.

Para lo único para lo que sirve ser famoso es para casos así, se dice Pablo mientras aguarda en la vacía sala de espera. Está nervioso. Está desolado. Saca una toallita desinfectante del bolsillo, rasga con cuidado el sobre metalizado y se limpia a conciencia cada uno de los diez dedos de las manos, repasando con especial cuidado el borde de las uñas. Los hospitales siempre están llenos de gérmenes, aunque se trate de una unidad de salud mental. Cuando da el aseo por terminado introduce la toalla en su sobre, lo dobla con pulcritud y se levanta para arrojarlo a la papelera. Está en ésas cuando alguien dice su nombre a su espalda.

—Señor Hernando...

Se vuelve. A juzgar por la bata que lleva, es el médico. Joven, no llegará a cuarenta, tan alto como él y aún más delgado, con una barba corta muy cuidada. Su piel es blanca y el pelo abundante y muy oscuro, lo cual, unido a su fragilidad corporal, le da cierto aire de poeta romántico. No tiene un aspecto imponente, más bien parece suave, quizá tímido. Pablo no se esperaba un psiquiatra así.

—Soy el doctor Ramírez. El doctor Lahera me ha hablado de usted.

Para lo único para lo que sirve ser famoso es para estos momentos críticos. Pablo llamó a un amigo que llamó a otro amigo y que al fin dio con el interlocutor perfecto para facilitarle las cosas en la Unidad de Psiquiatría del Hospital General de Ciudad Real.

—Sí, sí, muchas gracias por recibirme. ¿Cómo está ella?

—Está bien. Bastante bien, de hecho. Pero vamos, comprenderá que no puedo entrar en detalles.

El doctor Ramírez le observa con atención. Quizá sea la manera en que siempre miran los psiquiatras, pero al arquitecto le parece percibir una curiosidad especial. ¿Qué le habrán dicho sobre él? No conoce en persona a Lahera, pero le consta que el amigo intermedio que le ha contactado sabe todo sobre su espantada del estudio y su desaparición.

—Sí, sí, por supuesto. Lo que querría es verla, si es posible —contesta con una voz inesperadamente rota: tiene la garganta seca.

—Por mí no habría problema, pero antes tengo que preguntarle a ella si quiere recibirlo. Espere aquí, por favor.

El arquitecto se deja caer sobre uno de los asientos de plástico de color butano pero vuelve a levantarse de inmediato, está demasiado nervioso para poder permanecer sentado. Comienza a caminar de una pared a otra de la pequeña sala, son apenas cinco metros de anchura, cuatro pasos descontando la línea de sillas atornilladas al suelo. Antes tiene que preguntarle a Raluca si quiere recibirme, se repite Pablo. Teme que la mujer le conteste que no. Uno, dos, tres, cuatro y vuelta. Uno, dos, tres y cuatro.

Cómo sobrevivir a un naufragio: lo primero, hay que permanecer en tu embarcación el mayor tiempo posible antes de meterte en una balsa salvavidas; como regla general, no debes subir a la barca hasta que el agua te llegue a la cintura: hay más probabilidades de sobrevivir en un barco, aunque se esté hundiendo, que en un bote.

Y es así como se siente ahora. Naufragando. Se frota los irritados ojos: no ha podido dormir en toda la noche. Cuando regresó de su turno en el Goliat, Felipe le estaba esperando en el descansillo, ante su puerta, con el carrito del oxígeno a su lado y tan descompuesto que la primera impresión del arquitecto fue que estaba sufriendo un ataque al corazón: se le veía lívido y temblaba todo él de modo tan violento que daba miedo.

—Se la han llevado... Se la han llevado —balbució.

A Pablo le costó un buen rato empezar a desentrañar lo que el viejo decía. Al final consiguió reconstruir más o menos lo ocurrido: horas antes, Raluca le había roto la nariz a un tipo de un puñetazo en la piscina. Como tenía antecedentes (¿qué antecedentes, por el amor de dios?), la habían internado en la Unidad de Psiquiatría del Hospital de Ciudad Real. ¿Y por qué le había roto la nariz? Felipe lo ignora, pero está convencido de que la culpa la tiene Pablo por hacerle tanto daño y por mentir. ¿Por mentir? Raluca sabe que él va diciendo historias diferentes a cada uno y todo eso la puso muy nerviosa. ¿Y por qué cuentas historias diferentes, se puede saber?, preguntó entonces el viejo. Pero el arquitecto no supo contestar, no pudo, en realidad casi ni había sido consciente de haber estado haciendo semejante cosa. Es decir, sabía que lo había hecho, pero esos relatos pertenecían a una especie de realidad paralela. Eran como sueños. ¿Y por qué la has estado huyendo últimamente?, insistió Felipe. Sí, es verdad, por qué, se pregunta ahora Pablo, y no encuentra respuestas suficientes. Maldita sea, por qué.

—Hay que sacarla del psiquiátrico —dijo el viejo.

—La sacaré. No te preocupes. La sacaré.

Así que se pasó la noche sin dormir y esta mañana a las ocho ya estaba telefoneando a sus contactos para conseguir que alguien le enchufara en el hospital. Fue todo bastante rápido. Apenas son las cuatro de la tarde y ya está aquí.

El doctor Ramírez asoma su cabeza romántica por la puerta.

—No hay problema. Venga conmigo.

Pablo secunda las amplias y rápidas zancadas del joven médico, que cruza y dobla pasillos, pasa un control de enfermería y se detiene delante de una puerta cerrada. Una puerta con llave en el exterior. En esto se nota que es una unidad de salud mental.

—Aquí es. Cuando salga, avise de que se va en enfermería.

¿Para volver a encerrarla, quizá? Pablo reprime un escalofrío.

—Quisiera hablar dos palabras con usted después, doctor. ¿Dónde puedo encontrarle?

—Estaré en mi despacho. Por ese pasillo, consulta doce. Y, si no estoy, pregunte en el control.

Dicho lo cual, da media vuelta y se aleja con el mismo paso elástico. Pablo pone la mano sobre el picaporte y toma aliento. Mira hacia el mostrador de enfermería: las dos mujeres que hay allí, una rubia metida en los cincuenta y otra morena muy jovencita, le están observando con absorto interés. Al ser pilladas disimulan y bajan la vista.

Pese a la existencia de la cerradura, la llave no está echada, al menos en estos momentos. El picaporte gira y la puerta se abre con suavidad. Una cama, un sillón de hule azul, una mesilla con ruedas horrorosa y barata, la típica habitación de hospital, salvo por los barrotes de la ventana.

—Hola, Pablo.

Una vocecita tranquila, pero también débil. Raluca está instalada en el sillón de hule vestida con el camisón hospitalario, blanco con topos de color verde. En el lateral del ojo de la prótesis se le ve un buen moretón. La hinchazón y el hematoma le llegan al pómulo.

—¿No tendrías que estar en el Goliat?

—He llamado diciendo que estaba malo... Vaya golpe, Raluca —contesta, aparentando liviandad, mientras se sienta a los pies de la cama.

—Bah. No es nada. Tenías que verle a él. Le atiné de lleno en la nariz. La oí crujir. De primeras pensé que eran mis nudillos —dice la vecina enseñando su magullada mano—. Probablemente me pasé. No quería romperle la cara, de verdad. Pero es que... En fin, lo siento, sé que hice mal. Estaba muy nerviosa.

Callan los dos, Pablo sintiendo el peso del mundo sobre sus hombros, una culpa pegajosa que lo inunda. Estaba muy nerviosa, dice Raluca. De pronto, la mujer esboza una sonrisa que ilumina su rostro y la habitación, como el sol apareciendo tras una nube muy negra.

—Y después de que le rompiera la nariz el tipo contestó arreándome un manotazo mal dado, ¿sabes?, supongo que estaba medio mareado, así que me lanzó un guantazo de lo más torpe que sólo me alcanzó en el borde del ojo, y zas, allá que salió disparada la prótesis al suelo. ¡Y entonces el imbécil se desmayó! Tenías que haberlo visto, ¡se cayó redondo! Y toda la gente gritando alrededor como gorrinos...

Ríe Raluca con todas sus fuerzas, ríe a sacudidas doblada sobre sí misma, y su alegría es tan contagiosa que Pablo siente que las carcajadas le suben a borbotones hasta los labios; es una explosión, un paroxismo de hilaridad que dura un par de minutos y que cuando amaina los deja físicamente tan agotados como si hubieran corrido un esprint. Se miran a los ojos desde el otro lado de las risas, conscientes de la fatiga. Del cansancio de tantas cosas.

—Supongo que fue por eso, por el follón que se armó, por lo que llamaron a la policía. Bueno, y porque le rompí la nariz. Verás, era un grandullón que estaba abusando de su hermano pequeño. Le tiró una y otra vez al agua, lo menos media docena de veces. Lo humilló en público, y el chico de verdad que estaba pasándolo fatal. Era flaquito, como de doce años. El matón de su hermano se lo mereció. Aunque ya sé que está mal, ya sé. Ahora me arrepiento. No debí hacerlo.

—Pero estabas nerviosa...

Raluca le mira, asiente y calla. Su silencio es tan estruendoso como una pregunta a gritos.

—Perdóname, Raluca.

—¿Por qué me pides perdón? —susurra ella.

—Por ser un cobarde.

Pablo se admira de lo que ha dicho. No se ha preparado ningún discurso, ninguna excusa, pero las palabras parecen estar dispuestas a salir solas. Un cobarde. Se lo dijo Regina. Se lo dijo Clara. Es un cobarde.

—No sé muy bien cómo explicarme. Porque no sólo tengo que explicártelo a ti, es que primero me lo tengo que explicar a mí mismo. Llevo meses haciendo cosas que no entiendo. Cosas que no pienso. Es decir, actuando sin pensar. Lo que te conté de mi hijo... Lo que le dije a Felipe, y al tipo del banco. Sé que Felipe te lo contó todo. Ninguna de esas historias es verdadera. La verdad... la verdad tal y como yo te la sé decir, es muy diferente. Verás, no se me ha muerto ningún hijo. El único que he tenido sigue vivo y cumplió hace poco veinte años. Cuando su madre falleció, tenía doce. No sé si alguna vez has perdido a alguien querido y muy cercano. Cuando un muerto se va, se lleva consigo su mundo. El sentido de su mundo. Su ropa deja de tener utilidad. Ese abrigo que le quedaba tan bien y que tanto le gustaba ahora no es más que un trapo absurdamente colgado de una percha. Sus objetos enmudecen: ahora ya nadie sabe qué significaba esa taza de porcelana con la que siempre tomaba el té, cuándo la adquirió, qué le recordaba. O esa pequeña piedra pulida que siempre tenía junto al ordenador: de qué monte la cogió, de qué río, por qué. Las cosas se vacían de historia y de esencia y se convierten en basuras. Los muertos nunca se van solos: se llevan un pedazo del universo. Mi Clara, cuando falleció, se llevó de alguna manera también a su hijo. Es decir, a nuestro hijo. No quiero disculparme con eso, entiéndeme. Yo lo sentí así, que sin ella ya no podía relacionarme con él. Pero es que nunca me gustó mi hijo. Tengo que reconocerlo. Nunca me gustó. Tampoco antes de que Clara muriera. Suena muy duro, ¿verdad? Estamos hablando de un huérfano de doce años al que yo apenas hacía caso. Si me hubieras conocido entonces, quizá me habrías partido la nariz como al pobre tipo de la piscina...

—Ese malaje no era un pobre tipo. Y puede que sí que me hubieras cabreado —dice Raluca.

La mujer le está mirando muy seria, con el ceño fruncido y una expresión oscura que Pablo no sabe interpretar muy bien: ¿de reproche, de decepción? Teme desilusionarla, teme perderla, le espanta que le contemple con horror, cosa muy posible si continúa hablando. Pero ya no puede detenerse, hay una inercia que le empuja como si se hubiera lanzado por un tobogán. Tiene que explicarle y explicarse.

—Así que creció bastante solo. Con psiquiatras, tutores, profesores de apoyo. Pero no bastó. Empezó a juntarse con malas compañías. A los quince años era un miembro conocido de los Ultras Sur, no sé si sabes quiénes son, un grupo de fanáticos del Real Madrid, violentos y de extrema derecha. Después de un partido del Madrid contra el Barça se enfrentaron en la calle con los Boixos Nois, que son el mismo tipo de energúmenos pero fanáticos del Barcelona. Murió uno de los catalanes, de diecinueve años, cosido a puñaladas, y a otro le rompieron la columna y le dejaron de por vida en una silla de ruedas. Mi hijo fue detenido junto a otros, pero era menor y la autoría era confusa y había sido una pelea entre bandas. Sólo le condenaron a varios cientos de horas de trabajo social. Y yo seguí viajando por el mundo y sin prestarle atención. Porque además cada día me gustaba menos mi hijo. Por su parte, él me odiaba. Se marchó de casa y como aún era menor lo mandé buscar con un detective y lo trajeron. Me odió un poco más. El mismo día que cumplió dieciocho me enseñó su solicitud para el cambio de apellido: quería prescindir del mío y usar el de su madre. Y después desapareció. De cuando en cuando me llegaban vagas noticias de él. Todas malas. Y un día vi su foto en televisión. ¿Te acuerdas de aquellos dos mendigos a los que rociaron con gasolina en un cajero de Madrid y los quemaron vivos? Fue él. Fue mi hijo. Es el líder de un grupo neonazi llamado Despertar. ¿Te acuerdas? Lo detuvieron hace tres meses, pero en el traslado al juzgado sus compañeros lograron liberarlo y se escapó...

—Sí, lo recuerdo bien... El policía ese al que hirieron. La montaron bien gorda. No me digas que ése es tu hijo... —dice Raluca, hipnotizada por el relato.

—Marcos Soto. Sí. Uno de los mendigos murió. Cincuenta y cuatro años. Y la otra, de treinta y siete, se achicharró en el ochenta por ciento de su cuerpo, pero por desgracia sigue viva. Está en el hospital. Lleva seis meses. Necesita un respirador artificial porque también está quemada por dentro. De forma irreversible.

—Qué horror... —musita la rumana.

—Y parece que habían hecho otras brutalidades. Apaleamientos de inmigrantes y de otros sintecho. Es la aporofobia, el odio a los pobres. También les grababan la esvástica en la carne a punta de cuchillo. En parte por eso no te quise ver... Esa cruz gamada de tu puerta, pensé que eran ellos. Aún lo pienso. Se han puesto en contacto conmigo. Quieren que les dé dinero para poder huir. Cien mil euros que ya he sacado y que les voy a entregar cuando me llamen.

—¿Por qué se lo vas a dar?

—Porque es mi hijo. Porque nunca le he ayudado. Porque me siento culpable. Porque le tengo miedo.

—¿Crees que sería capaz de hacerte daño?

—Sí, lo creo, pero no es eso... No sé cómo explicarlo. Le tengo miedo porque me horroriza. Porque es mi hijo y ha sido capaz de hacer eso. Ató a dos pobres personas, las roció lentamente con gasolina, les prendió fuego y se quedó a ver cómo sufrían. Lo grabó. Se reía. La policía me enseñó el vídeo.

—¡Madre mía! ¿Pero cómo se les ocurrió enseñarte esa barbaridad?

—Creían que yo estaba protegiendo a Marcos. Cuando lo que yo intentaba era protegerme a mí mismo. Del espanto de tener un hijo así. Quiero decir que ha salido de mí, lleva mis genes... No sé, me sentía responsable... Me ahogaba.

—¿Por eso viniste a Pozonegro?

—No lo planeé. Sucedió así. Pasé en el tren por delante del cartel de venta del piso y... Simplemente salí corriendo. Hui de mi vida. Siempre he sido un experto en fugas, recuerda que soy un cobarde. Raluca, sólo quería ser otra persona. ¿Tú no has tenido nunca esa tentación? Qué estúpido: no sé cómo pensé que podría quitarme el pasado de encima como quien se quita una chaqueta. Aunque en realidad ni lo pensé... fue una reacción instintiva. Un movimiento defensivo, como apartar la mano de algo que quema.

Casi le parece sentir el crepitar del fuego, la piel de los dedos ennegreciéndose, el inaguantable dolor. Hace chirriar los dientes, desesperado: su inconsciente le juega estas malas pasadas y a veces tortura su imaginación con todo tipo de incendios.

—Ya... No sé si lo entiendo... —dice la mujer con huraña lentitud—: Bueno, la parte de soltar todas esas mentiras creo que puedo comprenderla. La verdad es que... A veces yo también... Lo de mi madre, ¿sabes? En realidad he intentado buscar mis orígenes... Por ejemplo, se me ocurrió mirar a ver cuántos rumanos vivían en Ciudad Real cuando me abandonaron... Cuando me encontraron. No estaba mal pensado, ¿no? Pero nada, no descubrí nada, una pena, no me sirvió de nada. Así que a menudo me cuento algunos cuentos. Me imagino madres bonitas. Bailarinas adolescentes o pintoras enfermas que me querían muchísimo pero tuvieron que dejarme por mi bien. Bueno, y qué más da. Inventar consuela.

Dios creó al hombre porque tenía necesidad de escuchar historias, piensa Pablo, recordando un verso que alguna vez leyó.

—Pero lo que no entiendo, lo que me tiene perdida, es por qué me has estado huyendo después de... después de esa noche en mi casa. ¿Sólo por la cruz gamada? —prosigue Raluca con desconfianza.

Pablo resopla, se pone en pie, camina hasta la ventana. A través de los barrotes ve un parking de superficie, hileras de coches ardiendo bajo el sol. Achicharrados. Vuelve a apretar los dientes. Qué feos son los aparcamientos, piensa. Qué deprimentes.

—Tengo miedo de ponerte en peligro —dice, aún de espaldas. Luego se vuelve hacia ella—: Y desde luego mientras estén por aquí los de Despertar no es muy seguro vernos. Pero es que, además... creo que yo también soy un peligro. Me gustas mucho, Raluca, y no sé qué hacer con eso. No sé si saldré corriendo. No sé si te haré daño. No me fío de mí. Algunos meses después de la muerte de Clara pillé a Marcos torturando a un perro. Un cachorro de meses. Consiguieron salvarle la vida al animal, aunque tuvieron que amputarle una patita. Luego lo adoptó una familia, en fin, la cosa se enderezó un poco, pero fue traumático. ¿Y qué hice yo? Apenas hablé con Marcos, tanto asco me daba. Tanto horror. Tanto miedo. Le pagué un psiquiatra, eso sí. Y me olvidé del tema. Puede que si hubiera reaccionado de otra forma... Si me hubiera ocupado de él... Si yo hubiera estado de verdad ahí, intentando ayudarle... Pero, en vez de eso, hui. No soy de fiar, ¿te das cuenta? Marcos tenía trece años cuando hizo aquello. Es un monstruo. Y es mi hijo.

Raluca le está mirando con los ojos brillantes, el cuerpo en tensión, una expresión ansiosa:

—Sí, pero espera... Te gusto... Has dicho que te gusto...

—Me encantas, Raluca. Me has vuelto loco. Me pareces tierna y fuerte y sabia y admirable, te quiero y te deseo y no sé qué hacer con todo esto, ése es el problema. Me gustas demasiado. No sé, a lo mejor es pura necesidad, a lo mejor me lo estoy inventando todo, por eso me da miedo.

—Sabía que no me equivocaba contigo. Lo sabía —exclama ella, irradiando amor y dicha por cada uno de los poros de su cuerpo.

Porque lo que acaba de escuchar es aterrador, y la empática rumana sufre por los mendigos abrasados, por el perrito mutilado, por la existencia de monstruos como esos neonazis, por la angustia de Pablo. Pero el arquitecto le acaba de decir que la quiere, y, en realidad, eso es lo único que ahora le importa. No ha oído nada más: ni lo de que a lo mejor se lo está inventando todo, ni lo de que no es de fiar. La quiere, ha dicho, y esa felicidad tan absoluta es capaz de borrar no sólo cualquier temor, sino también el dolor del mundo para ella. Si Pablo la ama, todo tiene solución, todo es posible; los neonazis desaparecerán, los malos se harán buenos, los débiles serán protegidos (ella será capaz de protegerlos) y las estrellas brillarán más que nunca en el cielo. Es ese tipo de persona, Raluca.

Pablo está en su casa. Pensando. Pensando, entre otras cosas, que ésta no es su casa. Mira desapasionadamente el cuarto en el que se encuentra, que es el cuarto pequeño de delante, en donde ha hecho su vida. El colchón en el suelo, sobre el que está sentado, con Perra entre los brazos y la espalda apoyada en la áspera pared; la única silla, prestada por Raluca, que hace las veces de armario: las camisas y la chaqueta cuelgan del respaldo, y encima del asiento se apilan, doblados con primor, los pantalones del traje, el otro par de vaqueros, las camisetas. Colocado en el suelo, junto a la pared, su maletín. Sobre él, en exactos montones, las mudas de los calzoncillos y los calcetines. Los zapatos de vestir están al lado. Fuera de eso y de la bombilla que pende del cable desnudo y que ahora mismo difunde una luz desvaída, en el cuarto no hay nada. Sólo ese desagradable gotelé sombrío, con los picos incrustados de polvo; la ventana demasiado angosta y con los perfiles de aluminio viejo, tan alabeado que es imposible cerrarla por completo. El suelo ahora limpio, mostrando el color aguachirle de las losetas de terrazo rajadas y la roña acumulada en las nervaduras, imposible de sacar incluso para un maniático de la pulcritud como el arquitecto. Y qué decir del techo, demasiado bajo, y de las proporciones de la habitación, tan estrecha y larga que parece un pasillo. Qué lugar tan espantoso, se dice Pablo, casi asombrado de la suprema fealdad del cuarto. Es como si lo estuviera viendo de verdad por vez primera. Ha hecho bien en no comprar más muebles ni más nada, ha hecho bien en no enraizarse en este agujero, ni siquiera tiene otro juego de sábanas y toallas, las deja a lavar cada semana en casa de una mujer que ha puesto un negocio de lavandería y arreglos de costura en su propio piso. El arquitecto lleva más de dos meses viviendo en este cuarto tan provisionalmente como si viviera en la calle.

Y ahora sabe que se va a ir. Todavía ignora cuándo, pero se va a marchar. Por primera vez en mucho tiempo, en su cabeza empieza a asomarse el futuro. Un atisbo del mañana. El deseo de seguir vivo.

El problema es Raluca. De una manera vaga y medrosa, sin atreverse aún a mirar ese futuro de frente, Pablo sabe que no quiere perder a la rumana. Pero cómo se hace eso. Cómo se logra.

Por la tarde, en el hospital, tras salir de la habitación de su vecina, Pablo fue a hablar de nuevo con el doctor Ramírez y le dejó suponer que él era la pareja actual de Raluca; no lo dijo a las claras, pero se las arregló para que fuera una deducción lógica. Le interesaba que el psiquiatra le viera en un lugar de cierta legitimidad con respecto al bienestar de la mujer, y el truco funcionó, porque en esta ocasión el médico habló con notable franqueza. Pablo se admira, una vez más, de lo bien que sabe hacer estas cosas. De cómo hay en él una personalidad de hombre de mundo; de cómo puede revestirse de autoridad, de la eficiencia del arquitecto famoso que sabe tratar a los jefes de servicio de un hospital, si es necesario. Gestionar la vida del poder siempre le ha sido fácil. Lo que no sabe hacer, en donde es un absoluto ignorante y un desastre, es en la vida real, en lograr ser persona y ser amigo, en tratar a Felipe y a Raluca, ser un buen compañero en el Goliat o cuidar a un cachorro feliz. Todo eso sí que es horriblemente difícil. Pero con el doctor Ramírez la cosa fue sencilla; el médico, que declaró ser admirador del antiguo movimiento antipsiquiátrico, dijo que Raluca estaba bien, que era por completo capaz de dirigir su propia vida, que en realidad había sido internada por culpa de su historial clínico y no porque lo necesitara, cosa que le parecía muy injusta y antiterapéutica, y que le daría el alta al día siguiente. Eso sí, informó, el chico de la piscina había presentado cargos contra ella y habría un juicio. A lo cual el Pablo poderoso contestó con desenvoltura: no pasa nada, de eso se encargarán mis abogados. Fue tan persuasivo el arquitecto en su papel de hombre de mundo que el psiquiatra hasta se ofreció a declarar a favor de Raluca.

Y ahora Pablo está aquí, en su casa no casa, pensando. O más bien dando cabezadas, porque los ojos se le cierran solos. No durmió nada la noche anterior y el día ha sido agotador. La conversación con Raluca le dejó extenuado. También liberado, como si el mundo fuera un poco más luminoso y más ligero, pero con un cansancio indescriptible, un cansancio de años. Vuelve a oscurecerse su conciencia y da otra cabezada, tan fuerte que se hace daño en el cuello. Debería tumbarme a dormir en vez de seguir sentado, se dice. Pero en este justo momento suena el timbre. El molesto y estridente timbre del móvil de prepago.

—Sí —grita, súbitamente despejado de las nieblas del sueño.

—Ehhhh, qué manera de chillar, arquitectillo... ¿No te han enseñado a hablar por teléfono?

—Qué hay.

—A la una de la madrugada en la Titana. Hay una especie de torre metálica con una especie de ascensor. Ahí a la una en punto. Trae el dinero y ven solo. Y no hagas idioteces.

—¿Estará Marcos? —pregunta.

Pero ya han colgado.

Aunque Jiménez sabe que en estos asuntos no hay nada seguro (en su larga trayectoria profesional se le han malogrado operaciones que parecían resueltas), se diría que el cerco en torno a los neonazis de Despertar está a punto de cerrarse. Las escuchas y el seguimiento han sido fructíferos, y además han tenido un inesperado golpe de suerte con un informante. Es muy posible que el caso se resuelva en breve, pero, sorprendentemente, Jiménez no siente la excitación habitual, esa adrenalina que suele aparecer en las etapas finales. Más bien experimenta una suerte de melancolía, un bajón, un anticlímax. Debe de ser el peso de la edad, se dice. Sin duda éste es el último operativo en el que participa, el fin de su carrera. Ha visto a muchos compañeros jubilarse, ha estado en sus cenas de despedida, en los homenajes con los consabidos relojes de regalo, y siempre los vivió como algo ajeno y con la alegría de no estar en el papel protagonista. Que es la misma alegría de no ser el muerto en un entierro. Pero ahora le ha llegado el turno, aunque resulte increíble. Vas a empezar una nueva vida, le dirán. ¿Y qué mierda de vida es ésa? La maldita vejez. Una cuesta descendente hasta la muerte. Suspira Jiménez, echando de menos a Lola, su exmujer. Hubiera deseado envejecer junto a ella, pero la vida policial no es lo mejor para la convivencia: la mayoría de los compañeros están separados. Qué pena que Lola no haya tenido la generosa paciencia de su perro Manolo, que, cuanto más tarde llega Jiménez a casa, más parece celebrar su regreso, se dice amargamente, parafraseando el viejo chiste. Suspira Jiménez con pesadumbre. De hecho, con demasiada pesadumbre. ¡Venga, arriba esos ánimos! ¿De verdad va a rendirse? Lo cierto es que aún tiene a Manolo, y su casita en Segovia. Tiene los paseos por la sierra y las novelas de Highsmith junto al fuego. Tampoco está tan mal. Además, si consigue atrapar a Marcos Soto, va a poder amargarle la sonrisa al pedante de Nanclares con su éxito. Eso será un verdadero placer. Ahí te quedas, Nanclares. Que te den. Yo me voy a vivir mi nueva vida.

Cien mil euros en billetes de cincuenta abultan bastante y pesan casi dos kilos. Pablo los ha metido en el maletín, que ahora cuelga de su mano porque no se atreve a dejarlo en el suelo. Son las 00:50 y hace diez minutos que ha llegado al lugar de la cita. Ha venido andando para pasar más inadvertido. Felipe le explicó cómo ir: bastaba con seguir el tendido del antiguo ferrocarril que transportaba la hulla hasta el apeadero. Son sólo seis kilómetros, poco más de una hora de marcha por la estrecha vía, mellada por los huecos de las traviesas perdidas y medio devorada por una maleza que el verano ha resecado. Pero el arquitecto bien podría haber estado caminando durante un eón, a juzgar por la distancia a la que la Titana parece encontrarse de Pozonegro, una distancia física y también temporal, sin casas ni luces en las proximidades y rodeada por el paisaje degradado y herido de las colinas de ganga.

De la antigua explotación apenas queda nada; dos edificios se han venido abajo y ahora sólo son pilas de cascotes con hierbajos. Hay otra construcción que mantiene las paredes precariamente en pie alrededor del revoltijo del techo desplomado. Una pequeña caseta que parece de construcción más reciente sigue entera, aunque ruinosa; al llegar, Pablo empujó la puerta y echó una ojeada por precaución:

un colchón sucio en el suelo, una silla rota, un cojín, una manta doblada, como si alguien hubiera estado durmiendo de cuando en cuando ahí. La boca de la mina en sí está protegida por una especie de corralito, una valla metálica cerrada con candados que debieron instalar, por precaución, tras el cierre de la Titana, pero en su perímetro hay tantos agujeros que Pablo no tuvo ninguna dificultad para colarse. Además del móvil de prepago se ha traído su propio teléfono para poder usar la linterna, una acertada idea que le ha permitido moverse con rapidez e inspeccionar el entorno. Sin embargo, ahora, ya instalado en el punto de encuentro, ha preferido apagar la pantalla. La luna está casi llena y el mundo brilla como una lámina de acero. Junto a él se alza la elevada torre metálica, esa intrincada estructura férrea con cierto parecido a la Torre Eiffel que es típica de todas las minas hulleras. El castillete, cree recordar Pablo que se llama, es la entrada a la caña del pozo. Las cajas continuas del ascensor no están a la vista: tal vez ya no existan. Un par de cadenas oxidadas que cruzan de parte a parte el hueco son la única y precaria protección ante el vertiginoso abismo. Pablo ignora la profundidad del pozo, pero teniendo en cuenta que se trata de una mina famosa por su tamaño, seguramente superará los mil metros. Echa una ojeada sobre su hombro a la boca tenebrosa y se aleja un par de pasos hacia la derecha. Son las 00:56, le informa el móvil. Mira alrededor, intentando aguzar la vista. Hierros retorcidos, carretillas sucias, vagones volcados y herramientas rotas se esparcen alrededor de la entrada de la Titana. Y, más allá, el brillo oscuro, nítido y casi líquido de las colinas de basura mineral bajo la luna. Nada se mueve. Nada se oye. Ni siquiera hay chicharras. Es un mundo muerto.

Pablo bascula el peso de su cuerpo de un pie a otro e intenta tragar saliva. Tiene miedo. Ya está cumpliéndose la hora, y teme que venga Marcos. Aunque también teme que no venga. Si pudiera hablar con él, tal vez sería capaz de entender, de diluir la vergüenza de haber criado un monstruo. En los crímenes más terribles, en las matanzas, en las violaciones, siempre hablamos y nos compadecemos de los muertos, de las víctimas directas. Pero ¿quién se acuerda y se preocupa de esas otras víctimas que son los familiares de los verdugos? Pablo recuerda que, apenas tres días después del atroz atentado terrorista en las Ramblas de Barcelona, vio en televisión a las madres de algunos de los asesinos: estaban participando en una manifestación en Ripoll contra el yihadismo. Sus hijos acababan de morir abatidos por la policía, chavales de diecisiete, dieciocho y diecinueve años con el cerebro podrido por los dogmas, monstruos máximos odiados con unánime pasión por todo un país; y ahí estaban esas madres con sus ropajes pesados y sus velos y su duelo sangrante y su dolor, sin poder llorar a sus hijos y gritando contra el integrismo en una manifestación, quizá con la esperanza de ser perdonadas, o tal vez para intentar salvar la vida de los hermanos del asesino que habían parido. A Pablo le sobrecogió la imagen de esas mujeres rotas; por entonces no podía imaginar que dos años más tarde él iba a encontrarse en la misma situación. En el doble castigo de amar y odiar al monstruo. Y de sentirse condenado socialmente, pese a no ser culpable. ¿O quizá sí lo es? Por todos los santos, es tu hijo y fue un niño. Lo formaste o, aún peor, lo deformaste.

Pablo gime bajito, una especie de pequeño hipido en el silencio. No ha podido evitarlo. Reflexionar sobre todo esto duele de forma física, el cuerpo se le retuerce por dentro. Por eso lleva semanas sin pensar, por eso escapó de sí mismo e intentó ser otro. Para huir de la lacerante humillación. Pablo ha conseguido evitar hasta ahora que su parentesco con Marcos salga en los periódicos; al menos por el momento se ha librado del linchamiento en el circo mediático. Pero ¿cuánto tiempo más durará la tregua? Le aterroriza imaginar que su paternidad pueda hacerse pública. Que Marcos se cambiara de apellido ha ayudado mucho para el anonimato. También el dinero de Pablo, su poder social, sus influencias. Aunque esto último es un arma de doble filo: su condición de personaje famoso atrae a las pirañas. Los compañeros del estudio hicieron un cordón sanitario para evitar que su nombre saliera a la luz; le ayudaron, se portaron bien. También les conviene, por supuesto, que la firma no se vea implicada. Pero sus colegas sí lo saben, claro está, y el arquitecto ha tenido que sobrellevar sus miradas cargadas de curiosidad malsana, incluso de suspicacia y de reproche: algo habrá hecho Hernando para que le salga un hijo así.

Y sí. Seguro que algo ha hecho. O no ha hecho.

Esa bestia que violó y mató a golpes a la pequeña Sara, ese neonazi, él también, supuesto simpatizante de un grupo ultraderechista, ¿tendrá padres, hermanos? Y, si los tiene, ¿experimentarán el mismo vértigo, la misma confusión que sufre él? ¿Qué es lo que uno siente cuando, de pronto, descubre que el Mal forma parte de su familia? Pablo no sabe responder a esta pregunta: su conciencia es un pantano de emociones. Aprieta los puños —el asa del maletín se hinca en la palma de su mano derecha— y hace un esfuerzo por reflexionar, por diseccionar capa a capa el nudo de sus sentimientos. Éstos son los caóticos matices que percibe: incredulidad, irrealidad y horror. Pena, un aluvión de pena que lo arrasa todo. Agresividad y odio contra el hijo, por haber hecho a los mendigos lo que les hizo, pero, sobre todo, por lo que le ha hecho a él: por humillarlo así, por convertirlo en el padre de una aberración. Miedo. Miedo a reconocerse en Marcos. Miedo y culpabilidad e insoportable vergüenza por haber posibilitado o causado o criado a semejante asesino. Miedo animal a que venga Marcos y le torture igual que torturó a los mendigos para hacerle pagar su deuda impagable como padre.

La pantalla marca 01:25. Tienen que estar a punto de aparecer, debe de ser inminente. Sombras oscuras que se desgajarán de la oscuridad para llegar hasta él. El estómago le duele, una vena le late en la sien izquierda. Siente ganas de vomitar. Es lo que le faltaba: no puede descomponerse en este momento.

No es verdad que su hijo siempre le cayera mal. Eso es lo que le dijo a Raluca, pero no es verdad. Hubo un tiempo, al principio. Hubo días de miel. Nunca en toda su vida predominó la ligereza salvo en aquella época. Cuando Clara estaba embarazada y avanzaba como un barco majestuoso con la proa de su barriga por delante. Cuando Marcos nació, rojo y arrugado y con los puños cerrados, un marciano, un prodigio. Marcos de bebé: el asombro de ese saquito de carne que palpitaba y lloraba y a veces apestaba, pero que otras veces olía a galleta recién sacada del horno. Y el placer de hundir la cara en su tibio pecho. Aquella tarde en la que el bebé le miró y, por primera vez, le vio: extendió su dedito y le tocó la nariz. El orgullo de verlo gatear, valiente y curioso. Y tan inteligente, pensaba Pablo: qué seguro estaba entonces del brillante futuro de su hijo. Cuando, con dos años, corría hacia él con piernas de trapo y los brazos abiertos, y el arquitecto siempre conseguía salvarlo *in extremis* del trompazo. La confianza que el niño le tenía. Esos tiempos primeros fueron lo más cerca que Pablo estuvo nunca de la felicidad: incluso se descubría cantando mientras se afeitaba. Ahora no recuerda bien cuándo se estropeó todo, cómo perdió la esperanza. Marcos empezó a hacer cosas raras, a tener un comportamiento insoportable. Pataletas de niño malcriado, protestaba él. ¿Y por qué no lo educas tú, si tan mal te parece?, contestaba Clara. Esa Clara que se fue aferrando cada vez más a su hijo. Y a la que Marcos, siempre tan precoz e inteligente en su malicia, comenzó a manipular y parasitar. Aunque tampoco a ellos dos les iba bien, al margen de lo que sucediera con el niño: no fue Marcos el único culpable, no seas injusto, se recrimina ahora Pablo. En aquellos años el estudio subió como la espuma, llegó la consagración internacional, la medalla de oro del RIBA y un aluvión de fascinantes proyectos. Y también el enconamiento de la competitividad entre Clara y él. Pablo se lanzó al trabajo como quien se arroja a un río turbulento. Pero en realidad no fue su dedicación profesional lo que arruinó su vida personal, sino que se refugió en la arquitectura escapando del cataclismo de su existencia. Salió corriendo mientras los cristales rotos le caían encima. Cobarde. Quién sabe si el cáncer de Clara fue a consecuencia de todo eso. De la maldad de Marcos. Y de su propia huida.

Qué difícil es vivir sabiendo esto.

Y, sin embargo, Pablo advierte que, por primera vez en muchos años, algo se mueve dentro de él. Algo diminuto pero tenaz, una tibieza creciente a la que no sabe poner nombre después de tanto tiempo de hielo y de vacío.

Las 02:00. Una hora de retraso. Muy propio de su hijo lo de hacerle esperar para atormentarle. Pablo siente deseos de orinar, pero no se atreve a ponerse en esa situación de indefensión ridícula. Seguro que aparecen en cuanto empiece a soltar el chorro, la vida suele jugar estas bromas pesadas. Así que aprieta las nalgas y se aguanta las ganas. Que asomen de una vez, por dios. Que esto se acabe.

En el impacto de los primeros momentos, cuando todavía no era ni siquiera capaz de verbalizar lo que había pasado o de pensar en ello, leyó algunos libros que hablaban del Mal, con la ingenua pretensión de buscar respuestas. Uno de ellos le impactó especialmente; es de un neurocientífico llamado David Eagleman y en él cuenta la historia del *hombre de la torre.* Sucedió en 1966. Un estadounidense de veinticinco años llamado Whitman se subió a lo más alto de la torre de la Universidad de Texas, en Austin. Llevaba una maleta llena de armas. Cuando llegó arriba, mató de un culatazo a la recepcionista; luego disparó a bocajarro a dos familias de turistas que subían detrás de él. A continuación salió al mirador y empezó a disparar a la gente que pasaba por la calle. La primera víctima estaba embarazada. Disparó a los que acudieron a ayudarla, a los de las ambulancias, a los demás peatones. Después de hora y media de masacre, tres policías y un civil consiguieron subir a la torre y acabar con Whitman. Sin incluirle a él, hubo diecisiete muertos y treinta y siete heridos.

La madrugada anterior, Whitman había escrito una nota de suicidio. Una nota tremenda, recuerda Pablo. Busca en su móvil el archivo digital del libro, *Incógnito,* se llama, y rastrea las páginas hasta encontrar el texto de la nota. Lo relee, sintiendo el mismo escalofrío que la primera vez: «Supuestamente soy un joven inteligente y razonable. Sin embargo, últimamente (no recuerdo cómo empezó) he sido víctima de muchos pensamientos inusuales e irracionales (...) Tras mucha reflexión he decidido asesinar a mi mujer, Kathy, esta noche. (...) La quiero muchísimo, y ella ha sido para mí tan buena esposa como cualquier hombre podría desear. Racionalmente no se me ocurre ninguna razón específica para hacerlo...». Y, en efecto, antes de subirse a la torre había asesinado a puñaladas a su madre y a su esposa mientras dormían. En la carta de suicidio también pedía que le hicieran la autopsia y miraran su cabeza, porque él creía que algo había cambiado. Había sido el típico buen chico, *boy scout,* marine, aplicado estudiante, un tipo inteligente. Encontraron un tumor en su cerebro, pequeño, Eagleman dice que era como una moneda de cinco centavos, algo así como la de dos céntimos de euro, calcula Pablo. Un glioblastoma. Esa pizca de carne maligna oprimía la amígdala, que regula las emociones, en especial el miedo y la agresividad. El autor del libro se pregunta hasta qué punto Whitman era responsable de sus actos; o hasta qué punto sería injusto exonerarlo por completo. ¿Y si de verdad era ese monstruo y lo único que le quitó el tumor fue su capacidad para controlarse? Pablo apaga la pantalla del móvil y por unos instantes se enfrenta, deslumbrado, a la negrura más absoluta. Parpadea, nervioso, sabiéndose en desventaja. ¿Vendrán con luz los neonazis? ¿O se habrán deslizado inadvertidamente junto a él? Empieza a sentir una escalada de miedo, pero sus ojos se habitúan enseguida a la resplandeciente oscuridad. Las colinas que la ganga formó a lo largo de un siglo vuelven a dibujar a su alrededor un paisaje ondulado de negra plata líquida. Qué noche tan espléndida: el aire parece un velo tendido con tirantez perfecta, sin dejar ni una arruga.

Recuerda otra noche igual de bella que ésta. Fue en los breves tiempos de la felicidad con Clara. Estaban en las Highlands escocesas, en la terraza de un castillo reconvertido en hotel. Ante ellos, la línea oscura de las suaves colinas y la luna rielando cegadora en el *loch*. A lo mejor en este lago también hay un monstruo, dijo él, riendo, y durante unos minutos escudriñaron con atención el metal bruñido de las aguas por ver si emergía una cabeza fabulosa. Pablo se acuerda de que entonces sintió un pellizco de melancolía, la pena de saber que ese momento iba a terminar.

—¿Y de qué nos sirve esta capacidad para disfrutar la belleza, si a fin de cuentas nos vamos a morir? —dijo estúpidamente, ensombreciendo la noche con su queja.

—Bueno, eso es la vida, ya lo dijo Sócrates —contestó Clara—: Sabes lo de la muerte de Sócrates, ¿no? Le habían condenado a que se suicidara al amanecer bebiendo cicuta, y pasó su última noche acompañado de sus amigos y discípulos. Pero, en vez de hablar con ellos, se puso a aprender a tocar con la flauta una melodía muy difícil. Sus seguidores, desconcertados, le dijeron: «Maestro, ¿para qué pierdes tus últimas horas aprendiendo esta canción tan complicada, si vas a suicidarte al amanecer?». Y Sócrates contestó: «Para saberla antes de morir». La vida es eso, Pablo; todo lo que sabemos, todo lo que disfrutamos, todo lo que somos desaparecerá con la muerte. Y da igual que aprendamos la melodía diez años o diez minutos antes del final. Ese final llegará y lo borrará todo. Pero, mientras llega, eso es lo que somos.

Así se expresó Clara, con estas palabras u otras parecidas. Esa Clara tan bella y tan inteligente cuyas melodías ya han sido devoradas por el abismo.

Suspira el arquitecto, patea en el suelo, hace rotar los hombros para intentar relajarse. No aguanta más las ganas de orinar. Mea ahí mismo, dirigiendo el chorro a los agujeros de la malla metálica, y luego se limpia cuidadosamente las manos con una toallita desinfectante. El último sobre que le queda. Las 03:25. Dios. Le duele todo el cuerpo; el cuello es un madero, las piernas se le doblan. Además está empezando a sentir un poco de frío, algo que le resulta inesperado, teniendo en cuenta la torridez de las últimas semanas. Lleva casi tres horas ahí plantado de pie y la noche anterior no durmió nada. De pronto un agotamiento indescriptible cae sobre él, como si le hubieran arrojado por encima un cubo de sombras. Los párpados le pesan, se le cierran. Sacude la cabeza, gruñe, barrita, se cambia el maletín de mano, se pone en cuclillas y se levanta, patea de nuevo el suelo. Lo mejor es pensar en otra cosa. Eagleman, el autor de *Incógnito,* pone más ejemplos de la influencia de la biología. Un tipo normal que de repente se convirtió en pedófilo, empezó a obsesionarse con la pornografía infantil y a insinuarse a su hijastra aún impúber. La mujer lo echó, lo denunció, lo metieron en la cárcel. También a él le descubrieron un tumor enorme en el cerebro; se lo extirparon y se acabó el problema. Pocos años después todo volvió a empezar: descubrieron que el tumor había regresado. Le operaron por segunda vez y de nuevo dejó de ser un pedófilo. Ojalá tuviera Marcos un tumor cerebral, se dice Pablo. Y se asusta de sí mismo: ¿de verdad prefieres que tu hijo tenga el cerebro devorado por un cáncer? Pues sí.

Lo prefiere. Pero sabe que lo más probable es que ni siquiera tenga ese horrible consuelo. La crueldad sin sentido, la violencia perversa, eso es lo que resulta más insoportable. Las religiones se inventaron para intentar otorgarle al Mal un lugar en el mundo.

¡Ahhhhhh! El grito que aún resuena en sus oídos le ha dejado la garganta irritada, el espasmo del susto le ha agarrotado el cuerpo. Pero espera, espera, se dice, jadeante: el grito ha sido suyo. Se sentía caer en un abismo, realmente estaba cayendo. Manoteó en el aire, aterrorizado, y sus dedos se engancharon a la caja del ascensor. Aún agarrado, traga saliva, se recompone, piensa en lo que le ha ocurrido. Ha debido de dormirse de pie durante medio segundo. Se sobrecoge: no está muy cerca del agujero del pozo, media una distancia de quizá un par de metros, pero nunca se sabe, quizá medio dormido puedes tambalearte, dar algunos pasos y precipitarte por esa chimenea inacabable. Un escalofrío le sacude la espalda. Además ha soltado el maletín. Está en el suelo, en su agitación le ha dado una patada y se ha desplazado más de un metro, también podría haberse perdido en el abismo. Respira hondo, intentando calmarse; recoge el maletín y después se aleja de la jaula del ascensor lo más posible, hasta topar con la valla metálica. Se sienta en el suelo, apoyado contra uno de los postes que la sostienen. Las 04:38. En el suelo hay gravilla que se le clava en el culo. Qué infinito cansancio. Empieza a pensar que no vendrán.

Hubo un día, mejor dicho, una noche. Fue pocos meses después de que Marcos cumpliera dieciocho años y se marchara de casa. No lo había vuelto a ver en todo ese tiempo. Eran las cuatro y pico de la madrugada, como ahora, y de pronto despertó tan alarmado como si hubiera oído una sirena de incendios. Se sentó en la cama, todo el cuerpo en tensión: sabía que algo estaba mal. Y entonces lo escuchó: un pequeño golpe, ruido, roces, pasos. Había alguien en casa. Se levantó con sigilo y buscó a tientas el pantalón, porque dormía sin nada. No quería vestirse por pudor, sino por la indefensión que añadía la desnudez. Sólo encontró el calzoncillo: la noche anterior había echado los vaqueros a lavar. Salió al pasillo con el corazón apretado como una nuez y se asomó a la sala. Era Marcos. Estaba subido a una silla e intentaba descolgar el voluminoso cuadro de Pérez Villalta. Qué estás haciendo, le dijo. El chico ni se inmutó: me estoy llevando el Villalta, contestó mientras seguía forcejeando con el tablero, necesito pasta. Si necesitas dinero ven a pedírmelo, dijo él, cada vez más enojado. Marcos le miró con desprecio: yo no tengo que pedir nada, yo me llevo. Pablo se indignó: ¿pero de verdad vas a robarme? En dos zancadas llegó junto a su hijo y le agarró del brazo. El pesado cuadro se le escapó al chico de entre las manos y se estrelló con un estampido contra el suelo. La tabla se rajó. Marcos miró a su padre con unos ojos locos que el odio agrandaba. Saltó de la silla y se fue hacia él. Viene a pegarme, supo Pablo, que había retrocedido unos cuantos pasos. Y en las milésimas de segundo que su hijo tardó en alcanzarlo el arquitecto se debatió entre la rabia, la sorpresa, el miedo, la pena, el horror, el deseo de abrazarlo, el deseo de matarlo, la indignidad de estar tan sólo vestido con unos bóxers. Cuando Marcos le golpeó duro en la cara y el estómago, Pablo se dejó pegar sin hacer nada, pero no por elección, sino porque no había sido capaz de resolver el conflicto de sus emociones antes de que su hijo le atizara. No consiguió decidirse entre besar a su hijo o darle un puñetazo. Se quedó ahí, a cuatro patas en el suelo, boqueando asfixiado, casi desnudo, mientras Marcos se marchaba con el cuadro dando un portazo.

Un año después estaba en la cocina del estudio preparándose un café cuando sucedió. Dos de los arquitectos jóvenes tenían la televisión encendida para ver las noticias, y allí apareció la cara de su hijo. Era una foto policial y tenía un aspecto horrible. Pablo se acercó a la pantalla, estupefacto, y se enteró de que le acusaban de la atrocidad de los mendigos. En ese justo instante llegó su secretaria: le estaba telefoneando un inspector. A partir de ese momento no hubo tregua.

Fue a verlo a la cárcel, pero Marcos no quiso hablar con él. Que se vaya a la mierda, le dijeron que había dicho. Le puso un abogado, el mejor penalista del país, y eso sí lo aceptó. Le pidió al abogado que consiguiera que su hijo lo recibiera. Que le jodan, contestó esta vez. Pablo estaba en la puerta de la sala de la vista, esperando poder intercambiar siquiera dos palabras con su hijo, cuando llegó la noticia de que había logrado escaparse rocambolescamente durante la conducción a los juzgados.

Ha debido de dar otra cabezada, porque son las 07:06. Parece claro que no van a venir. Se pone en pie con dificultad, tiene el cuerpo agarrotado por el frío. Agosto empieza a declinar y el relente de la noche ha soplado sobre él un aliento de hielo. Todavía no ha salido el sol pero debe de estar muy cerca; bajo la luz gris y sombría del amanecer la Titana parece un lugar mucho más degradado y feo. Las colinas de ganga ya no relucen con la luna y dejan ver a las claras lo que son: informes y oscuros montones de basura minera. Los hierros del castillete están oxidados y todo se encuentra recubierto por una densa capa de porquería. De hecho, ahora se da cuenta de que tiene la ropa tiznada de polvo y de hollín. Palmea las manchas en un intento inútil de limpiarse y enseguida comprende que ha sido un error: no ha conseguido nada y ahora tiene las manos desagradablemente sucias, una situación inquietante porque ya no le quedan más toallitas. Recoge el polvoriento maletín y se dirige al rasgón de la valla que le queda más cercano. Está retorciendo el cuerpo para colarse por el agujero cuando escucha algo: son pasos que se acercan. Se le hiela el tuétano en los huesos, y ese frío profundo le hace comprender lo muy aliviado que estaba de que no se hubiera presentado nadie. Los ruidos parecen venir del otro lado del castillete, que es donde empieza la vía. El arquitecto retrocede sin hacer ruido hasta llegar de nuevo a la torre, y luego, guarecido por ella, comienza a dar la vuelta a su perímetro para intentar espiarlos. Cuando llega a la esquina, asoma un ojo por entre los hierros. Le cuesta creer en lo que ve. Parpadea. Es la rara del pueblo, la adolescente gótica, que avanza pesada y ruidosa por la vía con sus gruesas botas. Cargada de hombros, demasiado rolliza, cabecigacha, con esos andares bamboleantes y sin gracia. ¿Qué hará aquí? Está claro que va abstraída, que piensa que está sola. Pablo aguanta la respiración: no desea asustarla. La chica abandona los raíles y se desvía a la izquierda, hacia la ruinosa caseta. Pasa de perfil a unos veinte metros del arquitecto, dejándole entrever lo que parece un ojo morado y un corte en la mejilla. Luego entra en la construcción y cierra la puerta. Así que era ella, se dice Pablo. Es la gótica quien vive en ese cuartucho asqueroso, o quizá sea tan sólo su refugio secreto. Espera unos minutos mientras el sol empieza a pintar las cosas de amarillo. Pinceladas de oro en la fealdad del mundo. Después vuelve a ponerse en marcha: atraviesa el hueco de la valla, circunvala la torre dando un gran rodeo para no pasar junto a la caseta y retoma la vía férrea a unos cien metros de distancia. La hora larga de camino que le queda hasta su cama le parece infinita. Los pies le pesan y se encuentra en ese estado de agotamiento que roza el estupor o el delirio. Qué le habrá pasado a esa pobre chica enlutada, piensa vagamente, recordando los golpes de su cara. Las vías parecen bailar delante de él, vibran y se entrecruzan en la distancia. Un paso más, y otro. Él también tuvo el rostro marcado por unas magulladuras semejantes, cuando Marcos le pegó. La última vez que vio a su hijo fue aquella noche de la pelea, hace casi dos años. Pero la última vez que oyó su voz fue una madrugada, hace seis meses. Le despertó el teléfono a eso de las tres de la mañana. Había activado en el móvil la función de «no molestar», pero, por motivos de seguridad, autorizó que se cancelara si alguien le llamaba tres veces seguidas. De manera que su interlocutor le había telefoneado con insistencia. Descolgó aún medio dormido y, para su irritación, no contestaron. Sin embargo, había alguien allí: le oía respirar. Se trataba de un número oculto y Pablo enseguida sospechó que era su hijo. Quién es, pero quién es, repitió, cada vez más furioso. Así estuvieron durante cierto tiempo, un minuto quizá, un minuto muy largo. Y, por fin, desde el otro lado de la línea llegó la inconfundible voz de Marcos:

—Soy la oscuridad —dijo.

Y colgó. Tres meses después, cuando detuvieron a su hijo, Pablo se enteró de que ésa fue la noche que quemó a los mendigos. De hecho, acababa de hacerlo cuando habló con él. Ahí empezaron los problemas del arquitecto con la policía: descubrieron la llamada y creyeron que Marcos le había telefoneado para contárselo, para pedirle ayuda. Un minuto de comunicación da para mucho y no entendían que el chico le hubiera despertado sólo para angustiarle y amedrentarle. El amor entre padres e hijos está tremendamente mitificado, piensa Pablo.

Ha dormido un par de horas pero ya está en pie, porque el doctor Ramírez dijo que le daría el alta a Raluca sobre las doce de la mañana. Las prisas y el cansancio le impiden pensar con claridad, preguntarse por qué no han venido a recoger el dinero, qué es lo que ha fallado. Tampoco se ha dado cuenta del atávico automatismo que le ha hecho vestirse con el pantalón de lana fría y una de las dos camisas blancas, en vez de la cotidiana camiseta y el vaquero. Coge la billetera, las tarjetas de crédito, los dos móviles, que están encendidos y que puso a cargar. Tras un instante de duda, se calza los zapatos, no las deportivas. A decir verdad, se siente más bien raro. Un poco disfrazado. Como el enfermo que, después de una larguísima convalecencia, se pone por primera vez su antiguo traje y no termina de hallarse dentro de él. O mejor aún: como quien ha heredado la ropa de un familiar fallecido.

Saca a Perra para un pis de urgencia y, tras llenarle el comedero, trota escaleras arriba para hacerle un resumen de la situación a Felipe. Después llama a uno de los dos taxis que hay en Pozonegro y lo contrata para que le lleve a una agencia de alquiler de coches en Ciudad Real. Setenta y dos euros de taxímetro más tarde, el coche le deja en la estación del AVE, en donde alquila un Toyota híbrido C-HR. Paga con la tarjeta: primera vez que la usa en más de dos meses, si descontamos cuando sacó dinero del cajero para los amigos de Marcos. Se mete en el coche y arranca, sintiéndose aún extranjero de sí mismo, como si estuviera de visita en su propia vida. Su antiguo yo va cayendo sobre él como una lluvia mansa.

Cuando llega al hospital son las 12:20 y Raluca le está esperando ya vestida y sentada en el sillón de hule. Expectante y nerviosa.

—Perdón por la tardanza.

—No pasa nada.

Pablo percibe el brillo en los ojos de la mujer (es decir, en el ojo, piensa por un momento, aturullado) y deduce que le impresiona que se haya puesto su antigua vestimenta de ejecutivo. Raluca carraspea y parecería que va a decir algo, pero al final se calla. El arquitecto mira el aparcamiento que las rejas de la ventana encuadran: en la tercera fila se encuentra el Toyota. Un coche al que volver, aunque sea alquilado. Es un comienzo del regreso. Siente un movimiento en construcción en el interior de su cabeza, una especie de alud.

—Me he retrasado porque he pasado antes por la estación para alquilar un coche.

—¿Has alquilado un coche? —repite ella, sorprendida, como si no pudiera creérselo.

—Sí. Lo tengo ahí, en el parking. Venga, vámonos.

Un coche para irse. Una ropa de ciudad para marcharse de Pozonegro, piensa ella con enredado miedo. Aunque ha dicho que le gusto. Que me quiere. Está a punto de preguntarle, ¿entonces te vas? Pero consigue morderse la lengua en el último momento. No está preparada para escuchar la respuesta.

El camino de regreso es silencioso. Pablo le cuenta la fallida entrega del dinero, Raluca le explica que el doctor Ramírez le ha aconsejado que retome una terapia semanal. Entre medias, largas pausas preñadas de palabras no dichas. Ya están entrando en Pozonegro; desde el volante de un automóvil, el lugar le parece a Pablo otra cosa. Igual de feo, pero menos hiriente, más ajeno. Como un diorama que se asoma por las ventanillas y que terminará dejando atrás. Aparca con facilidad frente a su casa, junto a las escaleras del apeadero. De hecho hay muchas plazas libres; Pablo no se había dado cuenta antes de la poca circulación que hay en el pueblo.

—¿Te vas a quedar mucho tiempo con el coche alquilado? —dice Raluca.

Aunque en realidad lo que quiere preguntar es si va a utilizar el vehículo para volver a Madrid.

—No lo sé todavía. No tengo muy claro lo que quiero hacer.

Es la peor respuesta, la que se temía, gime en completo silencio la mujer. Se han quedado los dos sentados dentro del coche, muy quietos, mirando hacia delante.

—¿Y tú? —dice él—. ¿Tú qué quieres hacer?

—¿Yo? Jo, no sé, lo que pueda... Apuesto a que me echan del Goliat. La supervisora que ha mandado la central me tiene ojeriza. Y después de esto que ha pasado pues... Seguro que me despiden —dice Raluca con amargura.

Y luego, dejándose llevar por la intuición, por el deseo y por su más tonto corazón romántico, añade:

—Lo mismo me marcho de Pozonegro. Estoy harta de este lugar de mierda. Fíjate lo que te digo, creo que me voy a ir a vivir a Madrid, siempre me ha gustado esa ciudad.

Cierra los ojos tras soltarlo. Es una apuesta fuerte, un envite a ciegas, y la sangre le late en la garganta. A su lado, Pablo también cierra los ojos, aliviado. No se atrevía a pedirle a Raluca que se fuera con él porque no se fía de sí mismo, porque teme que todo salga mal una vez más, teme arrancarla de su vida y después dejarla tirada. Por el amor hermoso, si sólo se han acostado una vez y apenas se conocen, ¿cómo va a asumir el enorme riesgo de proponerle que lo deje todo y le siga? Pero si ella ha decidido marcharse a Madrid de todos modos... Ohhh, maldita sea, soy un cobarde, piensa. Soy un cobarde.

—Pues me parece que yo debería volver al estudio. No digo al trabajo, porque creo que el trabajo me ha abandonado... —dice el arquitecto.

Calla un segundo intentando conectar en su interior con esa parte recóndita de su cerebro en donde antes bailaban grácilmente los volúmenes, las líneas y las formas, pero, como le viene sucediendo en los últimos meses, esa fuente de luz está apagada.

—Sí, me parece que el trabajo me ha abandonado para siempre, pero creo que debería volver por lo menos al estudio, poner en orden mi vida... Vente conmigo, Raluca. Entiéndeme, no te ofrezco nada porque no tengo nada que ofrecer, no sé si funcionará, no sé si duraremos dos días, lo mismo no te aguanto; lo mismo, y esto es lo más seguro, eres tú la que me encuentra inaguantable... Pero, si quieres, probamos.

La mujer sigue sentada, rígida, mirando hacia delante, una sonrisa en la boca, los ojos vidriados por el éxtasis. A partir de la frase «vente conmigo, Raluca» no ha escuchado nada. Bueno, las palabras y sus significados han caído dentro de sus oídos, pero ella lo ha metido todo en una nevera mental. Lo importante es esto: Pablo ha dicho vente conmigo, Raluca. A la mujer se le escapa una risita y contesta un «sí» que parece un gorjeo. Y ahora es el momento en que también a Pablo se le sube la sonrisa a la cara, los dos muy tiesos dentro del coche aparcado, los dos mirando al frente como memos, felices, nerviosos, muy asustados, preguntándose si no deberían hacer algo, hablar más, concretar, acariciarse, besarse; Raluca, especialmente, piensa que, si esto fuera una película, ahora mismo se estarían comiendo las bocas. Pero la rumana ya tiene una edad y una experiencia; y aunque es tenaz en la persecución de sus sueños, sabe que forzar una apoteosis sentimental de cine puede arruinar una realidad pequeña pero hermosa. Así que calla y no hace nada.

—Dentro de media hora empiezo el turno —dice Pablo—: Ven, acompáñame a sacar a Perra y a darle de comer, y luego te podrías venir conmigo al

Goliat a ver cómo están las cosas. A lo mejor consigues negociar un traslado a Madrid, o en el peor de los casos una indemnización...

Salen del coche y se encaminan a casa, sin tocarse, los dos con la misma sonrisa bobalicona pintada en la cara. Entran en el portal, suben las escaleras y cuando ya Pablo se inclina hacia delante con la llave en la mano, advierte que, aunque la cerradura parece intacta, la puerta está entornada. La empuja cauteloso con un dedo hasta abrirla de par en par.

—Pasad, pasad. Como si estuvierais en vuestra casa —dice una voz de hombre.

Son ellos, piensa Pablo, mientras un chorro de adrenalina helada le inunda la nuca. ¿Cómo han logrado entrar? Aunque la cerradura, claro, es una mierda. Traga saliva y piensa: acabemos con esta pesadilla de una vez. Cruza de una zancada el estrecho pasillo y entra en la sala seguido por Raluca. Sorpresa: en la pared del fondo, sentado en el suelo con el rostro ceniciento y aspecto de pollito desplumado, está Felipe con su botella de oxígeno. A un lado, de pie, con los brazos cruzados y la rolliza espalda apoyada contra el muro, el animal que le vendió la casa. ¿Cómo se llamaba? Al otro lado del viejo, dos tipos de pie. Uno moreno y con aspecto atlético, otro delgaducho y encorvado.

—¿Qué significa esto? —exclama Pablo.

En ese momento alguien chilla en su oreja:

—¡Moka! ¡Pero qué mierdas estás haciendo aquí!

Raluca sobrepasa a Pablo, se arroja como una exhalación sobre el tipo moreno y le da un empujón en el pecho. El hombre sujeta las muñecas de la mujer y la inmoviliza.

—Ehhhh, ehhhh, ehhhh —murmura tranquilizadoramente, como quien intenta calmar a un animal.

Pablo avanza y coge a la vecina por la cintura, separándola del tipo. Teme que le hagan daño.

—Calma, Raluca. Déjame a mí.

—Eso, déjale a él, mujer —dice el moreno, recolocándose la ropa.

Así que éste es el famoso Moka, piensa Pablo. Es cetrino, fibroso, con un bonito pelo negro abundante y ondulado, labios gruesos, perfectos dientes blancos. Sería muy guapo si no fuera porque sus rasgos carnosos parecen apelotonarse en el centro del rostro, dándole aspecto de bruto. Lleva una camiseta amarilla de manga corta una o dos tallas menor que la suya, lo que ayuda a resaltar sus poderosos músculos. Pero Pablo le saca una cabeza, aunque Moka es el más alto de los tres intrusos.

—¿Qué hacéis aquí? ¿Cómo habéis entrado? ¿Estás bien, Felipe?

—Sí, sí, no te preocupes —contesta el viejo, compungido, mientras se pone con dificultad en pie y va hacia ellos.

En ese instante Pablo se da cuenta: la cachorra no está ni se la oye, cuando siempre le recibe con grandes alharacas. Repentina angustia.

—¿Qué habéis hecho con la perra, hijos de puta?

289

—Eh, eh, eh, tío, que aquí nadie ha faltado el respeto a nadie, ¿eh? Vaya con los putos pijos, qué maleducados... —gruñe airadamente el antiguo dueño de la casa—: Está en la otra habitación. No le pasa nada.

Pablo sale corriendo y abre la puerta del cuarto en donde duerme. Ahí, en el centro de la pieza, la perrita, en medio de un sembrado de platos pringosos y papeles encerados de charcutería, devora con fruición una cuña de queso manchego. Se ve que los hombres han vaciado la nevera, han colocado la comida en el suelo y luego han encerrado al animal ahí con el festín para que no moleste. Perra levanta la cara, la trufa manchada de mayonesa, y le mira con arrobada felicidad mientras hace girar la cola como una hélice. El arquitecto regresa a la sala, un poco más calmado. Gutiérrez. Benito Gutiérrez, se llama este cretino.

—Tú eres Benito Gutiérrez. Qué demonios pasa... —exclama, sombrío.

—Seguro que es cosa del Moka, que es un idiota —gruñe Raluca.

—A ver, vamos a calmarnos todos un poquillo —dice Benito.

—¿Que me calme? Habéis entrado a la fuerza en mi casa.

—No, no es exactamente así —dice Benito—: Primero fuimos a ver si Felipe tenía llave de la nueva cerradura, porque ésa es otra, es que, tío, has cambiado la cerradura, lo que demuestra tu falta de confianza. Y Felipe no la tenía pero ya nos lo hemos traído con nosotros. Y la puerta la ha abierto ése

—señala al más delgado—, que todo lo que tiene de feo lo tiene de mañoso. Vamos, que la cerradura está intacta. No hemos entrado a la fuerza sino con una ganzúa.

Pablo le mira atónito. Benito parece estar otra vez pasado de copas, o quizá de otra cosa. Raluca se vuelve hacia el arquitecto:

—No te esfuerces en hablar con ellos. Tienen una piedra en la cabeza en vez de cerebro.

—Oye tú, guarrilla, tú a mí no me insultas —se enfurece Benito, despegándose de la pared y arqueando sus brazos de gorila.

Se acerca con exagerados contoneos de matón a la mujer, que le sostiene la mirada, mientras Pablo lo contempla todo desde el interior de una burbuja de extraña y blanca calma. Cómo encajar un puñetazo: no te encojas ni te apartes del golpe; tensa el abdomen e intenta desplazarte ligeramente, de manera que el puño te golpee en un costado. Alrededor del arquitecto la escena se desarrolla con asombrosa nitidez, como si estuviera en una película de visión mejorada. Mira con fría curiosidad los cuerpos de los hombres, intentando dilucidar si llevan armas o no. Es probable que ese bulto del pantalón de Benito sea un cuchillo. Unos tipos desapacibles han entrado en su casa con evidentes malas intenciones, lo cual le resulta anómalo e increíble. ¿Qué posibilidades tienen de salir indemnes si las cosas se ponen mal? Pocas o ninguna: es gente con aspecto de saberse pegar, de no tenerle miedo a la violencia. Y, además, él no va a dejar atrás a Raluca, a Felipe, a Perra. Demasiados flancos que atender. No cabe duda de que se trata de una situación muy preocupante, pero, a decir verdad, Pablo experimenta una suerte de distensión. Tras los oscuros, innombrables miedos de los últimos meses, tener que enfrentarse a un peligro tan evidente y elemental le tranquiliza. Es igual que estrellar el puño contra la pared para olvidar el dolor de la conciencia. Así que ahora el arquitecto alarga una mano en el aire por delante de él, y, sin siquiera tocarlo, detiene el avance de Benito. Tan seguro de sí mismo parece.

—¿Qué queréis? —dice.

Algo descolocado por la serenidad de Pablo, Benito carraspea. Su masivo cuello emite un pedregoso ruido de hormigonera.

—A ver... —se envalentona—: Sólo venimos a buscar lo nuestro.

—Eso es, lo nuestro —repite Moka.

El tercer hombrecillo no abre la boca, pero asiente varias veces con la cabeza.

—¡Pero qué vuestro ni qué gaitas, muertos de hambre! —se enfurece Raluca.

—Déjales hablar... —le pide Pablo.

—A ver, Raluca. Sólo queremos que le devuelvas sus cosas a Moka —dice Benito.

—¿Qué cosas? ¿La basura que dejó aquí? Ya te dije que lo tiré todo.

Cuello-tronco y el moreno componen unas poco convincentes expresiones de exagerada sorpresa.

—¡Cómo que lo has tirado! No sabes lo que has hecho.

—¡Pero si era una mierda! Unos calzoncillos asquerosos, una bolsa de deporte rota, unos pantalones de chándal más viejos que...

—Burra, más que burra, en la bolsa había un doble fondo con dos kilos de coca —dice Benito, triunfante.

—Anda ya. Vete a tomarle el pelo a otra. No pesaba nada. Dos kilos por mis ovarios.

—Que sí, princesa, que es que había un poco por todas partes, en las asas y... también la ropa que la empapé de coca y luego la sequé, tú ya me entiendes —interviene Moka, amable y obsequioso.

—Dos kilos o muy cerca de dos kilos, la has cagado, so burra, eso son cuarenta mil mauros por kilo por lo menos. ¿Qué has hecho con ello? ¿Lo tiraste al contenedor?

—Es mentira —repite Raluca. Pero una pequeña sombra de duda le oscurece el ceño.

—Y la has cagado, la has cagado del todo, so puta, porque ese material no era sólo del Moka, sino de un socio que tiene que es muy malo muy malo... De esos que sacan ojos cuando se enfadan, y a ti sólo te queda uno, sabes cómo te digo...

La cachorra entra en la sala relamiéndose el brillante hocico. Camina espatarrada, la barriga tensa y muy redonda.

—¿Me estás amenazando? —dice la mujer.

—Te estoy advirtiendo. Lo vas a pasar mal. Lo vais a pasar todos muy mal, empezando por este chucho asqueroso —dice señalando a Perra, que pasa entre ellos con andares patosos.

—Vale. Entonces qué queréis —repite Pablo.

—Hombre, pues queremos que nos paguéis lo que nos habéis quitado. A Moka. Lo que le habéis quitado.

A las espaldas de los tres hombres, Pablo ve a la cachorra caminar de un lado para otro, hasta que se detiene a un metro de distancia, arquea el lomo y vomita una torta de materias informes a medio masticar.

—Yo lo pago. Yo os daré todo lo que tengo ahorrado. Lo puedo sacar mañana —dice Felipe.

Raluca le mira con ojos conmovidos:

—Pero eso es para ti, para la residencia...

—No, no, Felipe, tranquilo, es muy generoso pero no hace falta —dice Pablo—. Mira, Benito, sé quién eres, dónde vives, tengo todos tus datos... Me parece que hay que estar bastante mal de la cabeza para hacer esto...

Benito se encocora:

—Oye, tú, señorito de mierda, a mí no me insultes...

Pablo alza la mano:

—No me asustan tus amenazas...

—No son mías, son las del socio malo de Moka, y te aseguro que es para tenerle miedo.

—Vale, vale. No me asustan tus amenazas pero quiero acabar con esta farsa. Tengo cien mil euros en efectivo. Os los doy y os largáis para siempre. Como vuelva a ver vuestras caras aunque sea a doscientos metros en la calle voy directo a la policía.

—¿Tienes cien mil euros... aquí? —exclama Benito, extasiado a su pesar, los ojos chispeando de codicia.

Pablo da media vuelta y se dirige a la otra habitación, seguido en fila de a uno por Benito, Raluca, Moka, el tercer hombre, Felipe y Perra, que se detiene de cuando en cuando para vomitar. El arquitecto se acerca al colchón, lo agarra de una punta y lo levanta. Debajo, depositados sobre el suelo, están los euros en montoncitos exactos.

—¡Nos ha jodido, si llegamos a saber antes que está aquí! —se lamenta cuello-tronco.

Pero enseguida se arrodilla y comienza a recoger los billetes. Pablo cruza a la cocina y vuelve con una bolsa de plástico que le ofrece al hombre. La llena en dos minutos.

—Y ahora, largo —dice el arquitecto.

Benito se pone en pie, satisfecho y ufano.

—Nos vamos porque queremos —contesta, bravucón, camino de la salida.

—Estás tan guapa como siempre, Raluca —melosea servilmente Moka cuando pasa por delante de la mujer.

Abre el arquitecto la puerta, salen los tres hombres al descansillo, alguien pulsa el interruptor de la luz y, de pronto, se materializan dos, tres, cuatro pistolas negras, oscuras y pesadas máquinas de muerte; y dos, tres, cuatro personas detrás, un tumulto de gente que estaba agazapada en los tramos ascendente y descendente de las escaleras y que ahora convergen en el descansillo tras sus pistolones. Un rayo de puro terror recorre al arquitecto desde la cabeza hasta los pies: son ellos. Es él. Es la oscuridad. Pero enseguida escucha los conocidos gritos:

—¡Policía! ¡No se muevan! ¡De rodillas! ¡Las manos detrás de la cabeza!

Hay cuatro agentes de uniforme, una mujer y tres varones. Son los que llevan las pistolas. Luego está una mujer mayor vestida de civil. Se acerca a ellos.

—Pero ¿qué hace usted aquí? —se pasma Raluca.

—Señor Hernando, señora García, soy la inspectora Jiménez, de la Brigada Provincial de Información —dice la mujer, impávida—: Lleva usted cierto tiempo bajo vigilancia, señor Hernando; por supuesto que autorizada por el juez y con el fin de recabar información sobre el paradero de su hijo. Entre otras cosas le pusimos micrófonos en su casa y por eso hemos podido enterarnos, de rebote, del intento de extorsión de estos grandes genios y hemos llegado a tiempo de detenerlos. Nos llevamos incautado el dinero como prueba, se lo devolveremos lo antes posible. Ahora le dará un agente el recibo.

Los genios no dicen ni palabra, de cara a la pared como niños malos. Los policías los están cacheando; Benito lleva, en efecto, una navaja cabritera de dimensiones respetables y un puño americano; Moka está limpio, y al esmirriado le han sacado de los bolsillos varias ganzúas y un destornillador enorme con la punta aguzada como un pincho, un arma carcelaria cuyo aspecto estremece. Tal vez esa comadreja silenciosa fuera el más peligroso de los tres, después de todo, piensa Pablo, aturdido por la velocidad de los acontecimientos. También piensa: menos mal que hicimos el amor en casa de Raluca.

—¿Han puesto micrófonos en el piso de ella? —pregunta el arquitecto.

—Por supuesto que no.

Menos mal que hicimos el amor en casa de Raluca.

La señora García está mirando a Jiménez con los ojos redondos como botones. Lleva otro tipo de ropa, se mueve de otra manera y tiene el pelo blanco algo distinto peinado, pero es la maldita supervisora del Goliat. La que le tenía ojeriza. Los agentes ya han esposado a los tres hombres y se los están llevando escalera abajo. Se dejan conducir dócilmente en completo silencio, con el embotado aspecto de quien acaba de ser sepultado por un alud (y sin conocer las instrucciones para salvarse).

—Yo tenía que hablar de todos modos con usted, señor Hernando. Cuatro miembros del grupo Despertar fueron detenidos anoche en un operativo policial llevado a cabo en Córdoba. No hubo heridos. Por desgracia, su hijo se nos escapó.

—Ah... —exclama Pablo, apoyándose en la pared.

Por eso no vinieron. Pero sigue suelto.

La inspectora le observa, recelosa.

—Y usted, claro, no sabrá nada de él...

—No. No sé nada —dice Pablo.

—Ya. Y ha dado la casualidad de que tenía cien mil euros en casa.

—Dos neonazis se pusieron en contacto conmigo hace unos días de parte de Marcos. Me amenazaron y obligaron a sacar ese dinero. Anoche debía encontrarme con ellos en la Titana a la una de la madrugada para dárselo, pero no aparecieron. Ahora comprendo por qué. A mi hijo no le he visto desde hace casi dos años y no tengo ni idea de dónde puede estar. Como ya les he dicho muchas veces, no nos llevamos bien. Mejor dicho, no nos llevamos.

—Ya veo. Y dígame, si supiera dónde está, ¿nos lo diría?

Pablo reflexiona.

—No lo sé.

Malditos padres, se dice Jiménez, que todavía está rabiando de la frustración de no haber podido atrapar a Marcos Soto. El éxito del operativo ha quedado empañado y Nanclares disfrutará con su derrota como cerdo en charca de barro. Qué mezquina es la vida: nunca te regala felicidades redondas. Suspira la inspectora, mirando al arquitecto con inquina. Nunca le fue simpático.

—Señor Hernando, mañana tiene que presentarse en la comisaría provincial de Córdoba. Le tomarán declaración y se realizará una rueda de reconocimiento para ver si puede identificar a los neonazis con los que ha hablado... Vaya a eso de las diez. ¿Sabe dónde es? Avenida del doctor Fleming, 2.

—Ahí estaré.

Jiménez le echa una ojeada de refilón a Raluca, que sigue con los ojos clavados en ella como quien ve a un fantasma. Esta chica, en cambio, es un encanto. Y tan atractiva. Una breve sonrisa curva los labios de la inspectora y quiebra su tersa y fría formalidad.

—Verá, señora García, este pueblo es muy pequeño y está muerto, nadie viene de fuera y resulta muy difícil pasar inadvertido, de ahí mi disfraz. Su jefe ignora quién soy, le vinieron las órdenes de arriba y cree de verdad en mi trabajo como supervisora. Y ¿sabe qué? Le he dado a usted la mejor valoración de todo el equipo.

Buenas noticias: la semana pasada Pablo se arrepentía dos o tres veces al día de haberle pedido a Raluca que se fuera con él, pero esta semana la angustia sólo se le dispara una vez cada veinticuatro horas y remitiendo. Buenas noticias: la magnífica valoración de la falsa supervisora impresionó al jefe de la rumana, que a su vez, aunque contrito por el hecho de perderla, la ha apoyado ante las oficinas centrales en su deseo de conseguir un traslado. Aún no conocen el centro al que será destinada, pero lo que parece ya seguro es que la moverán a Madrid a principios de octubre. En cuanto le den la confirmación, se marcharán los dos. Buenas noticias: acaba de llegar por Amazon el regalo que encargó para Raluca, una sorpresa que sabe que le va a encantar.

Burrummmmmm, trepida el tren cuando pasa por delante de las ventanas machacando las vías, y al arquitecto le parece que ese ruido rodante es una especie de ovación, un zapateado de alegría. Hasta los hierros bailan en este nuevo mundo, tan ligero.

Debería estar ya camino del Goliat, su turno empieza dentro de cinco minutos y, aunque por supuesto va a dejar su empleo a fin de mes, le desasosiega llegar tarde: la puntualidad es otra de sus obsesiones. Pero está esperando a Raluca, quiere darle el regalo, contemplar la cara que pone. La impaciencia le hace asomarse tres veces al balcón a ver si viene. Y sí, por fin, ahí aparece. Clavando los talones en el suelo y braceando airosa. Es de esas personas que caminan como si supieran adónde van. Pablo se agarra a los hierros oxidados del balcón y se asoma por encima de la barandilla, experimentando un placer especial, quizá algo perverso, al observarla sin que ella se dé cuenta de que la están mirando. Ahora la ve desde arriba mientras abre el portal, su espesa mata de pelo, sus pechos más abajo, ese cuerpo que él está empezando a conocer tan bien, colono cada día de un rincón nuevo: la forma de diamante del ombligo, la relativa aspereza de los nudillos, la delicadeza de la clavícula, el reguero de diminutas marcas color fresa que le bajan por la espalda, como en un desfile triunfal, desde la nuca. Hace tan sólo tres meses y medio no conocía a Raluca. Pensar en lo fácil que pudo no ser lo que ahora es le produce angustia y vértigo.

Entra a toda prisa en la habitación sintiendo las manos contaminadas tras haber tocado la podrida barandilla. Piensa por un momento en sacar una de sus toallitas desinfectantes y limpiarse, pero lo descarta porque quiere salir al encuentro de la vecina y no puede perder tiempo. Hasta este punto me gusta Raluca, se dice el arquitecto, algo asustado: hasta anteponerla a la higiene. Coge el paquete del regalo, un metro cuarenta por un metro, rectangular, más bien pesado, y sale disparado escaleras abajo seguido alegremente por Perra, que continúa creyendo que todo lo que Pablo hace es para jugar.

Se topa con Raluca de sopetón en el descansillo del primero.

—¡Me has asustado! —exclama, muerta de risa—: ¿Y ese bulto?

Pablo va a contestarle que es una sorpresa, todavía no lo ha desembalado para que ella no vea de qué se trata. Pero antes de que pueda decir nada se oye el batir de una puerta encima de ellos, gritos de mujer, llantos infantiles, otras voces más bajas, ruido de pasos. Pablo se asoma al hueco de la escalera, mira hacia arriba, no sabe si subir por si le está sucediendo algo a la niña. Pero ya bajan, es un grupo revuelto y agitado que enseguida aparece en el rellano superior. Delante, una mujer de mediana edad lleva firmemente agarrada del brazo a la niña, que llora y se retuerce; detrás, un policía joven y algo barrigón va impidiéndole el paso a una Ana Belén irreconocible, de cara descompuesta y ojos de espanto.

—¡Mi hija, mi hija, no se la pueden llevar, socorro, me están robando a mi hija! —vocifera.

—Está usted asustando a la niña, si de verdad le importa no le haga pasar por esto —responde la mujer con voz helada. Y luego, a la pequeña—: No tengas miedo, cariño, no te estamos robando, al contrario, vamos a cuidar muy bien de ti, estarás en una casa estupenda con otras niñas y allí podrás ver a tu madre.

Pero Ana Belén sigue aullando mientras golpea las espaldas del rollizo policía con los puños. El agente, con paciencia enfurruñada pero infinita, ignora el aporreo y sólo masculla de cuando en cuando un reprobador: «Ya está bien, señora...».

Pasa el grupo enredado en su coreografía de furia y de dolor ante los estupefactos Raluca y Pablo, bajan el último tramo de las escaleras y abren la puerta del portal.

—¡No me la quiten! ¡Violeta! —grita desgarradora Ana Belén.

Pero la vecina ya no sale a la calle, es como si de repente hubiera comprendido que toda resistencia es vana. La puerta se cierra delante de ella y la mujer se hunde. Se desploman sus hombros, su cabeza, su mirada. La barbilla se le clava en el pecho, las manos le cuelgan lacias de los brazos, toda ella es una bandera que se arría. En el repentino silencio, atronador, Ana Belén da la vuelta y comienza a subir los escalones de regreso a su casa, despacio, sin siquiera reparar en la presencia de Pablo y de Raluca. Ellos la ven pasar, afantasmada, y no se mueven hasta escuchar cómo se cierra la puerta dos pisos más arriba.

Entran sin decir palabra en el apartamento de Raluca y se dejan caer en el sofá, aún conmovidos. Así que se llama Violeta, piensa el arquitecto: nunca había sabido el nombre de la niña. De la víctima. Una víctima de su madre, pero quizá también de él.

—He sido yo —dice.

—¿Qué? —pregunta desconcertada Raluca.

—Yo la he denunciado. A Ana Belén. Por las palizas que le pega a la niña. A Violeta. Cada día era peor. Iban a más. Tú desde el primero no escuchabas nada, pero desde mi piso... Era horrible, de verdad.

La mujer le mira con extrañeza:

—¿Y por qué demonios no me dijiste nada?

—No sé. No quería preocuparte.

O quizá no quería que Raluca le obligara a tomar una decisión que él no se había atrevido a afrontar hasta hacía muy poco.

—¡Tenías que habérmelo contado!

—¿Y de qué hubiera servido? Mira, por fin me decidí a denunciar y ahora no lo tengo nada claro. La he condenado a vivir en una institución tutelada, sin su madre...

—No es tan malo, hombre. Yo vengo de ahí. Y además para esta niña va a ser mucho más fácil, vamos, ni comparación... Ana Belén podrá visitarla, y lo mismo hasta tiene abuelos que se pueden hacer cargo de ella...

—Me he sentido un miserable. Me ha dado mucha pena esa mujer.

—A mí también, pero a lo mejor así aprende a no pegarle.

—¿Pero viste cómo lloraba la niña? —se desespera Pablo.

—Pues claro. Pero Pablo, es que si sólo has conocido el daño, crees que eso es lo normal. Déjala que conozca otra vida. Seguro que tendrá buena suerte, como yo. ¿Sabes qué? Esa niña va a saber por primera vez lo que es dormir sin miedo.

Las palabras de Raluca abren un túnel en la memoria del arquitecto. Noches negras emergen del pasado como una bandada de murciélagos, lentísimas horas de oscuridad temiendo escuchar los pasos beodos de su padre junto a la puerta. Una vez se acostó debajo de la cama, pero su padre se enfureció aún más al encontrarlo ahí. Dormir sin miedo. Recuerda ahora Pablo la noticia que leyó hace poco sobre una pareja de norteamericanos de Long Island, Michael Valva, un policía de cuarenta años, y Angela Pollina, de cuarenta y dos. Cada uno había aportado tres hijos a este segundo matrimonio, las mayores de once años, los menores de seis. Una mañana, el pequeño Thomas, de ocho años, hijo biológico de Michael, fue encontrado muerto. Sus padres le habían hecho pasar la noche en el garaje, que carecía de calefacción, y se congeló. Las temperaturas habían alcanzado los siete grados bajo cero. Tras el homicidio se descubrieron imágenes grabadas que mostraban cómo esos tipos feroces castigaban a menudo a sus hijos con rigor demencial, privándoles de alimento o sometiéndolos a temperaturas extremadamente frías. El pequeño Thomas padecía autismo, y su incapacidad para adaptarse a los mandatos de los padres debió de exacerbar su sadismo, de ahí la muerte del crío. Seguro que Thomas lloró, tal vez aporreara la puerta del garaje, gritara, llamara a sus padres. Nadie le oyó, o nadie quiso oírle, de la misma manera que nadie intervino en la niñez de Pablo, cuando su padre le golpeaba. Eran otros tiempos. El arquitecto respira hondo y los murciélagos baten con furia las alas, regresando a la caja cerrada de la memoria. Ha hecho bien denunciando: prefiere el malestar de saberla en un centro de acogida que el horror de dejarla, indefensa, ante la posibilidad de un sufrimiento irreparable. Muchas veces la vida consiste en elegir entre lo malo y lo peor.

—¡Bueno! ¿Y el bulto, entonces, qué es? —le pregunta Raluca, animosa.

—¡Sí! Es un regalo para ti. Espera.

Está muy bien embalado, así que cuesta un poco. Tiene que ir a la cocina a coger un cuchillo, cortar la cinta, rajar el papel de estraza. Lo hace manteniendo la cara del objeto hacia su cuerpo, de manera que Raluca sólo ve el envés. Por último, quita los cuatro cartones protectores de las esquinas.

—¿Estás lista? —pregunta innecesariamente, porque la mujer se retuerce de impaciencia—: Mira.

Da la vuelta al rectángulo de metacrilato y paladea el gesto de embeleso, la sorpresa, la boca tan redonda que se le abre a Raluca. Besaría ahora mismo esa boca de niña maravillada.

—¡Qué bonitoooooo! —dice ella, en un suspiro.

—¿Te gusta? Es una foto de una aurora boreal en Islandia. ¿Ves? El cielo es verde. Pero muy muy muy verde. De un verde cegador. Para que luego te digan algunos idiotas que tus cielos no existen.

Salamat nang walang hanggang / Sa nagpasilang ng tala / Sa buong bayan natin / Na sa dilim nagpataboy.

Pablo se acerca las páginas a la nariz: huelen un poco a rancio. Encontró el volumen en una de las casetas de libros antiguos y de ocasión de la cuesta de Moyano; fue publicado en Madrid en marzo de 1896, apenas unos meses antes de que comenzara el desastre de Filipinas. En la portada, que debió de ser de color arena y el tiempo ha dejado amarillenta y manchada, aparece la figura de un joven filipino de rostro serio y tostado. Está descalzo y viste ropas claras, un pantalón suelto y ligero, un amplio blusón. Lleva un sombrero de paja de ala ancha y dura que le queda en lo alto de la cabeza, como si le viniera chico; sobre el hombro derecho descansa una larga vara con la que transporta, en el extremo de atrás, un serón de paja con pescados, y en el de delante, varios racimos de plátanos. Es un manual de tagalo para principiantes. Cuando lo descubrió, nada más regresar a Madrid, entre los demás libros de viejo, Pablo lo consideró un buen auspicio y lo compró. De cuando en cuando, en los tiempos muertos, intenta aprender algo de tagalo. Como este poema de Fernando Bagongbanta, un autor del siglo XVII, que ya ha conseguido memorizar: «*Salamat nang walang hanggang / Sa nagpasilang ng tala / Sa buong bayan natin / Na sa dilim nagpataboy».*

Una orgía de ges que significa: «Demos gracias para siempre / Al que hizo salir la estrella / Que expulsa a las tinieblas / De toda nuestra tierra».

Es una idea hermosa, esa estrella que consigue acabar con la oscuridad. Una idea que le conmueve extrañamente.

—¡Pablo! Perdona el retraso, chico, este Madrid está cada día peor —exclama Germán.

Su antiguo socio se ha abierto camino entre el enjambre de mesas con tan torpe premura que ha tirado al suelo la pila de bolsos que las vecinas del velador contiguo, media docena de octogenarias muy arregladas, habían dejado colocados con primor sobre una silla.

—Hala, qué bruto —protestan las mujeres, con esa falta de contención social que da la edad.

Pero Germán ni se da cuenta. Viene muy nervioso, observa Pablo con cierto regocijo. El arquitecto cierra el libro y lo guarda dentro de su maletín.

—No te preocupes, no pasa nada. No tengo prisa. ¿Qué vas a tomar? La especialidad del sitio son los tés y los *scones* ingleses...

—No, no, gracias, no quiero nada, perdona, es que me voy a ir corriendo, he dejado el coche en doble fila, imagínate...

Germán sonríe con turbación, buscando un gesto de complicidad que Pablo le niega. Lo cierto es que Germán le cae bien, incluso muy bien, pero el arquitecto experimenta el irrefrenable deseo de fastidiarle un poco. No piensa facilitarle la tarea.

Así que le mira en silencio, el rostro lavado y sin emociones.

—Bueno, mejor vamos al grano —dice su exsocio, incómodo, sacando unos papeles de su cartera—: Aparte de la firma general, que será el martes en el notario, esto es lo que nos corre más prisa... Es la adenda al contrato del museo de Tesalónica... Revísalo, pero ya sabes que simplemente cedes tus derechos al estudio y renuncias a seguir con la obra dado que ya no perteneces a la empresa...

—No me hace falta leerlo, Germán —dice Pablo, cogiendo los folios y firmando por triplicado con su pluma.

Devuelve los papeles a su exsocio, que sonríe y le mira, aliviado.

—Estupendo. Muchas gracias, Pablo. ¿Cómo estás?

—Muy bien. Creo que nunca he estado tan bien en mi vida.

—¿Qué vas a hacer ahora?

Pablo sonríe:

—Edificios. Como siempre. Pero de otro modo.

Germán mueve la cabeza, apenado:

—Yo no lo hubiera hecho. Te lo digo de verdad. El estudio es tuyo. El prestigio es tuyo. Me parece mal. Pero Regina se puso... No sé, estaba furiosa. Y ha arrastrado a Lola y a Lourdes. Yo voté en contra. Pero eran tres contra nosotros dos.

—No pasa nada. Lo entiendo.

—Regina incluso quería demandarte. Menos mal que habéis llegado a un acuerdo. Has sido muy generoso.

—La verdad es que la cagué. Se han perdido proyectos importantes por mi culpa. Regina tiene razón. Además de tener muy mala leche, quiero decir. Están bien las cosas como están.

Germán se remueve en el asiento, traga saliva, carraspea.

—Yo... ha sido un honor trabajar contigo, Pablo. Creo que eres uno de los mejores arquitectos del mundo.

—Venga, por dios, Germán, no me cuentes milongas, quédate tranquilo que no voy a pensar que eres un hijo de puta. Anda, que se te va a llevar el coche la grúa.

Al exsocio se le escapa una risa nerviosa que convierte sobre la marcha en una tos fingida. Se levanta aturullado, vuelve a golpear con su respaldo la silla de las ancianas pero esta vez sin desmoronar la pila de bolsos, se despide y sale huyendo perseguido por la mirada indignada de las octogenarias.

La verdad es que Pablo sí que piensa que es un poco hijo de puta. Que lo son todos, en fin. Siente un pellizco de amargura: le han arrebatado su estudio. Se lo han robado. Y también ha perdido un montón de dinero. Por no hablar de que ha renunciado a todos los proyectos que estaban en marcha. Pero da igual, qué importa, se dice, riñéndose a sí mismo; puede aprovechar la situación para soltar lastre, para empezar de nuevo. Hay que vivir ligeros.

Un coro de risas estalla en la mesa de al lado. Las octogenarias se desternillan. Cabellos blancos con un tono azulado, cabellos blancos con un tono malva, cabellos rubio platino. Todas las cabezas son

brillantes bolas de algodón de azúcar, perfectamente cuidadas en peluquería. Se las ve tan felices, hablando sin parar y devorando pasteles. Tan golosas
de la vida, pese a su edad. Si ellas logran comerse el
mundo así, él puede intentar darle unos mordiscos,
aunque acabe de cumplir cincuenta y cinco años.

Cuando le dieron la medalla de oro del RIBA,
coincidió con el gran arquitecto indio Charles Correa, que había recibido el mismo galardón tiempo
atrás. Tuvo la suerte de estar sentado a su lado durante la cena; Pablo le elogió sus muchos años de
urbanismo y arquitectura social, sus edificios de bajo coste concebidos para gente sin recursos. Debió
de ponerse un poco reiterativo con las alabanzas
—estaba algo pasado de vino— porque llegó un
momento en que Correa dijo: «Usted me magnifi-
ca, yo no decidí hacer ese tipo de arquitectura para
ayudar a la gente, surgió el proyecto, era un reto
profesional, las cosas salieron así». Recuerda ahora
Pablo la conversación con cierto malestar, cierta
vergüenza; no sabe si Correa estaba diciendo la verdad o siendo modesto, pero de lo que no le cabe la
menor duda es de que él estuvo bastante torpe.

Lo curioso es que Correa dedicó sus últimos
años profesionales a realizar grandes obras públicas
y privadas. En cambio, Pablo, que ha basado toda
su carrera y su prestigio en ese tipo de proyectos
monumentales, quiere hacer ahora el trayecto contrario y desarrollar una arquitectura para los más
pobres, unos edificios de costes mínimos pero que
no renuncien ni a la comodidad ni a la belleza. Porque la belleza ayuda a curar el dolor del mundo.

Por suerte ya ha firmado su primer contrato. Un grupo de oenegés españolas integradas en el movimiento internacional Housing First, que se dedica a dar alojamiento a los sintecho, le ha pedido que construya un edificio de pisos en Madrid. Pablo lo considera como el primero de muchos: está desarrollando un sistema de módulos prefabricados que abaratará de manera radical los costes. Cada módulo tendrá una terraza cuadrada diseñada de tal modo que la fachada del edificio parecerá un damero cúbico cuyos perfiles irán cambiando con la luz del sol. Será una superficie viva, móvil, mudable, un trampantojo. Aprieta Pablo los párpados y visualiza ese muro vibrátil que, desde cierta distancia, dará una textura pixelada al edificio. Las líneas y los volúmenes vuelven a bailar dentro de su cabeza como antes, como si la vida le hubiera perdonado. Siente un escalofrío de emoción y placer, la excitación del cazador que está a punto de atrapar una forma que antes no existía. Y además así ayudará a esos mismos sintecho a los que su hijo abrasó, lo cual es un consuelo. Justicia poética.

En la mesa de al lado se está produciendo un pequeño revuelo: una de las ancianas se ha levantado, pese a las protestas de las demás. Recoge su bolso, deja un billete sobre la mesa y se marcha con precipitación. Las otras octogenarias la observan alejarse, calladas por vez primera en la tarde.

—Chicas, qué pena que Ángela se vaya tan pronto —dice una al fin.

Y otra responde:

—Sí, pobrecita. Es que aún le vive.

Pablo no puede evitar volverse a mirarlas: han retomado la animada cháchara, inconscientes de la bomba que han soltado. Aún retumba en los oídos del arquitecto su estallido, la melancolía de la decadencia de las cosas, de la traición de los buenos deseos. Echa un vistazo Pablo al salón de té, que se ha puesto de moda y está abarrotado: quizá haya ahora mismo en el local un centenar de personas. Todas ellas, salvo esa minoría de malvados que siempre existe, ese uno por ciento de psicópatas que sufre la humanidad (su hijo es uno de ellos, su hijo es peor que ellos), todas ellas, en fin, menos una, según las estadísticas, han venido al mundo henchidas de buenas intenciones y deseos sublimes; ansiosas de amar, y de amar bien; de construir cariños perdurables y hermosos. Y todas ellas han torcido sus proyectos una y otra vez; han intentado querer y han terminado odiando; han planeado ser buenos y han sido miserables. Como él. O como sus vecinas octogenarias, que seguramente se casaron embriagadas de romanticismo y luego se han pasado años esperando que murieran sus maridos para ser felices. Es que aún le vive.

Y ahora él, con cincuenta y cinco años, va a ponerse la venda otra vez. Va a intentar reconstruir la inocencia, es decir, la ignorancia de la fatalidad y del fin de los sueños. Siente un escalofrío y el salón de té parece oscurecerse: presiente que un ataque de angustia se acerca como un eclipse. Pero en el centro mismo de su pecho hay un diminuto reducto de luz que empieza a irradiar calor, combatiendo las sombras. Es la virtud animal de la esperanza, una fe desmedida en nuestro derecho a ser felices. Pablo lleva cuatro meses en Madrid, viviendo con Raluca. Nunca ha sido tan dichoso. Es un milagro. Y por qué no va a durar el milagro muchos años más. O para siempre.

Además, el único siempre que de verdad existe es hoy, se dice. Porque mañana puede atropellarme un camión. Y lo curioso es que este pensamiento siniestro le reconforta mucho.

Paga en metálico la cuenta que la camarera le ha dejado en una pequeña bandeja; se limpia las manos con una de sus toallitas desinfectantes, como siempre que toca las sucias monedas, y después se levanta y sale del local. Lleva la chaqueta al brazo; están a 6 de febrero, pero hace un calor no ya primaveral, sino propio de un verano bien entrado: veintiocho grados, ve en un termómetro callejero. Una aberración.

Su nueva casa está a cinco minutos del salón de té. En su antiguo apartamento ha instalado el estudio. Esta vez quiere mantener un volumen pequeño y manejable, no más de diez personas, como mucho. Y sin socios. El nuevo piso que ha comprado es más grande, aunque en un edificio más viejo y modesto y en una zona más popular, La Latina. Es un ático bastante destartalado pero con mucho encanto; más adelante hará una reforma integral y quedará maravilloso; ahora no tenían tiempo para meterse en obras. Además ha podido alquilar un estudio en el primer piso para Felipe; se lo han traído de Pozonegro porque Raluca insistió, y a él la idea tampoco le pareció mal: nunca ha tenido verdaderos amigos y está intentando aprender con el viejo, que por fin ha dejado de desconfiar de él. Otra gran ventaja es que el Goliat en el que trabaja Raluca está junto a la plaza de la Cebada, así que la mujer puede ir andando. Pablo estuvo tentado de decirle que dejara el empleo y que se dedicara a estudiar dibujo, que él le pagaba las clases; pero por fortuna se contuvo antes de cometer semejante pifia. Él se ha enamorado de ella siendo como es, incluyendo sus espantosos caballos. No tiene derecho a cambiarla. Sólo le ha pedido que deje su despacho libre de pinturas; cuando se le vienen los percherones encima, Pablo se refugia ahí.

Ha caminado bastante deprisa y cuando entra en el fresco portal está sudando. Sube el primer tramo de cuatro escalones de un salto; últimamente está haciendo cosas así, pequeñas proezas físicas, como si quisiera demostrarse que aún es joven y que su cuerpo le responde. Sonríe, burlándose un poco de sí mismo, y sube en el achacoso y bonito ascensor acristalado. Lento y ruidoso hasta el sexto piso.

—¿Raluca? —grita al entrar en casa.

Nadie contesta. Pero debería estar, tenía turno de mañana. Cruza el salón presidido por el metacrilato de la aurora boreal, sale a la diminuta terraza y sube por la escalerita que conduce a la azotea grande. Ahí está, de pie junto a la barandilla, disfrutando de la vista, con Perra tumbada a sus pies, como siempre. Se detiene, goloso: le encanta observarla mientras ella lo ignora. Ese perfil magnífico, nariz y labios rotundos; las pestañas, largas y tupidas. Acaba de cambiarse la prótesis y el ojo ya no parece dormido, ahora ambos iris echan chispas como ojos de dragona. Lleva el pelo recogido en lo alto de la cabeza, lo cual permite ver la línea pura y seda de su bonito cuello. Más abajo, los pechos, mucho más grandes y pesados. Y aún más abajo, la curva algo abultada de la barriga. Está de cuatro meses y empieza a notársele. Raluca sigue sin advertir su presencia: está distraída, dando de comer a las gallinas del vecino. Porque el viejo de la azotea de al lado tiene un gallinero, cosa que al arquitecto le parece una porquería. A decir verdad, es el único problema que le ve a la nueva casa.

Se está poniendo el sol y el aire tiene la limpidez de los grandiosos atardeceres de Madrid. Alrededor de la azotea se extiende el ondulante mar de tejados de la ciudad vieja, con alguna torre de pizarra, alguna espadaña, alguna cúpula. Por encima, un cielo velazqueño en rojos violentos. Si se hace abstracción de lo inapropiado del calor, de la amenazadora crisis climática y de la inquietante sensación de que la realidad es un espejismo que puede hacerse trizas en cualquier momento y transmutarse en un apocalipsis, el día es muy hermoso. En este despeñadero del mundo y de su propia vida, Pablo va a tener un hijo. Va a tener un nuevo hijo contra toda sensatez pero también contra todo miedo. Y va a intentar hacerlo feliz.

Es tan dichoso que a veces se angustia. No puede ser que todo esté saliendo tan bien: teme que la desgracia se abata sobre él como un relámpago. Cómo prevenir que te alcance un rayo: cuando veas un relámpago, cuenta los segundos hasta escuchar el trueno y multiplícalos por trescientos para saber la distancia de la tormenta: el sonido se desplaza a trescientos treinta y un metros por segundo. Si el intervalo entre el trueno y el relámpago es menor de treinta segundos, busca refugio inmediatamente. Lo más seguro son los edificios grandes y cerrados. Evita los descampados, las crestas sobre una zona arbolada y los lugares abiertos y elevados.

Ahora está en un lugar abierto y elevado, pero no se oye ningún trueno. Por el momento los dioses de las tormentas le son propicios.

Mira alrededor, mientras las ventanas comienzan a encenderse. En algún lugar de ese ancho mundo se esconde Marcos. No ha vuelto a tener noticias de él: sigue fugado. Su ausente presencia le atormentó al principio, pero luego la aceptó como inevitable. El Mal siempre está ahí. Como también está el Dolor. De pronto Pablo recuerda a la rara de Pozonegro, la adolescente gótica que le dio a Perra. Ojalá sea capaz de escapar de su destino de probable víctima, se dice, sintiendo un pequeño y absurdo desasosiego, como si la hubiera abandonado. Lo que sí ha hecho Pablo es ir a visitar a los familiares de las dos víctimas de su hijo. Porque la mujer abrasada acabó muriendo. Habló con su madre y le pidió perdón. Ella le dijo:

—No tiene que disculparse de nada. No se sienta responsable. Yo también me he sentido así con mi hija. Se metió en las drogas muy joven y lo intentamos todo, pero acabó en la calle. Mi marido se murió por eso, de pena, estoy segura. No sé, puede que hubiéramos podido hacerlo mejor, pero no supimos, no pudimos. Ella tampoco pudo hacer otra cosa, ahora lo veo claro. Los adictos son enfermos, ¿sabe? Ahora comprendo que la vida es como un mar y nosotros, barquitos. Subimos y bajamos con las olas y a veces hay tormentas espantosas. Tormentas de las que no puedes librarte.

Era una mujer de unos setenta años, serena y hermosa; hablar con ella le hizo mucho bien. Cuando se despedía, la mujer le dijo:

—Le voy a confesar algo... No soy creyente, pero cuando murió mi pobre hija, deseé con todas mis fuerzas, pedí a no sé quién con todas mis fuerzas que fuera a reunirse con su padre, que se cuidaran los dos mutuamente. Y mire... Antes ella no estaba en esta foto... De la noche a la mañana apareció.

Y le mostró a Pablo el retrato en blanco y negro de un hombre de unos cincuenta años, de pie en una especie de mirador, con el mar al fondo y sonriendo. A su lado, una muchacha muy joven miraba también a cámara con una sonrisa feliz llena de dientes. Y lo cierto era que parecía flotar, había algo raro en su figura, una cualidad ligeramente borrosa, incluso traslúcida. Tras aquello, Pablo ha tomado la costumbre o quizá el vicio de mirar de cuando en cuando una bonita instantánea que tiene de sus suegros, ya fallecidos, ante la Torre Eiffel, para ver si un día aparece por ahí el ectoplasma de Clara. Ni qué decir que hasta ahora sin resultados. La imagen que le mostró aquella madre le impresionó, aunque debía de ser una chifladura. Lo que llamamos locura no es más que un desesperado intento de sentir menos dolor.

Los últimos rayos de sol están recubriendo los tejados de una lámina de oro. Todas esas ventanas, todos esos techos, todas esas personas que alientan y sueñan y pelean ahí abajo. Cómo las quiere Pablo, de repente. Cuánta bondad hay también en el mundo, cuánta necesidad inocente. La intuición del todo cae sobre él, le parece poder ser cada uno de los individuos que han existido sobre la tierra, y la hormiga que recorre la baldosa a sus pies, y la sucia gallina del vecino, y el árbol pelado que el viento casi tumba, y el coral que se mece en el océano. De pronto comprende a Violeta en su indefensión y a Ana Belén en su sufrimiento (la dolorosa indefensión del Pablo niño, el embrutecido sufrimiento de su padre), porque entiende la totalidad de las vidas humanas, tan breves y ansiosas. Con sólo un poco más de clarividencia, con una chispa añadida de emoción, Pablo está seguro de que llegaría a desentrañar el secreto mismo de las cosas, el sentido del mundo. Y sería hermoso. Pero los tejados comienzan a apagarse, el oro se evapora. Ya pasó, ya se fue ese momento oceánico y se cerró el resquicio por el que estuvo a punto de atisbar la belleza de la vida.

Quizá mejor así. «Si desde las estrellas ahora llegara el ángel, imponente, / y descendiera hasta aquí, / los golpes de mi corazón me abatirían», escribió Rilke, que sabía que los humanos no podemos soportar la visión de lo sublime.

—Se ha puesto la noche raraaaa, han salío luna y estrellas, me lo dijo esa gitana, mejor no salir a verla, sueño queee estoy andando, por un puente y que la acera, cuanto más quiero cruzarlo, más se mueve y tambaleaaaa...

Raluca está cantando. Es esa canción de Rosalía que es su favorita. Una letra un tanto funesta, pero ella está tan contenta. Mi rumanilla chiflada, valiente y maravillosa.

La alegría es un hábito.

A veces a Pablo le parece que la felicidad es sencilla y desnuda, y tan fácil que le entran ganas de llorar.

Raluca ha cogido del suelo una pluma de gallina y juguetea con ella: qué porquería. Oh, no, no puede ser: ahora se ha alzado un poco la blusa y acaricia suavemente con las barbas su desnudo y redondo vientre de embarazada temprana, sin importarle los piojos, los pulgones y las cagadas que debe de tener la maldita pluma, sin preocuparse por la salmonela o la toxoplasmosis o como se llamen las mil enfermedades que puede causarle al feto ese residuo orgánico contaminado y asqueroso. Pablo respira hondo y se siente un barco en la noche, subiendo y bajando al compás de las olas. Pero no son olas feroces: por ahora no hay tormenta. Tanta vida por delante, tanto que aprender antes de la muerte. Tranquilidad. No va a pasarle nada, no hay que preocuparse, se dice, al fin en paz: ya sabemos que Raluca tiene buena suerte.

Para terminar

Antes de poner el punto final quisiera aclarar un par de detalles. Lo primero y muy importante: mi Pozonegro no tiene nada que ver con la localidad cordobesa de Pozoblanco. Lamento que la semejanza del nombre y de la zona geográfica pueda confundir a quienes no hayan estado nunca en Pozoblanco, pero es que el pueblo de mi novela sólo se podía llamar así, al tratarse de un asentamiento artificialmente creado en el siglo XIX en torno a la mina hullera más grande de la zona. Al cerrarse la mina, mi pobre Pozonegro agoniza, mientras que Pozoblanco es una dinámica localidad quince veces más grande que no tiene ninguna relación con la minería y que está llena de vida y de historia: su origen se remonta al siglo XIV.

Para describir el tipo de arquitectura que hace Pablo Hernando he tomado elementos prestados de Rafael Moneo. Es Moneo quien ha sido llamado «el arquitecto de la intensidad», y cuando hablo del supuesto Parlamento de Canberra diseñado por mi protagonista, en realidad estoy refiriéndome al Kursaal, ese hermoso cubo que Rafael Moneo construyó en Donostia/San Sebastián. En cambio, la Torre Gaia que se supone que Pablo levantó en Shenzhen es en realidad el calco de la impresionante Torre de Shanghai, creada por el arquitecto norteamericano

Marshall Strabala. Por último, la superficie pixelada del último proyecto de mi protagonista, el de las casas sociales, está inspirada en The Sax, que la firma neerlandesa MVRDV está construyendo en Rotterdam. De paso diré que el movimiento internacional Housing First existe de verdad; nació en Estados Unidos en la década de los noventa, y en efecto se dedica a proporcionar casas a las personas sin techo. Sin embargo, sería muy improbable que le encargaran un edificio social a nadie, porque su filosofía consiste en diseminar a los sintecho por la ciudad en pisos y apartamentos dispersos, justamente para no crear guetos y minimizar el impacto vecinal. Así que lo del contrato es una licencia narrativa. Por último, y para terminar con la parte arquitectónica, hace muchos años entrevisté en Bombay para *El País* al formidable urbanista indio Charles Correa, y lo que le dice en la cena a mi protagonista vino a ser en efecto lo que me dijo a mí.

La frase «Dios creó al hombre porque tenía necesidad de escuchar historias» es una parábola jasídica versionada por el poeta argentino Roberto Juarroz.

Los pintorescos consejos que pueden salvarte de las calamidades proceden en su casi totalidad del libro *Manual de supervivencia en situaciones extremas,* de Joshua Piven y David Borgenicht (Salamandra).

Desgraciadamente, todos los sucesos policiales que se narran en el libro son auténticos.

El estupendo compositor Frank Nuyts y su esposa, la también música Iris De Blaere, han sido la inspiración, sin ellos saberlo, de un pequeño detalle de mi libro. Mi gratitud, mi respeto y mi amor.

Por razones que ahora no vienen al caso, esta novela me ha sido especialmente difícil de escribir. Quisiera agradecer de todo corazón el apoyo esencial y en muchas ocasiones también los utilísimos comentarios de Pastora Vega, Marta Pérez-Carbonell, Maitena Burundarena, Myriam Chirousse, Gabriela Cañas, Ana Arambarri, Ángela Cacho, Ana Santos Aramburu, Virginia Gayo, Lorenzo Rodríguez, Tomás Lizcano, el estupendo editor Juan Max Lacruz y, por supuesto, de todos los queridos amigos de mi agencia literaria Carmen Balcells. Menciones especiales para Carolina Reoyo, correctora de Alfaguara: es un lujo inmenso trabajar con ella; para la capitana de la Guardia Civil María Luisa Calcerrada, que revisó la parte policial; y para la escritora Miren Agur Meabe, que me asesoró en el uso de los ojos artificiales (recomiendo leer su maravillosa novela *Un ojo de cristal,* en Editorial Pamiela). Mi eterna gratitud, por su apoyo, su talento, su pasión y sus consejos, a mi editora, Pilar Reyes. Y un redoble de gracias para el formidable escritor Ignacio Martínez de Pisón, que fue la primera persona que leyó el borrador de este libro, y que con su generoso entusiasmo y sus sugerencias me sacó del hoyo de inseguridad en el que estaba. Gracias, amigo: te debo una.

Este libro se terminó
de imprimir en
Casarrubuelos, Madrid,
en el mes de
noviembre de 2020